HIDE & SICK

Déja parus :

- *Seconde Chance*
- *An Unexpected Love*
- *Sinners & Saints, tome 1 : Escort*
- *Rebel Love* (réédition de *Ce que nous sommes* - City Editions)
- *Blessures Muettes* (MXM Bookmark)
- *Dark Skies*
- *Désirs défendus* (Hugo Publishing)
- *Summer Lovin'*
- *Chroniques de l'ombre, tome 1 : De désir et de sang* (MXM Bookmark)

Dans la même série :
- *Elites, tome 1 : Popul(i)ar*

Copyright 2019 © F.V. Estyer
Tous droits réservés.
ISBN : 9781718143906
Couverture : MMC - Prodgraph
Photo de couverture : @Shutterstock
Illustrations : Doc Wendigo, Cahethel, Ivanwind & Suki Zweetsm

f.v.estyer@gmail.com
https://www.facebook.com/fv.estyer

F.V. Estyer

HIDE & SICK[1]

Elites #2

---
1 Jeu de mots avec « Hide and seek » qui signifie cache-cache en anglais.

PROLOGUE
– Cooper –

Quelques semaines plus tôt...

J'ai la gaule. Une gaule d'enfer dont j'aimerais vraiment me débarrasser. Malheureusement, je n'ai pas pu compter sur Olivia pour m'aider. Ce n'est pourtant pas faute d'avoir essayé. Dès que nous nous sommes couchés, j'ai entrepris de l'embrasser, de la caresser. Mais elle n'a pas bronché. Trois semaines. Ça fait trois semaines que je ne l'ai pas vue et tout ce qu'elle a répondu lorsque je lui ai demandé pourquoi elle se montrait si distante a été « je suis fatiguée ». Ouais, moi aussi je suis fatigué, mais ma trique m'empêche de fermer l'œil. J'espérais sincèrement que nous finirions à poil en train de nous envoyer en l'air. C'est ainsi qu'on fête des retrouvailles, non ? J'attendais de la passion, de la chaleur, après tout ce temps passé loin de l'autre à cause de l'université. À croire que j'en demandais trop.

Je me tortille dans le lit sans parvenir à trouver une position confortable.

Franchement, je suis sur le point d'exploser. Autant être honnête. Oui, je suis en manque d'elle, mais je suis surtout en manque de sexe. Il y a des besoins que même ma main ne suffit plus à combler.

Faisant de mon mieux pour ne pas réveiller Olivia, je me glisse hors de la couette. Mon érection n'est toujours pas retombée, mais je ne parviens pas à me résoudre à me caresser. Ce n'est pas l'envie qui m'en manque pourtant, mais me branler alors qu'Olivia est là me paraît déplacé. Avec un peu de chance, ma trique finira par disparaître rapidement. En attendant, je n'ai pas sommeil et, après avoir enfilé mon boxer, je décide de descendre pour me désaltérer.

Il est tard et l'appartement est plongé dans l'obscurité seulement perturbée par les rayons de la lune qui percent à travers les hautes fenêtres, éclairent un coin de meuble, un morceau de parquet lustré. J'avance à pas de loup, mes pieds nus silencieux tandis que je me dirige vers la cuisine. Ce n'est pas comme si je risquais de déranger grand-monde. Olivia dort à poings fermés, sa mère n'est pas en ville et, si j'en crois le rai de lumière qui filtre sous la porte du bureau de Kane, son beau-père est encore éveillé.

Je me sers un grand verre d'eau et reste un moment sans bouger, contemplatif, à observer les ombres se mouvoir autour de moi. Inconsciemment, je passe une main sur mon entrejambe et caresse légèrement mon membre gonflé, dans l'espoir de l'apaiser. Mauvaise idée.

Avec un soupir, j'abandonne et me résigne à remonter me coucher. Avec un peu de chance, mon érection finira bien par retomber.

Je suis sur le point de gravir les escaliers lorsqu'un bruit sourd me stoppe dans mon élan. Je tourne la tête et tends l'oreille. Rien. Mon pied se pose sur la première marche. Un gémissement résonne. Un gémissement bas et étouffé et bordel, je frissonne. Un autre pas. Un autre gémissement. Mes doigts se crispent sur la balustrade.

Monte, abruti. Ça ne te regarde pas. Monte ces putains de marches et rejoins Olivia.

Ouais... sauf que non. Je fais volte-face et me dirige vers le bureau de Kane. Les bruits ne peuvent venir que d'ici, ou alors ce serait carrément flippant.

D'autres gémissements résonnent au fur et à mesure de mon avancée, et mon cœur bat un peu trop vite dans ma poitrine. Je sais déjà ce que je vais découvrir, il ne faut pas être un génie pour l'imaginer.

Encore quelques pas. Ma respiration est hachée. Je m'immobilise devant la porte légèrement entrouverte. Un autre cri.

— Putain, ouais.

Une voix rauque. Une voix que je reconnais.

— Suce-moi plus fort.

Mon corps se tend sous ces quelques mots et mon érection qui commençait enfin à retomber se réveille à nouveau. Il ne manquait plus que ça.

Fais demi-tour. Tu n'as pas besoin de voir ça. Tu ne veux pas voir ça.

Mais ma curiosité l'emporte sur ma bonne conscience. Précautionneusement, je pousse légèrement la porte, persuadé de ce que je vais découvrir. Mes yeux s'écarquillent lorsque j'avise Kane, les yeux fermés, la bouche entrouverte, en train de haleter. Son corps bouge sous le rythme de ses coups de reins. Cette vision déclenche une vague de frissons incontrôlables, je me mords les lèvres, surpris par la réaction que cette image provoque en moi.

Qu'est-ce que tu fous ? Dégage bordel !

Impossible. Je suis cloué sur place, incapable de détourner le regard de Kane et de la multitude d'émotions qui traversent son visage, de son corps puissant ondulant sur le canapé, de sa voix grave proférant des obscénités. Ma main descend le long de mon torse et se glisse sous le tissu de mon boxer. Mes doigts s'enroulent autour de mon membre et commencent à le caresser. C'est plus fort que moi. Et plus Kane se fait sucer, plus il grogne et halète, plus il m'est difficile d'arrêter.

— Relève-toi. Donne-moi ton cul.

Un gémissement remonte le long de ma gorge et je fais de mon mieux pour le ravaler. Je n'ai qu'une envie, voir Kane baiser cette fille qui semble si douée. À cette idée, je me branle plus fort, plus vite, sans jamais cesser de le mater. C'est alors qu'une tignasse blonde apparaît dans mon champ de vision. Mon regard se pose sur son visage, et le choc est tellement grand que ma main sur ma queue s'immobilise. Bordel de merde.

Ce n'est pas une fille.

Impossible. Je crois qu'un fusible vient de péter dans mon cerveau. Je n'arrive pas à y croire. Moi qui pensais qu'il profitait de l'absence de sa femme pour ramener sa maîtresse... En fait, il s'agissait d'un amant. Bordel. Ackermann se tape des mecs !

Toujours hagard suite à cette découverte que j'ai du mal à appréhender, j'observe Kane se lever à son tour. Un second fusible vient de cramer. Putain.

J'ai beau l'avoir vu plusieurs fois en boxer à l'occasion d'une campagne pour sous-vêtements, je ne m'étais jamais attardé sur son corps. Et quel corps ! Un corps avec lequel je ne pourrais jamais rivaliser, malgré ma dose de sport. Il est... ouais, le parfait stéréotype du hockeyeur professionnel qu'il a été. Carré. Barbu. Bestial. Je voudrais fermer les yeux, je voudrais reculer et m'enfuir, mais je ne peux me résoudre à détacher mon regard de Kane. De cette masse de peau et de muscles. De ses larges cuisses, de son torse puissant, de sa queue épaisse et luisante de salive.

Mon souffle se bloque dans ma poitrine lorsque ses grandes mains agrippent la taille de l'autre mec pour le pencher sur le bureau. Une gifle sur son cul bronzé traverse le silence. Mes oreilles bourdonnent.

— Tellement sexy, gronde Kane en parcourant le dos du type de sa paume.

Nous frissonnons en même temps, et j'attends, ébahi, de voir ce qu'il va se passer.

Kane glisse sa queue entre les fesses de son amant qui se cambre et gémit. Je les observe, et sans vraiment le vouloir, ma main commence de nouveau à caresser mon membre.

Hypnotisé par la scène qui se joue devant moi, par Kane qui s'enfonce brutalement dans le cul du mec, par les mouvements de va-et-vient des deux hommes qui bougent avec de plus en plus de frénésie. Je ne les quitte pas des yeux. Ma gorge est sèche, mon sexe humide, et je me branle de plus en plus vite.

Les coups de boutoir de Kane se font brutaux, violents, de la sueur coule le long de sa tempe, ses doigts s'enfoncent dans la peau claire de son amant.

Je suis au comble de l'excitation, mes gestes sont plus vifs, plus imprécis. Je dois me mordre les lèvres pour contenir le cri qui menace de m'échapper.

Des râles et des gémissements résonnent autour de moi et je me laisse happer par la sensualité, la bestialité de leur étreinte. Les jambes légèrement écartées, je me caresse sans jamais cesser de les regarder. C'est plus fort que moi.

Mon corps se tend, mes muscles se crispent et, alors que je suis sur le point d'éjaculer, Kane lève la tête et son regard rencontre le mien. Un électrochoc. Une honte soudaine m'envahit. Je voudrais fuir, mais mes jambes refusent de bouger. Je me retrouve incapable de détourner les yeux.

— Caresse-toi.

L'ordre vient de Kane et j'ignore s'il s'adresse à moi. Pourtant, je lui obéis. Mon sexe est rouge et douloureux, je sens l'orgasme monter.

C'est alors que Kane s'extrait du cul de son amant, ôte le préservatif, et entreprend de se branler à son tour.

À partir de cet instant, j'ai l'impression qu'une compétition se crée entre nous. Sans nous quitter du regard, nous nous caressons, de plus en plus fort, de plus en plus vite, et c'est presque simultanément que nous lâchons une plainte impossible à retenir. Son sperme gicle sur les reins du type tandis que le mien s'écrase sur mon torse et dans ma main.

Un sourire ourle les lèvres de Kane tandis que mon corps se détend.

C'est alors que la réalité me frappe de plein fouet. Je viens de jouir en regardant Kane baiser. Je cligne des yeux, hébété, et tourne les talons.

Mes doigts sont poisseux, ma tête bourdonne sous ma panique soudaine. Je traverse le salon presque au pas de course, et suis sur le point d'atteindre les marches lorsque je sens une main se refermer autour de mon bras. Je me retrouve plaqué contre le mur par Kane, toujours nu, toujours en sueur, qui me maintient fermement.

Son regard vert scrute le mien, son corps à quelques centimètres du mien. Je halète et rougis, de peur et d'embarras.

Ses doigts caressent mon ventre et récoltent mon foutre, preuve accablante de mes agissements.

— Tu as aimé ça ? Me mater ? me demande-t-il avec un sourire satisfait.

Ma gorge est sèche. Je suis tétanisé. Ecrasé par sa présence, son regard, l'odeur de sexe et de transpiration.

Je déglutis.

— Je...

Je suis incapable de parler, de me justifier. Il me domine de sa taille et de sa carrure, il m'intimide et me fait trop d'effet. Et je me retrouve piégé.

Il resserre sa prise sur mon bras et se penche. Son souffle effleure mon oreille et je tressaille.

— Il vaudrait mieux pour toi que tu ne parles à personne de ce que tu viens de voir.

Je hoche la tête pour toute réponse, la bouche pâteuse.

Mon cœur bat à mille à l'heure, la panique refuse de me quitter.

Pourtant, il finit par me lâcher et recule de quelques pas. Ses yeux me scrutent comme pour tenter de deviner mes pensées.

Puis, sans rien ajouter, il tourne les talons et je reste là, à observer son corps nu s'éloigner avant de me laisser glisser sur le sol et de fermer les yeux.

Bordel, que vient-il de se passer ?

CHAPITRE 1
- Cooper -

Novembre.

Voilà. J'ai tout lâché. Là, dans cette pièce emplie de gens friqués, en costume et robe de soirée, en train de discuter par petits groupes tandis que de la musique jazz résonne doucement dans les enceintes. Tout le monde semble passer un bon moment, comme si la vie était simple, comme si rien ne pouvait les atteindre, pendant que moi, j'ai l'impression d'être en train de basculer. D'ailleurs, je transpire dans mon costume Versace.

Jude m'observe, ahuri. J'ignore si c'est d'apprendre ce que j'ai fait, ou de découvrir que Kane est sûrement gay.

— Donc... Tu t'es tapé une queue en matant la sienne ?

Bon, je crois avoir ma réponse.

Il sort ça d'une manière si naturelle, si franche. Je jette un coup d'œil autour de moi pour m'assurer que personne ne nous a écoutés. Mais non, ils sont tous trop occupés ailleurs. Win, Avery et Zane sont en train de s'esclaffer de concert pour je ne sais quelle raison, et je me sens tellement loin de tout ça. Tellement déconnecté.

Je ne crois pas qu'il soit possible d'être plus rouge que je ne le suis en cet instant. Mes joues me brûlent et j'ai l'impression que je vais entrer en combustion d'une seconde à l'autre. Je hoche la tête pour toute réponse.

— Qu'est-ce que ça signifie ? je souffle.

— Que tu es un pervers qui aime mater les gens dans un moment d'intimité ?

— Merci mec, tu m'aides vachement.

Je me demande ce qui m'a pris de le lui raconter. J'aurais dû garder ça pour moi, bien enfoui comme je le fais depuis plusieurs semaines. C'était le plan d'ailleurs, mais en revoyant Kane ce soir, tout m'est revenu en pleine gueule et j'ai eu besoin de me confier à quelqu'un. Et qui mieux que Jude ? Après tout, il a vécu une situation assez similaire. Bon, pas vraiment, mais dans l'idée. Et puis, c'est un type discret et je sais que je peux lui faire confiance, qu'il n'en parlera à personne si je lui interdis. Et surtout pas à Zane. Bordel, Zane. S'il vient à l'apprendre, je n'ai pas fini de l'entendre. Il va se foutre de ma gueule pendant une éternité.

— OK. Désolé. C'était déplacé. Mais je ne sais pas vraiment quoi te dire. Tu as maté des mecs baiser, et tu as kiffé. Je ne comprends pas où est le problème.

— Le problème, c'est que je ne suis pas gay.

— Ça n'a rien à voir.

Remarquant la grimace que j'affiche, il s'avance un peu plus vers moi et son regard rencontre le mien.

— Tu étais excité. Tu étais en manque. C'est normal, mec. Sans compter que ça avait l'air sacrément chaud. Y'a rien de mal à ça.

J'apprécie le fait qu'il tente de me rassurer, mais ce n'est pas vraiment ce que je veux entendre. Ceci dit, j'ignore ce que je veux entendre.

— C'est juste que... depuis ce jour-là... j'en sais rien. C'est resté gravé. J'y pense constamment et je me sens mal. Vis-à-vis de Kane, vis-à-vis d'Olivia, surtout.

— Comment ça se passe avec elle ? me demande Jude.

— Bien, la plupart du temps. On ne se voit pas très souvent, et je la trouve un peu... distante. Froide, parfois.

— Vous ne baisez plus autant qu'avant, hein ? réplique Jude en souriant.

— Zane déteint vraiment trop sur toi.

— Ouais. Sans doute. En attendant, c'est un facteur qui peut jouer. Et... est-ce que tu penses à son beau-père quand tu couches avec elle ?

— Berk. Sérieux ? C'est une réelle question ?

— Écoute, je fais ce que je peux. Alors ?

— Évidemment que non. C'est crade, mec. Quand je couche avec elle, je couche avec... elle. Et personne d'autre.

— Tu as essayé de mater du porno ?

— Je mate plein de porno.

— Gay ? Voir si c'est juste les circonstances qui ont fait que regarder deux hommes t'a excité, ou c'est quelque chose qui te plaît réellement ?

Je secoue la tête. Honnêtement, non. Même si je dois admettre que ça m'a traversé l'esprit, je me suis refusé de céder. J'avais peur que la scène avec Kane me revienne en pleine gueule et je n'avais pas envie de ça. Je faisais suffisamment d'efforts comme ça pour tenter de l'oublier.

— Et quand tu te branles ? Qui est-ce que tu vois ? Olivia ? Ou Kane ? Ou quelqu'un d'autre ?

Finalement, je suis capable de rougir encore plus que tout à l'heure. La bouche soudain sèche, j'attrape une coupe de champagne qui trône sur la table devant moi et l'avale à grands traits. Pour ne pas avoir à répondre ? Peut-être. Ou pour ne pas avoir à penser. À me souvenir qu'à plusieurs reprises, alors que mes doigts étaient enroulés autour de ma queue, c'est le visage dur et si masculin de Kane qui apparaissait devant mes yeux.

— Ton manque de réponse est éloquent, ricane Jude.

— Content que ça te fasse marrer.

Jude pose une main sur ma cuisse et la serre doucement, en signe de réconfort.

— Écoute, ça arrive OK ? De ne plus trop savoir où on en est, sur quel pied danser. Tu as le droit d'avoir des désirs, Cooper. Tu as le droit de fantasmer. C'est quelque chose de sain. Tu ne dois pas culpabiliser. Crois-moi, je suis passé par là, et j'ai fini par accepter.

— Je sais tout ça. C'est pour ça que c'est à toi que j'ai voulu en parler.

— Et tu sais que je suis là, hein ? J'aime bien t'emmerder, mais je comprends. J'essaie juste de dédramatiser. De te prouver que ce n'est pas grave.

— Je n'arrive plus à le regarder. Kane. Depuis ce soir-là, je ne l'ai pas revu. Je n'ai pas mis un pied dans l'appartement d'Olivia. J'ai fait de mon mieux pour l'éviter. Mais aujourd'hui… il est là. Il est là et je ne sais pas comment me comporter. Je ne vais pas pouvoir l'ignorer éternellement, sans compter que je pars en vacances avec lui dans pas longtemps. Merde, je devrais peut-être annuler.

Je viens juste de percuter. Une petite semaine dans un chalet à la montagne avec Olivia, sa mère et son beau-père. Bordel, tu parles d'une mauvaise idée. Pourquoi ai-je accepté ?

Parce qu'à l'époque, tout roulait entre Olivia et toi, et que tu n'avais pas encore éjaculé en voyant Kane en train de se taper un mec. Ça, c'est de l'évolution fulgurante.

— Ah. Ouais. L'ambiance risque d'être un peu étrange.

— Tu m'étonnes.

— Peut-être que tu devrais en discuter avec lui. Mettre les choses à plat, tu ne crois pas ?

À cette suggestion, je relève la tête et pose mes yeux sur Kane. Il est en pleine conversation et ne semble pas m'avoir remarqué. Un petit sourire ourle ses lèvres, son corps massif est mis en valeur par un costume cintré, et il boit son whisky à petites gorgées. Je l'observe à la dérobée, et je me souviens de toutes ces fois sous la douche, dans mon lit, où j'ai songé à lui pendant que je me caressais. Comme s'il avait deviné mes pensées, il tourne la tête et son regard rencontre le mien. Un frisson parcourt mon échine. Et comme la dernière fois, alors que je voudrais me détourner, je me retrouve prisonnier de ses yeux verts et brillants. Nous nous fixons pendant ce qui paraît une éternité, puis il finit par hocher la tête en signe de salutation avant de reporter son attention sur l'homme en face de lui.

Un peu tremblant, je pousse un profond soupir et me détache de lui pour revenir vers Jude, qui me regarde, amusé.

— Putain mec. En effet, t'es carrément mal barré.

CHAPITRE 2
- Kane -

J'ai perdu le fil de la conversation. À force de mater Cooper du coin de l'œil, j'ai laissé mes pensées dériver et voilà que je me retrouve comme un con. Apparemment, Georges, avec qui je discute depuis tout à l'heure, vient de me poser une question, mais je ne suis pas fichu de savoir laquelle. Est-ce que je peux plaider les troubles de l'attention ? Le trop-plein d'alcool ? Cooper qui m'observe en chuchotant avec le fils Manning ?

D'ailleurs, est-ce normal d'être en train de commencer à bander parce que je viens de songer à la dernière fois où je l'ai vu ? N'y a-t-il pas de prescription pour ce genre de choses ? Mon cerveau qui me dirait de me calmer sur-le-champ parce que 1 – c'est le mec de ma belle-fille, et 2 – il a dix-neuf ans pour l'amour du ciel. La moitié de mon âge. C'est un gamin, et je pourrais être son père. Qu'est-ce que ça dit de moi ?

— Ackermann ?

Je cligne des yeux et reporte mon attention sur Georges. Il m'observe, sourcils froncés, attendant que je réponde à cette foutue question.

— Désolé, j'ai été distrait...

Il sourit et je trempe mes lèvres dans mon whisky, décidant de ne plus m'attarder sur Cooper et sur ses messes basses. Même si d'après la manière dont les deux jeunes me regardent, j'ai comme l'impression qu'ils sont en train de parler de moi. Paranoïa ? Ego ? Il n'a pas intérêt à m'avoir balancé à son pote. J'ai été clair là-dessus et j'espère qu'il m'a pris au sérieux. Un frisson parcourt mon échine à cette idée. Je dois m'en assurer. Parce qu'il est hors de question que Cooper soit l'instigateur de mon coming-out. Mon placard est très confortable, je n'ai pas la moindre intention d'en sortir.

— Vous avez vu le dernier match des Rangers[2] ? Pas trop déçu par la défaite des Canadiens ?

— Je jouais pour les Leafs[3], je me fous des Canadiens[4].

C'est faux. Mon cœur ira toujours en faveur des équipes canadiennes, en faveur de mon pays natal, mais j'aime emmerder les amateurs.

Parler hockey avec des gens qui n'y connaissent que dalle et cherchent juste à m'impressionner me fatigue. Je devrais avoir l'habitude pourtant, mais ça m'agace. À croire que certains – comme Georges -, ne suivent les matchs que lorsqu'ils savent que nous allons nous croiser, histoire de sortir leur science. Mais peut-être devrais-je le remercier, pendant que je peste contre ces abrutis, je ne pense plus à Cooper et au secret que nous partageons, un secret qui, s'il est ébruité, pourrait détruire beaucoup de choses. Des choses auxquelles je tiens, pour lesquelles je me suis battu, et que je refuse de voir partir en fumée.

---

2   Equipe de NHL basée à New York.
3   De son nom complet Maple Leafs. Equipe de NHL canadienne basée à Toronto.
4   Equipé de NHL basée à Montréal, Canada.

Je crois que je viens de vexer ce bon vieux Georges, vu qu'il me regarde avec des yeux comme deux ronds de flan. Peut-être devrais-je m'excuser de m'être montré aussi sec, mais franchement, ça m'est égal. Tous ces gens me tapent sur le système. Si je suis ici, c'est pour faire bonne figure, et surtout pour Beth. Je suis celui qui représente notre famille lorsqu'elle n'est pas là. Celui qui appuie notre présence, qu'ils ne s'avisent pas à nous oublier. À l'oublier, elle. Elle tient à sa place parmi l'Élite, et qui suis-je pour la lui refuser ? Je ne suis pas un type parfait, loin de là, mais je l'aime, à ma manière, profondément.

— Kane...

Je me tourne pour découvrir Olivia, qui m'observe d'un air pincé. Elle et moi avons du mal à nous entendre. Nous sommes trop différents et elle n'a jamais vraiment accepté que sa mère se remarie après la mort de son père.

— Qu'y a-t-il ?

— Je voulais juste te prévenir que je ne rentrerai pas avec toi. Il y a une soirée chez Win.

Je crois que cette simple phrase représente parfaitement l'autorité – ou le manque d'autorité - que j'ai sur elle. Elle ne me demande ni mon avis ni ma permission.

Je me contente de hocher la tête pour toute réponse, parce que, que pourrais-je dire de toute façon ? Au moins, je sais qu'elle est en sécurité chez Windsor, son père est un bon ami. C'est aussi mon avocat et l'une des rares personnes au courant de mon homosexualité.

Mon regard dévie pour se poser sur Cooper. Jude n'est plus là, et il se contente de boire son champagne, fixant le vide.

— Ton petit ami vient avec toi ?

Petit ami. Un petit ami qui s'est branlé en me matant alors que je baisais Sean. Tu parles d'une histoire.

Elle lève les yeux au ciel, agacée. Peut-être croit-elle que je cherche à la fliquer. Ce n'est pas le cas. Mais c'est plus fort que moi. Depuis cette soirée, je crains que Cooper ne crache le morceau, et bien que je sois persuadé qu'il n'irait jamais balancer ce qu'il a fait à Olivia, une part de moi tremble à cette idée. Je me suis toujours demandé : si elle avait suffisamment de munitions en main contre moi, hésiterait-elle à me faire tomber ?

— Je crois que oui. Je ne lui ai pas posé la question.

Depuis quelque temps, j'ai l'impression que leur relation se délite. Olivia rentre moins souvent à l'appartement, préférant passer ses week-ends sur le campus de Georgetown. Au début, je me demandais si elle cherchait à fuir la maison, à me fuir moi, maintenant qu'elle en a l'occasion, mais à présent, je me demande si ce n'est pas son mec qu'elle cherche à fuir. Ce qui expliquerait sa réaction lors de cette soirée. La frustration et l'excitation peuvent nous faire faire nombre de choses inhabituelles. Surtout à cet âge-là, je suis bien placé pour le savoir.

Elle n'attend pas que je réponde et tourne les talons pour s'éloigner. Ce qui résume assez bien notre relation.

Je bois une autre gorgée de whisky et observe Olivia rejoindre sa bande d'amis. Cooper n'a pas bougé, et je suis agacé de constamment reporter mes yeux sur lui. Il semble un peu paumé, un peu troublé. Sans réfléchir plus longuement, je délaisse Georges et son nouvel interlocuteur pour me diriger vers lui. Il est temps qu'il arrête de se cacher. S'il est trop mal à l'aise pour m'affronter, c'est son problème, mais dans moins d'un mois, il est censé nous rejoindre dans mon chalet d'Aspen, et je n'accepterai pas de passer mes vacances à étouffer sous le malaise et les regards entendus.

Il a dû me sentir arriver, parce qu'il lève la tête et ses yeux rencontrent les miens. Apparemment décontenancé, il rougit. Je pose une main sur son épaule et la serre gentiment en souriant.

— Bonsoir, Cooper. On peut parler ?

CHAPITRE 3
- Cooper -

La sensation de sa main sur mon épaule et ses yeux verts qui me fixent agissent comme une décharge électrique. Je me tends et essaie de rester immobile, de taire l'envie de reculer pour qu'il me lâche. *Comporte-toi en adulte, bordel. Montre-lui que tu contrôles la situation.* Tu parles, je ne contrôle rien du tout, raison pour laquelle je l'ai fui ces derniers temps.

— Si vous voulez, finis-je par répondre, et un soupir s'échappe de mes lèvres lorsqu'il ôte sa main.

Il s'assoit à la place que Jude a délaissée il y a quelques minutes et termine son verre cul sec avant de le poser sur la table. Et c'est plus fort que moi. Je ne peux m'empêcher de l'observer ; sa pomme d'Adam qui ondule au rythme de ses gorgées, sa grande main refermée sur son verre. J'ai toujours été en admiration devant Kane. Devant sa carrière, son talent. Combien de matchs des Leafs ai-je matés en me focalisant principalement sur lui ? Sur sa dextérité, sa grâce même, alors qu'il évoluait sur la glace ? Combien de fois l'ai-je encouragé derrière mon écran tandis que la situation commençait à chauffer avec l'équipe adverse ? Qu'il se prenait des coups et en rendait tout autant ? Il a marqué des buts déments. Il a été un champion. Un des meilleurs joueurs de sa génération.

— Peut-être qu'on devrait se trouver un endroit un peu plus privé.

Ce type, presqu'une idole, se tient devant moi, ses genoux touchant pratiquement les miens. Parce qu'il souhaite me parler. Parce qu'il doit flipper que je divulgue son secret. Un ricanement doux-amer s'échappe de mes lèvres. Avant cette soirée qui a pris une tournure inattendue, il n'avait jamais vraiment fait attention à moi. Jamais désagréable, mais pas vraiment amical non plus. Ça m'avait déçu. Tout juste si cet homme que je tenais en haute estime ne m'ignorait pas lorsque je venais chez lui pour passer du temps avec Olivia. Aujourd'hui, les rôles sont inversés. Parce que, même si je ne suis pas fier de mon comportement de l'autre soir, même si les répercussions si quelqu'un — Olivia surtout — l'apprenait, ne seraient pas belles à voir, ce n'est rien comparé à ce que Kane encourrait. Ackermann. Le champion. Infidèle. Et gay.

Voyant que je ne réponds pas, il décide de prendre les devants. Il se relève et m'attrape fermement par le bras pour m'inciter à l'imiter.

— Lâchez-moi.

Faible protestation, mais c'est la seule chose que j'ai en stock. Je veux lui montrer qu'il ne m'impressionne pas, même si c'est faux. Me retrouver dans une pièce avec lui, en tête à tête, n'est pas une perspective agréable. Pourtant, lorsqu'il me relâche, je le suis sans broncher, docile.

Je ne peux m'empêcher de regarder autour de moi, craignant la réaction des convives en nous voyant nous éloigner tous les deux. Sauf que tout le monde s'en fout. Parce qu'ils ignorent qui il est vraiment. Pour eux, je suis le mec de sa belle-fille, il a tous les droits de souhaiter me parler en privé. Mon regard croise celui d'Olivia, qui m'observe, sourcils froncés, et je hausse les épaules pour toute réponse, ce qui semble la satisfaire. Je commence à avoir l'habitude de cette distance qu'elle a instaurée entre nous depuis le début de l'université. Ça me fait un peu mal, mais je ne compte pas le lui avouer, je préfère me laisser porter.

Encore quelques pas à suivre Kane et nous nous retrouvons dans un petit salon désert. Il s'efface pour que je sois le premier à entrer. Je sursaute en entendant la porte se refermer derrière lui. Alors, pour éviter cette panique, aussi soudaine que ridicule, de m'envahir, je me concentre sur la pièce où nous avons échoué. Sur les lourds rideaux carmin encadrant d'immenses fenêtres qui offrent une vue imprenable sur le jardin arrière, sur les larges fauteuils en cuir qui semblent si confortables, sur les étagères chargées de livres qui cachent tout un pan du mur.

Mais soudain, je suis conscient du corps de Kane derrière moi et je ne parviens plus à me concentrer sur autre chose que sur sa présence. Elle est écrasante, étouffante. Me donne envie de m'enfuir à toutes jambes.

« Je me suis branlé en pensant à toi. » Je ne sais pas d'où sort cette pensée soudaine ni cette envie de le lui avouer. Peut-être pour m'en débarrasser. Peut-être pour l'entendre me rassurer. L'entendre me dire que je ne suis pas détraqué, même si Jude a déjà fait le boulot de son côté.

— Je suis curieux..., commence-t-il, et sa voix rauque se répercute dans la pièce, brisant le silence pesant.

Son pas résonne sur le parquet lustré tandis qu'il s'approche encore. Toujours plus près, jusqu'à ce que je le sente contre mon dos. Ce type n'a donc aucune notion de l'espace personnel ?

Il se penche contre moi et son souffle balaye ma nuque.

— De quoi tu discutais avec le fils Manning ?

Merde. Merde, merde. Je suis grillé. Tout ça, c'est de la faute de Jude, à lui jeter des coups d'œil intempestifs. Je décide de me retourner pour l'affronter. Ce n'est pas une très bonne idée ; face à lui, à ses yeux sur moi, je suis à deux doigts de flancher. Mais je suis plus fort que ça.

— Ça ne vous regarde pas.

— Tu parlais de moi, donc ça me regarde.

— Qu'est-ce que vous en savez ? Vous avez vraiment un ego surdimensionné.

Il éclate d'un rire franc qui me surprend.

— Tu as sûrement raison. Mais comprends-moi, Cooper. Je tiens à ce que notre petit secret soit bien gardé.

— Il ne dira rien.

Son visage se fige. Je crois que je viens de le mettre en colère. Aussi, je n'attends pas qu'il réponde avant de me justifier.

— Il est passé par là. Il sait qu'il doit la fermer. Vous êtes parfaitement au courant de ce que son père lui a fait. Le vendre aux médias, entre autres. Jamais il ne s'abaisserait à faire la même chose.

— Tu as confiance en ce garçon, hein ?

— Évidemment. Je ne lui en aurais pas parlé autrement.

Ses traits sont toujours chiffonnés et je baisse la tête, un peu penaud.

— Je n'ai pas l'intention de vous nuire, Kane. Je vous le promets.

Parce que vous me faites un peu peur. Parce que je vous admire. Et peut-être aussi, parce que je vous désire. Ce n'est pas vraiment sensé ni compréhensible. Et ce n'est pas vraiment sain non plus. Avoir vécu ce moment d'intimité avec un homme que je regardais avec passion évoluer sur la glace a-t-il déclenché quelque chose en moi ? Je n'en sais rien, et au final, est-ce si important ?

Il se penche, pose son index sur mon menton et m'oblige à relever la tête. Son pouce caresse ma lèvre inférieure et je cesse de respirer l'espace d'une seconde.

— Je tenais juste à m'en assurer.

— Vous n'avez pas à vous inquiéter.

Il hoche la tête, ses doigts dévient sur ma joue et ma mâchoire avant de laisser retomber son bras.

— Je n'ai pas honte de ce que je suis, mais ma sexualité n'appartient qu'à moi. Elle ne regarde personne.

Personne ? Pas même sa femme ? Je crève d'envie de lui poser la question, mais je ne ferais que l'énerver, et ce n'est pas une bonne idée. Qui sait ce que ces grandes mains seraient capables de faire ? Si elles se retrouvaient autour de ma gorge, je n'aurais aucun moyen de me libérer.

J'acquiesce, la gorge sèche.

— Quant à ce qu'il s'est passé l'autre soir, Cooper... Ne sois pas mal à l'aise. Et si tu n'en as pas eu assez, si tu souhaites explorer un peu plus profondément cette facette de ta sexualité, n'hésite pas.

Je frissonne à ces quelques mots lâchés d'une voix sensuelle et accompagnés d'un clin d'œil. Alors qu'il se retourne et s'éloigne, je reste planté là, un peu ahuri, un peu pantelant, à me demander s'il était sérieux ou s'il voulait juste se foutre de moi.

Pour être honnête, j'ignore encore vers quel choix se porte ma préférence. Est-ce que j'ai le droit de commencer à sérieusement paniquer ?

CHAPITRE 4
- Cooper -

— Alors, on s'enferme à double tour avec des hommes ?

La voix de Zane me fait sursauter. Adossé contre le mur, un verre à la main, il m'observe d'un air amusé. Putain, ce mec est toujours à fourrer son nez partout. Je me sens rougir et je déteste ça. À coup sûr, ça va se retourner contre moi.

— Pas très bavard, hein. T'as perdu ta langue ? Tu l'as laissée dans la bouche de Kane ?

Est-ce que Jude lui a tout raconté ? Est-ce que j'ai eu tort de me confier à lui ? Je tente au mieux de calmer la peur qui s'empare de moi.

— Bordel, Zane. Tout le monde n'est pas aussi dépravé que toi.

— Et c'est dommage.

J'éclate de rire malgré moi. Je ne peux pas résister, il exerce cet effet sur les gens. Chiant, intrusif, mais impossible à détester. Il a beau me saouler parfois, j'apprécie assez de l'avoir pour ami.

— Alors, raconte, qu'est-ce qu'il te voulait, Ackermann ? Me dire que si je souhaitais explorer ma sexualité, il était dispo pour m'aider ? Merde, rien que d'y penser, mon sang s'échauffe. *Trouve un truc, fais marcher ton putain de cerveau.* Sauf que je n'y parviens pas. Tout ce qui me vient à l'esprit est le souvenir de la proximité du corps de Kane, ses mains sur mon visage.

— De quoi je me mêle ?

Il est sur le point de répliquer lorsque les bras de Jude s'enroulent autour de sa taille et qu'il pose un baiser sur sa joue. Sauvé par le gong, on dirait. Zane se désintéresse aussitôt de moi. C'est dingue, il suffit que Jude se pointe pour que son monde se résume à son existence. Je crois que je les envie. De se montrer si fusionnels, si complices. C'est quelque chose que je partageais avec Olivia, mais qui a disparu au cours de ces derniers mois.

— On peut rentrer ? demande Jude. Je suis crevé et j'ai encore du boulot pour lundi.

Zane l'embrasse furtivement et hoche la tête en souriant. Ils sont tellement beaux tous les deux. J'avoue avoir eu du mal avec leur relation au début, je n'avais pas compris le revirement de Jude, sa soudaine attirance pour Zane. Comment pouvait-il éprouver ce genre de sentiments, de désir, alors qu'il avait toujours aimé les femmes et que sa relation avec Taylor semblait idéale ?

Il a suffi d'une soirée, d'une scène à jamais gravée dans ma tête, pour voir les choses différemment, pour comprendre que parfois, c'est plus fort que nous, que ça ne se contrôle pas, que ça nous laisse un peu perdus et l'esprit en vrac. Que ça nous fait peur. Jude a affronté ses craintes, ses appréhensions, le regard des autres. Mais moi ? Je ne sais foutrement pas où j'en suis, et j'aurais souhaité ne pas être autant perturbé par tout ça. Pouvoir effacer ce souvenir de mon crâne et penser à autre chose. Sauf que je n'y parviens pas. Se branler en matant votre idole en train de s'envoyer en l'air, éprouver du désir pour un homme, - un homme ! - alors que ça n'a jamais été le cas auparavant, ça craint vachement. Je ferme brièvement les paupières pour tenter de me recentrer et croise le regard de Jude. Il me fait un clin d'œil et je le remercie en silence de m'avoir sauvé la mise. Zane et lui me souhaitent une bonne soirée et s'éloignent rapidement. Je rejoins mes amis à table, ainsi qu'Olivia, qui vient s'asseoir sur mes genoux. Je caresse distraitement son bras tandis que Win nous informe qu'il est temps de se barrer d'ici pour aller s'éclater. Franchement, je n'en ai pas vraiment envie, j'aimerais rentrer chez moi, me caler devant Netflix, et ne plus bouger, mais Olivia semble tellement excitée à l'idée de passer une soirée en compagnie de nos amis que je n'ai pas le cœur à lui refuser. C'est donc à reculons, mais résigné que j'accepte de suivre le troupeau.

Je bois un peu trop. Je bois en espérant que mon cerveau s'embrume, espérant qu'il arrête de tourner à cent à l'heure et à surchauffer. Avachi sur un des canapés du salon de chez Windsor, j'observe Olivia se trémousser en compagnie des autres filles. Elle est si belle, si sexy. Elle bouge divinement bien. Je la regarde se déhancher et m'attarde sur ses fesses, sur sa poitrine. J'ai parcouru chacun de ces endroits de mes mains, de ma bouche, des dizaines de fois, j'ai passé des heures à la caresser, à l'embrasser, à vibrer en sentant son corps sous le mien pendant que je m'enfonçais en elle.

Je me demande ce qui ne va pas chez moi. Ce qui a changé. Elle en est en partie responsable. Elle ne me désire plus comme avant. Nous nous touchons moins, faisons moins l'amour. Mais ce soir, j'ai envie de me prouver que tout est encore possible, que cette connexion existe toujours entre nous. Qu'elle me fait toujours bander. Que je ne suis pas cassé. Que mon tête-à-tête avec Kane ne m'a pas affecté tant que ça. Que mon excitation est juste une réaction naturelle de mon corps. Que je n'ai pas à avoir peur. Que rien n'a foncièrement changé.

J'ignore si c'est l'alcool ou le désir qui grimpe en moi à force de la mater, mais je n'y tiens plus. Je me lève, avance d'un pas légèrement chancelant jusqu'à Olivia, me plaque derrière elle et glisse ma main juste sous ses seins. Elle tourne la tête et j'écrase ma bouche sur la sienne. Elle me laisse faire, répond même à mon baiser. Je l'embrasse plus profondément, frottant ma queue contre ses fesses. Elle ondule contre moi et me rend fou. Je l'attrape par le poignet et l'attire dans la salle de bains. Elle rit et glousse, et bordel, ça fait du bien. À peine la porte refermée, je la plaque contre le mur, remonte sa robe et glisse deux doigts contre son intimité. Elle gémit contre mes lèvres et rejette la tête en arrière pour me dévoiler sa gorge blanche. Je la mords et la lèche, appuyant plus fort contre sa culotte qui commence à être mouillée.

Ma queue emprisonnée dans mon jean me fait mal, et de ma main libre, je me désape rapidement pour la libérer. Je me presse contre elle, pour qu'elle sente l'exaltation qu'elle provoque en moi, et ses doigts se referment autour de mon érection pour la caresser.

Nos lèvres se trouvent, nos langues se mêlent. Sa jambe s'enroule autour de ma taille et je repousse sa culotte humide pour la pénétrer de mon index et de mon majeur. Elle crie et commence à onduler, m'intimant de la baiser plus rapidement, plus profondément. Mon pouce caresse son clitoris pendant que ma main continue ses va-et-vient. Elle se frotte contre moi, avide, et je m'embrase. J'ôte mes doigts et glisse ma queue humide entre les replis de sa chatte gonflée.

Nous ne disons rien, ne parlons pas, ses soupirs et mes grognements suffisent à communiquer notre excitation, notre besoin mutuel d'éprouver du plaisir, de jouir. D'un coup de reins, je la pénètre et un petit cri s'échappe de sa gorge lorsque je m'enfonce en elle.

Quelques mouvements de bassin, des morsures, des griffures, des halètements, des perles de sueur qui rendent nos peaux moites. Je serre les dents en accélérant la cadence, sentant mon membre gonfler. Elle est au bord, elle aussi, et mon pouce rejoint la danse pour la mener rapidement jusqu'à l'orgasme. Je suis le premier à éjaculer dans un râle, restant enfoui en elle tout en la caressant pour la faire jouir à son tour. Ses cuisses se contractent, sa petite chatte trempée enserre ma queue comme un étau. Puis elle se laisse retomber mollement, le souffle court. Nos regards se croisent et les siens brillent de contentement.

Je lui ai fait du bien. Elle a adoré. J'ai bandé et j'ai joui à fond. Son corps féminin m'a carrément enflammé.

Je pousse un soupir de soulagement.

Tout est rentré dans l'ordre. Enfin.

CHAPITRE 5
- Kane -

L'appartement est brillamment éclairé et une délicieuse odeur de nourriture imprègne l'air lorsque je rentre chez moi après un entraînement épuisant. Sérieux, ces gosses me fatiguent parfois et j'ai usé ma voix ce soir. J'ai eu envie de secouer Josh en voyant qu'il n'écoutait rien à ce que je lui disais pour n'en faire qu'à sa tête. Je les comprends, s'exercer si jeunes à si haut niveau n'est pas tous les jours évident. Beaucoup de stress, de pression. Mais les Sound Tigers de Bridgeport font partie des meilleures équipes Junior, et si nous voulons assurer dans les stats et garder notre position, certains de ces gamins feraient mieux de mettre leur ego de côté et se concentrer.

— Tu rentres tard.

La douce voix de Beth me parvient depuis le salon. J'abandonne mon sac dans l'entrée et la rejoins rapidement.

— Je suis désolé. Tu n'aurais pas dû m'attendre pour dîner et aller te coucher, je sais que tu es crevée.

Parce que je la connais, à chaque fois qu'elle rentre de déplacement, ses yeux sont cernés et son corps las. Elle bosse trop, mais ça lui plaît. Au début, je pensais qu'elle tenait juste à faire ses preuves, me montrer que même si mon fric était le bienvenu, elle ne souhaitait pas totalement dépendre de moi. Ça ne me dérangeait pas, au contraire, mais elle n'a pas voulu en démordre. Aujourd'hui, elle est à la tête d'une chaîne de salle de sports qui cartonne dans tout le pays et je suis fier d'elle. « Je n'aurais jamais pu y arriver sans toi » me répète-t-elle souvent. Elle est infiniment reconnaissante de mon investissement, que ce soit pour les fonds apportés ou pour mon image qui a permis à la marque de se faire connaître.

— Ça ne m'ennuie pas. Et puis je ne t'ai pas vu de la semaine, on a du temps à rattraper.

Je me penche vers elle, dépose un baiser sur sa joue.

— Tu m'as manqué.

Je suis sincère, elle le sait. Lorsqu'elle s'en va, l'appartement semble si vide, déprimant. Je me retrouve souvent à tourner en rond comme un lion en cage, à me nourrir de bouffe à emporter et à finir par le regretter, à passer mes soirées seul devant la télé, ou enfermé dans mon bureau à bosser. Surtout, elle me manque la nuit. Le lit est trop grand, trop froid lorsqu'elle n'est pas là pour le réchauffer de son corps contre le mien. Même si je ne la désire pas, même si l'odeur de sa peau et la douceur de ses cheveux ne m'excitent pas, j'aime sentir sa présence. J'aime qu'elle soit là. Je l'aime, simplement, et parfois, je me demande ce que je ferais si elle s'en allait. Souvent, je me dis qu'elle finira par partir, lorsque l'affection, la complicité, se seront effacées, que le sentiment de quiétude que nous éprouvons l'un envers l'autre ne suffira plus à la combler. Dans ces moments-là, mon cœur se serre et j'ai du mal à respirer, alors je tente de repousser ces idées noires, de profiter du mieux que je peux de notre quotidien, loin d'être parfait, mais qui nous correspond, et nous convient.

L'unique avantage de son absence, c'est que je peux demander à Sean de venir me rejoindre pour se faire baiser. Il est toujours disponible, ne rechigne jamais en plus de se montrer discret. Je sais que je peux lui faire confiance, même si elle repose sur un bon petit tas de billets verts - ainsi qu'un contrat en béton armé. Parfois, je regrette de ne pas profiter d'une relation normale. Je trouve ça un peu pathétique, déprimant, de devoir payer un escort pour m'envoyer en l'air. Alors je me rends compte que l'enjeu est trop grand, que je ne suis pas prêt à risquer ma carrière, et ça me remet les idées en place. Et puis, autant être honnête, Sean a un cul foutrement accueillant et il suce comme un pro – ce qu'il est, compte tenu de son activité. Et surtout, il me connaît. Il est l'un des rares à être au courant de mon secret et je fais toujours appel à lui lorsque j'éprouve la nécessité de me vider. C'est souvent rapide, souvent impersonnel, brut, dénué de sentiment. Mais j'en ai besoin. Bien plus que ces quelques séances en solitaire que je m'accorde, pour décompresser.

— Tu m'as manqué aussi, répond Beth en caressant ma joue, me sortant de mes pensées. Tu as faim ?

Quelle question ! Sans compter qu'elle est une cuisinière hors pair qui aime prendre le temps de préparer des plats savoureux lorsqu'elle en a l'occasion, ou l'énergie. Elle a essayé de m'apprendre, ce qui a donné lieu à beaucoup de fous rires, d'énervement et d'aliments cramés.

— Je suis affamé.

Elle rit, secoue la tête puis j'attrape sa main et la tire presque jusqu'à la cuisine pour découvrir ce qu'elle nous a mitonné.

— Alors, comment avancent les travaux ? Tu as vraiment été voir ou tu as passé ta semaine à la plage ? je demande à Beth en avisant sa peau qui a pris un joli teint hâlé suite à son voyage en Floride.

Elle m'offre une grimace faussement agacée et lève les yeux au ciel.

— Non, monsieur le rabat-joie. J'ai consacré quasiment toutes mes journées au chantier et aux réunions.

J'avale une bouchée de saumon aux asperges et retiens un soupir de satisfaction lorsqu'il fond sur ma langue. Bordel, sa cuisine m'a vraiment manqué.

— Olivia m'a dit qu'elle avait passé le week-end ici. Je me demande comment je dois prendre le fait qu'elle attend que je m'absente pour venir à New York.

Elle semble un peu déçue de l'avoir ratée, je tente de la réconforter comme je peux.

— Pour être honnête, je ne l'ai pas beaucoup vue, à part au dîner de Gala. On s'est à peine croisés.

Ce qui me convient parfaitement, Beth le sait. Elle a conscience qu'entre sa fille et moi, ça ne fonctionne pas vraiment. Depuis qu'elle est partie pour Georgetown, c'est un peu plus facile, même si honnêtement, lorsqu'elle vivait sous notre toit, elle n'a jamais été trop difficile à gérer – entre autres parce qu'elle n'était pas souvent là. Cette fille a une vie sociale dix fois plus importante que la mienne. Je me demande à quel moment c'est arrivé, quand j'ai commencé à me refermer un peu sur moi-même, à préférer la tranquillité de mon foyer plutôt que les soirées entre potes, à picoler et à faire la fête. Je devrais peut-être les appeler, leur montrer que je ne suis pas mort, et que même si je les ai délaissés, ils comptent toujours pour moi.

— Et le Gala ? Tu as passé un bon moment ?

Je hausse les épaules. Elle a conscience que ce ne sont pas mes soirées préférées, loin de là, et apprécie d'autant plus que je consente à faire l'effort de m'y rendre, en majeure partie pour elle.

— Oh tu sais, j'ai bu, j'ai discuté, j'ai signé un chèque puis je me suis barré.

Ouais, et j'ai aussi passé un petit moment enfermé dans une pièce avec Cooper. Je ne peux m'empêcher d'y sourire en y repensant. Malgré son air apeuré, malgré sa défiance, le type ne s'est pas démonté.

Est-ce que ça m'a amusé de jouer avec Cooper ? Oui. Est-ce que je m'en veux ? Sûrement pas autant que je le devrais. Je le déstabilise, peut-être même que je l'effraie un peu. C'est étrange, avant l'autre soir, c'est à peine si j'avais posé mes yeux sur ce gosse. Pour moi il n'était rien que Cooper, le fils de mon ami Steven Reid, magnat de la presse, et plus tard, le mec d'Olivia. Un gamin. J'avais bien conscience de son admiration. La première fois où nous nous sommes rencontrés, quand je lui ai serré la main, il tremblait. Et à chaque fois que les Reid venaient dîner à la maison, il n'osait pas croiser mon regard, et passait des heures à s'extasier devant ma collection de trophées, les yeux brillants.

« Tu es fan de hockey ? » lui avais-je demandé un soir après le repas. Il avait sursauté devant ma question, comme s'il ne s'attendait pas à ce que je perde mon temps à lui faire la conversation. C'était un peu le cas, mais il était le fils unique d'un ami, ça me paraissait être la chose à faire, surtout sachant combien il avait été fan de moi.

Sans dévier le regard des coupes et autres preuves de l'excellence de ma carrière, il avait hoché la tête.

« Tu y joues ? »

« Non. Je préfère la natation. Je ne suis pas très bon pour les sports collectifs. »

Sa voix tremblait légèrement, et il ne me regardait toujours pas. Alors je lui avais ébouriffé les cheveux avant de le laisser à sa contemplation, oubliant aussitôt ce gamin un peu trop timide, un peu trop renfermé.

J'ignore pourquoi cette scène refait surface d'un coup, je ne sais même pas pourquoi je m'en souviens encore. Marrant comme la mémoire peut faire preuve de malice, parfois. Quel âge avait-il à cette époque ? Trop jeune pour que je puisse m'y intéresser. C'est toujours le cas, d'ailleurs. Il a dix-neuf ans bordel, mes yeux ne devraient même pas s'attarder sur ce genre de garçons. Qu'est-ce qui m'a pris, de lui faire cette proposition indécente ? De m'être montré si franc ? J'ai couru trop de risques, et je m'en veux, mais pourtant, je ne parviens pas tout à fait à regretter. Parce que même si c'est tordu, même s'il est bien trop jeune pour moi, Cooper éveille certains désirs que je pensais avoir annihilés. Et j'attends autant que je redoute de découvrir comment ces quelques jours à Aspen vont se dérouler.

CHAPITRE 6
- Cooper -

Décembre.

Zane est déjà attablé devant un grand mug de café quand je le rejoins à la cafétéria ce matin-là. Le nez rivé dans un bouquin, il picore les miettes de son muffin d'une main tout en écrivant frénétiquement de l'autre.

— Salut, dis-je en m'asseyant en face de lui.
— Humhum.

Il ne lève pas la tête, ne me regarde pas, continue de bosser sans s'arrêter. Ses yeux sont cernés, ses cheveux décoiffés. Il a l'air crevé. C'est marrant, quand on ne le connaît pas, on pourrait penser qu'il est l'archétype même du tire-au-flanc. Le genre d'élève qui passe sa vie à faire la fête et ne se soucie pas de ses études. Il est tout l'inverse. Un sacré bosseur. Je l'ai invité plusieurs fois aux soirées organisées par ma fraternité, mais il ne s'est que rarement pointé – la plupart du temps parce qu'il rejoignait Jude pour le week-end. Lorsque ça a été le cas, il est resté le temps de boire un verre et de fixer avec dégoût un type gerber dans les plantes. Il a secoué la tête et m'a coulé un regard noir l'air de dire « mec, j'ai pas de temps à perdre pour ce genre de conneries », a fini sa vodka et s'est barré sans ajouter quoi que ce soit.

— Zane, fais une pause.

Il soupire et consent enfin à aviser ma présence. Il attrape sa tasse, râle en se rendant compte qu'elle est vide, saisit celle que je viens de déposer devant moi et la boit.

— Tu devrais peut-être ralentir sur la caféine.

— Et quoi ? Me mettre à la coke ? grogne-t-il en reportant de nouveau son attention sur son bouquin.

Je lève les yeux au ciel, décide de ne pas m'attarder. Il est stressé, de mauvaise humeur, et n'est pas en état de discuter. Il ne semble même pas remarquer mon départ et je ravale ma déception. J'avais besoin de parler ce matin, après une semaine à me prendre la tête tout seul dans mon coin. Je n'aurais pas mentionné Kane, évidemment, mais j'avais espéré que lui toucher deux mots sur une éventuelle prise de conscience m'aurait aidé. Zane est l'unique personne dont je sois suffisamment proche pour me confier, même si je sais que j'aurais droit à des remarques de mauvais goût. Je ricane à cette pensée. Qui l'aurait cru ? Quand nous nous sommes tous les deux retrouvés le jour de la rentrée, je ne le voyais encore que comme le mec qui avait fait changer Jude de bord et dont il était tombé éperdument amoureux. Je n'avais pas passé beaucoup de temps avec lui, à peine quelques soirées durant l'été. Je ne connaissais personne à NYU, tous mes potes s'étant barrés ailleurs. Avery à Columbia, Olivia à Georgetown, Shane et Ezra en dernière année de lycée, Win nulle part. Rapidement, nous nous sommes rapprochés, peut-être par facilité, ou parce que tout simplement, nous nous entendions bien, ou encore parce que Zane estimait que j'étais le seul qui méritait son attention.

C'est un type solitaire et à part moi, il ne traîne avec personne. Du coup, je crois que nous y trouvons tous les deux notre compte. Avoir la même bande de potes, même si elle s'est un peu éparpillée, aide parfois.

Légèrement agacé, et résigné, je fais un crochet pour acheter un café – vu qu'on m'a volé le mien – et un donut puis retourne à la maison que je partage avec les autres membres de ma fraternité.

Le salon est désert, ils sont tous partis en cours, mis à part Vince qui doit encore être en train de ronfler. Je me pose sur le canapé et allume la télé sur une chaîne d'info tout en finissant mon petit-déjeuner.

Ian a abandonné ses affaires de hockey dans un coin de la pièce. À maintes reprises, mon regard tombe dessus, des images que je souhaiterais oublier me reviennent en tête. Kane, son corps puissant, ses mots crus tandis qu'il baise l'autre homme. Sa main sur ma joue et sa proposition indécente. C'est dingue, je n'arrive jamais à le sortir de mes pensées, et à chaque fois, mon corps répond d'une manière qui ne me plaît pas des masses.

Cette pensée me ramène à ma discussion avec Jude. À sa suggestion. Mater du porno gay. Pour être honnête, j'y ai songé, sans parvenir à sauter le pas. Sauf que depuis, ça m'obsède. Je crois que j'ai peur de découvrir ce que je pourrais ressentir, la manière dont je pourrais réagir. Qu'est-ce que ça voudrait dire de moi si je bandais ? Ou au contraire, si je ne bandais pas ?

J'y réfléchis tout en buvant mon café. Après tout, pourquoi pas ? Ce serait un bon moyen d'être fixé, et puis ce n'est pas comme si quelqu'un d'autre en serait informé.

Décidant de prendre mon courage à deux mains – et avant de changer d'avis encore une fois - je me lève résolument du canapé, direction ma chambre. En passant devant celle de Vince, j'entends ses ronflements et me demande si je ne ferais pas mieux d'aller le réveiller. Il devrait être en cours depuis plus d'une heure, mais sa cuite de la veille l'a achevé et il a passé la nuit à vomir partout. *Arrête de te trouver des excuses pour retarder l'échéance.* Ouais, quand faut y aller, faut y aller et rapidement, je me glisse dans mon lit, mon ordinateur sur les genoux, et pars à la découverte du porno gay.

Je suis halluciné, et un peu effrayé, par la sélection démente de films qui s'offre à moi. Comment suis-je censé m'en sortir avec tout ça ? Comment faire un choix ? Je fais défiler les catégories en mettant aussitôt celles trop trash de côté. Je finis par me retrouver devant tout un tas de miniatures et clique sur ce qui semble le plus adapté à ma situation. Soit des hétéros prenant du bon temps avec des hommes. Je clique sur une vidéo au choix, inspire profondément, et me lance.

Pas de mise en scène, pas de dialogues inutiles. Le film commence avec les deux types sur un canapé, à moitié défroqués, en train de s'embrasser à pleine bouche. Honnêtement, je me demande si on ne se fout pas un peu de ma gueule, parce que les mecs semblent sacrément enthousiastes à se laisser caresser. En deux temps trois mouvements, ils se retrouvent tous les deux la bite à l'air. Je ne sais pas lequel des deux est censé être l'hétéro, mais ni l'un ni l'autre ne se montre farouche lorsqu'il est question de sucer – ou se faire sucer – une queue. J'observe ça avec un mélange de peur, de fascination, et un peu d'aversion. Je grimace quand le type attrape la tête de l'autre pour qu'il l'avale entièrement, lui arrachant un gémissement lorsqu'il s'étrangle sur sa queue. En parlant de queue, la mienne reste molle. Est-ce une bonne chose ? Je l'ignore et décide d'avancer rapidement pour en avoir le cœur net. Au moment où j'appuie de nouveau sur play, celui qui se faisait sucer plus tôt est en train d'engouffrer sa langue dans le cul de l'autre et je ferme les yeux en grimaçant. Bordel. C'est dégueu ! Je préfère ne pas m'attarder, zappe la scène pour trouver de la baise pure. Je veux vraiment savoir ce que ça me fait. Je veux vraiment savoir si mon corps réagira de la même manière que lorsque j'ai surpris Kane en train de se taper un autre homme.

C'est là. Juste là. Le mec est à quatre pattes sur le canapé, tandis que son partenaire, une main tenant fermement son épaule et l'autre sur sa taille, le baise à fond. Des râles, des soupirs s'échappent, et je porte la main à mon entrejambe tout en restant le regard fixé sur l'écran. Je me caresse un peu, mais ma queue ne semble pas avoir envie de coopérer. Je ne comprends pas. Pourquoi une scène qui m'avait fait tellement d'effet l'autre soir me laisse à présent froid ? Un gros plan sur le trou plissé et luisant du type en train de se faire prendre et je décide que j'en ai assez. Je referme mon ordinateur, me laisse retomber sur mon oreiller en soupirant.

Je ne bande pas. Même pas un tout petit peu. Bordel. La dernière fois, j'ai joui en matant Kane. J'ai joui comme jamais. Est-ce parce que j'étais déjà excité et frustré à cause d'Olivia ? C'est l'unique explication. Mon corps avait sans doute des besoins qui n'avaient pas été assouvis et a décidé d'agir en conséquence, et mon cerveau ne l'a pas arrêté. Pourtant, je ne parviens pas à m'en contenter. Ça devrait me rassurer, de constater que mater deux mecs en train de baiser ne m'excite pas. Mais alors, pourquoi la simple vision de Kane, à poil, son regard rivé au mien tandis qu'il s'enfonce dans le cul de l'autre gars suffit-il à m'exciter ? La preuve, à peine cette scène me revient-elle en tête que mon érection pointe le bout de son nez. Contrarié, je décide de ne pas m'en occuper. Au lieu de quoi, j'attrape mon portable ne pouvant résister au besoin d'envoyer un message à Jude.

« *Je ne bande PAS !!!!* »

J'ai l'impression d'attendre sa réponse une éternité. Éternité que je passe à fixer mon téléphone. Sans compter que je ne sais vraiment pas quelle réponse j'espère. Il va juste me prendre pour un taré.

« *Qu'est-ce que je suis supposé faire de cette info ?* »

OK. Apparemment, il ne comprend pas de quoi je parle. Il ne se souvient pas de cette conversation à laquelle je ne cesse de penser. On voit qu'on peut compter sur ses potes.

« *J'ai suivi ton conseil. J'ai maté du porno gay... et rien... Pas même un tout petit peu.* »

« *Mec, rentre pas dans les détails* ».

C'est tout ? Rien d'autre... Je suis en train de m'énerver tout seul quand mon portable vibre une nouvelle fois.

« *Essaye* Fucking Boys[5]. *Colt bosse pour eux de temps en temps. C'est du porno Arty. Peut-être que ça conviendra mieux à un intellectuel comme toi.* »

Hahaha. Très drôle. Du porno Arty, c'est quoi ce truc, putain ? Je n'ose pas lui demander, de peur de passer pour un abruti trop prude pour s'y connaître dans ce domaine. J'avoue, je n'ai jamais été un grand consommateur de porno. Pas même hétéro. Franchement, pas besoin, mon imagination débordante à toujours suffi à me satisfaire.

Merde, et puis après tout, au point où j'en suis, autant me cultiver. Quelques recherches, et je comprends qu'en fait, il s'agit de la version porno du cinéma d'auteur. Espérons que ce soit un peu moins chiant et un peu plus efficace.

Je tape *Fucking Boys* sur la barre de recherche de Google, bien décidé à me laisser happer par ce nouvel univers.

---

5 Studio de porno arty fictif créé par l'auteure Amélie C. Astier dans sa saga « Fucking Love ».

CHAPITRE 7
- Cooper -

J'ai joui. Merde.

Je baisse la tête vers mon ventre et ma main collants de sperme. La vidéo tourne toujours et des cris de plaisir s'échappent des deux acteurs qui baisent frénétiquement. La panique s'empare de moi et je referme mon ordinateur avant de le balancer au pied du lit, comme s'il était l'unique cause de mon… hum… accident. Bordel. Comment est-ce possible ?

Franchement, lorsque Jude m'a indiqué ce site, je n'étais pas convaincu, mais la curiosité l'a emporté. Rapidement, je suis tombé sur la catégorie hétéro et j'ai décidé de m'y aventurer. Deux minutes plus tard, je me retrouvais en train de mater deux types jouer avec du miel et… merde, il s'est passé quelque chose. Un déclic. Et cette fois-ci, lorsqu'un frisson a traversé mon corps, que j'ai commencé à me caresser, j'ai bandé. J'observais les deux hommes et j'ai trouvé ça dingue. Malgré le contexte, malgré les caméras, j'ai pu voir à quel point ils s'amusaient. Leur complicité, leur alchimie, crevaient les yeux. Je n'aurais jamais cru que tout ça pourrait transparaître à travers un écran. Est-ce pour cette raison que je n'ai pas éprouvé la même honte, la même gêne qu'en visionnant la précédente vidéo ? Est-ce ce qui m'a fait bander ? Leurs sourires, leurs caresses ? À quel point je pouvais percevoir le plaisir qu'ils prenaient ensemble ? Est-ce de me rendre compte que malgré les caméras, tout pouvait être réel ?

Ce que je ressens pour Kane est-il réel ? Ou juste le fruit d'une adulation passée – toujours présente – qui s'est transformée en quelque chose de plus tangible, qui me donne envie de lui, de ses caresses, de ses baisers ? De son attention, tout simplement ?

Je crois que si je me pose davantage de questions, mon cerveau va finir par exploser. Je décide d'arrêter là et file rapidement sous la douche pour laver les traces de la culpabilité que j'éprouve. J'ai joui devant un porno gay… J'ai joui devant un porno gay, putain ! Peut-être que je me prends la tête pour rien, peut-être que c'est juste une question de libido. Ouais. Je crois que j'ai besoin de m'en convaincre. Alors, une fois propre et habillé, je décide de récupérer mon ordinateur. Le site porno apparaît devant mes yeux et je frissonne. Merde. Je clique aussitôt pour le faire disparaître avant d'afficher une nouvelle page. Quelques profondes inspirations plus tard, je me lance. Mes doigts sont fébriles lorsque je tape « hétéro excité devant du porno gay ». Bordel. Je n'arrive pas à croire que je suis réellement en train d'explorer ces sites.

Des tonnes de liens s'affichent, je clique sur le premier. *« Je suis 100 % hétéro, mais j'adore le porno gay… mater deux mecs baiser, c'est… indescriptible »*. Je commence à mieux respirer, de savoir que je ne suis pas le seul dans ce cas. Malheureusement, les multiples réponses douchent mon soulagement. « *Tu es homo* ». « *Arrête de te voiler la face, PD* » et j'en passe. Je ferme brièvement les yeux et décide de chercher d'autres témoignages, jusqu'à ce qu'un article attire mon attention.

« Regarder du porno gay ne veut pas dire que vous êtes gay, mais est possiblement le fruit d'une curiosité, une envie de découvrir comment se passent les relations entre personnes du même sexe. Être excité ne fera pas non plus de vous un gay. Peut-être est-ce simplement l'acte, la façon dont il est pratiqué, qui vous excite. Cependant, ressentir de l'attirance, de l'amour, pour une personne du même sexe peut être un révélateur. »

Mes yeux s'écarquillent devant cette phrase, mon souffle se fait plus court. J'ignore ce que j'éprouve pour Kane, je ne peux l'exprimer avec des mots. Avant de le voir coucher avec un autre mec, il ne m'avait jamais attiré sexuellement. Je l'avais toujours trouvé beau, fort, et doué. Je l'avais toujours admiré. Mais pas en tant qu'homme. En tant que joueur de hockey. En tant que professionnel. Comme un fantasme intangible. Je me racle la gorge et reprends ma lecture :

« Embrasser une personne du même sexe ne fera pas de vous un homosexuel, mais apprécier le baiser... Peut-être serait-il temps de vous poser la question. »

Je me tends à ces mots. J'ai conscience que cet article n'est pas parole d'évangile, mais... et si ? Je n'ai jamais embrassé de mec, mais j'ai déjà pensé à ce que je ressentirais en embrassant Kane. À sentir ses lèvres contre les miennes, à sa barbe irritant ma peau. À quel point cela serait différent d'avec Olivia. Mon cœur bat un peu plus vite lorsqu'un mélange de nausée, de doute, d'envie et de peur s'insinue en moi. Embrasser Kane, pour de vrai. Serait-ce la solution ? Rien que l'idée me fait flipper autant qu'elle me plaît. Un test. Le test. Parfait. Reste à savoir si je vais oser. Et s'il me laisserait faire...

Je sursaute au bruit d'un verre qui se brise contre le carrelage. Je me lève du lit et me précipite dans la cuisine où je découvre Vince, en calbut, du jus d'orange plein le torse et les mollets, des morceaux brillants épars sur le sol qu'il fixe un bon moment d'un air surpris.

— Ça va ? je demande après m'être assuré d'un rapide coup d'œil qu'aucune goutte de sang n'était visible.

Ma voix semble le faire réagir et il lève des yeux encore ensommeillés sur moi.

— Ouais. Désolé. Il m'a échappé des mains.

Il se gratte l'arrière du crâne et reprend.

— Je crois que je ferais mieux de retourner me coucher.

— Pas tant que tu n'auras pas nettoyé.

— Tu ne devrais pas être en cours au lieu de me casser les couilles ?

Je jette un regard à l'heure sur le micro-onde. Merde ! Ni une ni deux, je quitte la cuisine et retourne dans ma chambre. Je glisse mon ordinateur dans mon sac, mon portable dans ma poche et me rue en direction de l'entrée.

En passant, j'avise Vince qui n'a pas bougé, une main dans son caleçon, en train de se gratter. Ouais, ça, c'est carrément pas excitant. Face à cette pensée soudaine, je pousse un soupir et secoue la tête.

— Et ramasse ton bordel ! je crie sans m'arrêter avant de franchir la porte.

Un sprint à travers le campus plus tard, c'est légèrement essoufflé que je pénètre dans la salle. La plupart des étudiants sont déjà installés, et je trouve une place vacante à côté de Ian. Nous partageons quelques cours, c'est le mec des Pi Kappa Phi avec qui je m'entends le mieux.

Il me sourit lorsque je m'assois près de lui, mais continue à pianoter frénétiquement sur son téléphone. Pourquoi ne pas profiter de ces quelques instants pour lui demander d'arrêter de laisser traîner ses affaires de hockey dans tous les coins ? Après tout, je ne dois pas être le seul que ça dérange qu'il squatte l'espace commun. Si je n'avais pas son équipement constamment sous les yeux, peut-être mes pensées arrêteraient-elles de s'égarer vers des chemins trop sombres, trop flippants.

Je suis sur le point de parler lorsque l'arrivée du prof me coupe dans mon élan. Vaincu, je sors mes affaires et ouvre mon ordinateur. C'est à cet instant que Ian tourne la tête et découvre les mots inscrits sur l'écran qui vient de se rallumer. Je sens mes joues me brûler et n'ose pas le regarder. Parce que même si je fais disparaître les traces de mes recherches rapidement, c'est trop tard. Ian a eu le temps de lire. J'en ai la confirmation lorsque je l'entends ricaner. Doucement, craintivement, je me tourne vers lui pour découvrir ses sourcils froncés et le sourire qui ourle ses lèvres.

Il se penche vers moi et mon corps se tend sous la honte et la gêne.

— Alors, Coop. Comme ça, t'es devenu amateur de porno gay ?

Grillé.

Bordel de merde.

Voyant que je reste silencieux, Ian reprend :

— Ça ne me dérange pas, tu sais, chacun ses goûts, après tout.

— Je ne suis pas gay !

Je réponds un peu plus vivement que je ne l'aurais souhaité, et quelques regards se tournent vers nous. Ian rigole en secouant la tête.

— Je ne suis pas gay, je répète plus doucement essayant sans doute de me persuader moi-même autant que lui.

Pourtant, c'est la vérité. Je n'ai jamais bandé pour un mec. Jamais avant... Kane. Il faut vraiment que j'arrête de me focaliser sur ce type.

— Je suis désolé. J'aurais dû la fermer, je ne voulais pas te mettre mal à l'aise.

— C'est ça, je grogne entre mes dents.

Franchement, comme si j'allais avaler ça.

— Ouais, bon, peut-être un peu. Mais je suis sincère quand je te dis que ça ne me dérange pas.

Je rive mon regard au sien et découvre qu'il semble vraiment sérieux. Étrange pour un hockeyeur. Parce que comme la plupart des sports, le hockey est réputé pour être un milieu homophobe, raison pour laquelle Kane n'a jamais parlé de ses penchants, je suppose. Je me demande si sa femme le sait, si Olivia le sait. Mais si c'était le cas, elle me l'aurait dit, pas vrai ? Après tout, elle est loin d'être la dernière pour raconter les potins, surtout qu'elle ne porte pas vraiment son beau-père dans son cœur. Je comprends sa position, même si je ne la partage pas. Kane peut se montrer froid, glacial parfois, il l'a toujours plus ou moins été avec moi... jusqu'à l'autre soir.

Je ferme les yeux et tente de refouler ces souvenirs. Franchement, les images de cette nuit-là qui surgissent constamment dans mon esprit ne m'aident carrément pas.

— Promis, je dirai rien. Compte sur moi.

La voix de Ian me fait revenir à l'instant présent. Je hoche la tête pour toute réponse et me concentre de nouveau sur l'écran de mon ordinateur afin de me préparer pour le cours, espérant que Ian tienne parole.

CHAPITRE 8
- Kane -

La neige crisse sous mes pneus lorsque je me gare devant l'entrée du chalet. J'éteins le contact et pousse un soupir de bien-être en laissant mon regard s'attarder sur les lattes de bois, les baies vitrées qui ne cachent rien de l'intérieur cosy et chaleureux. C'est en souriant que je quitte l'habitacle et que mes pieds s'enfoncent dans la poudreuse. Des flocons de neige glacée me fouettent le visage. Ça ne me dérange pas. Je me sens dans mon élément ici, loin de l'effervescence de la ville, au milieu de nulle part, avec seul le bruit du vent rugissant dans les arbres pour briser le silence. J'ai toujours aimé le froid, sinon, j'aurais choisi une autre carrière. J'ai grandi entouré de neige, j'ai passé ma jeunesse à me jeter dedans, à tirer la langue pour laisser les flocons s'y poser, à faire des batailles rangées avec les gamins de mon quartier. Je ne me sens jamais aussi bien que lorsqu'elle tombe sans s'arrêter, recouvrant le monde d'une blancheur immaculée.

Une fois mon sac récupéré, j'extrais les clés de la poche de mon blouson et ouvre la porte. La chaleur s'infiltre en moi et un frisson de plaisir me traverse. La maison sent le bois en train de brûler dans l'âtre, et une bonne odeur de cuisine titille mes narines. Dina, l'intendante que j'ai embauchée pour entretenir le chalet lorsque je n'y suis pas, vient juste de partir, après s'être assurée que tout était prêt pour mon arrivée. Elle sait que j'aime être seul pour profiter de mon retour dans cet endroit isolé que je considère comme mon vrai chez-moi.

J'enlève mes boots, pends mon manteau sur la patère et avance dans l'immense espace. Le feu crépite joyeusement dans la cheminée, un plaid est disposé sur le canapé de cuir brun, et la cuisine est allumée. Je retire le couvercle du plat en fonte rempli de viande en sauce et de pommes de terre. J'en ai l'eau à la bouche. Il est tard, je n'ai rien avalé dans l'avion, et la route jusqu'ici m'a ouvert l'appétit. Je chope une bière bien fraîche dans le frigo, cette femme pense à tout, et vais m'installer avec mon assiette sur le canapé. Dans le coin de la pièce, clignote un sapin de Noël décoré. Une chose de plus dont je n'aurais pas à m'occuper.

J'ai avalé la moitié de mon repas en matant ESPN lorsque je reçois un texto de Beth. Elle souhaite simplement savoir si je suis bien arrivé. Olivia et elle ne me rejoindront que dans deux jours, pour Noël, histoire de fêter ça en famille, même si nous n'en sommes pas vraiment une. Parce qu'Olivia ne me considère pas comme sa famille. Moi non plus, d'ailleurs. J'ai essayé de faire des efforts, au début. J'ai essayé de la comprendre. J'ai conscience que perdre son père n'est pas quelque chose de facile. Mais aucun mot, aucun acte, n'a jamais semblé suffisant. Alors j'ai laissé tomber, ce qui n'a pas paru la déranger. Je sais que Beth souffre parfois de cette situation, et ça m'emmerde, mais je crois que c'est mieux comme ça. Est-ce pour cette raison que je me sens moins coupable de ma conduite envers Cooper ? Cooper... Et dire que dans quelques jours, il sera là lui aussi. Je me demande comment cette cohabitation va se dérouler, la manière dont il va se comporter, dont nous allons interagir l'un avec l'autre. Peut-être que je n'aurais pas dû me montrer si franc, pourtant ça m'a paru amusant sur l'instant. Quoi qu'il en soit, je n'ai pas l'intention de lui sauter dessus, ni même de lui offrir ne serait-ce qu'un semblant d'intérêt. Ce serait... déplacé, de jouer avec ce gosse. Un frisson de dégoût parcourt mon échine. Un gosse. C'est ce qu'il est à mes yeux. Un homme de plus de vingt ans plus jeune que moi, sur qui je n'aurais jamais dû poser le regard. Alors pourquoi sa venue me perturbe-t-elle autant ? Décidant de ne pas m'attarder sur ce point, de peur de ce que je pourrais découvrir, je termine mon repas et fais rapidement la vaisselle. Une fois que tout est rangé, je m'allonge sur le canapé, étends le plaid sur moi et m'endors devant la télévision, au son des braises qui crépitent.

La neige tombe à gros flocons de l'autre côté de la baie vitrée. Café en main, je l'observe se déposer sur les arbres entourant le chalet. C'est une belle journée pour skier et je compte bien en profiter. Après m'être préparé rapidement, je charge mon matériel et grimpe dans ma voiture, direction les pistes. L'unique point négatif dans le choix de ma maison, c'est que les routes ne sont pas toujours dégagées, mais c'est un petit prix à payer en échange de ma tranquillité.

Les pistes ne sont pas encore prises d'assaut, le gros des vacanciers ne sera là que dans quelques jours. C'est également pour ça que j'ai décidé de venir ici plus tôt, à peine le dernier entraînement de l'année terminé.

Le parking est pratiquement désert à une heure aussi matinale. Idem pour le télésiège que nous sommes peu à emprunter.

Je passe des heures à dévaler les pistes. Même si nous sommes de plus en plus nombreux à profiter de la poudreuse, ce n'est rien comparé à ce qui m'attend dans quelques jours, une fois que les vacances auront officiellement commencé.

À midi, je m'arrête pour déjeuner et faire le plein d'énergie. Je suis tranquillement installé à une table donnant sur les montagnes enneigées lorsque je sens un regard sur moi. Je me tourne pour découvrir un groupe de cinq jeunes attablés, qui ne cesse de me lancer des petits coups d'œil. Un sourire étire mes lèvres en me demandant lequel va se jeter à l'eau en premier. Une des filles rougit en croisant mon regard, je choisis de l'éliminer. Non, je crois que je vais tabler sur ce type là-bas, qui joue sur son smartphone et ne semble pas participer à l'engouement général pour ma personne. Je continue mon repas, sans trop me soucier d'eux. J'ai l'habitude d'être maté. C'est moins souvent le cas maintenant qu'à l'époque où j'étais au top de ma carrière, où j'étais un champion. Parfois, cette période me manque. D'être acclamé, d'être adulé. De signer des tas d'autographes, de me faire alpaguer dans la rue et photographier. Le hockey est le sport national là d'où je viens, les Canadiens vivent pour le hockey. Alors ouais, parfois, je ressens une légère nostalgie, de ne plus être ce sportif admiré.

Raté, c'est une des filles qui finit par se lever pour s'avancer vers moi. Une jolie petite brune avec un grand sourire s'approche doucement, comme si elle craignait de me déranger, mais souhaitant tout de même tenter sa chance. C'est un peu le cas, j'aime assez être pénard pendant le repas, mais ça ne me gêne pas plus que ça.

— Monsieur Ackermann ?

Je rive mon regard au sien et son visage se colore.

— Vous avez tiré au sort, et c'est toi qui as perdu ? je demande en avisant la table d'un geste du menton.

— Ou peut-être que j'ai gagné, au contraire, réplique-t-elle d'une voix séductrice.

OK. Cette petite n'a pas froid aux yeux. Je ricane devant son audace, mais ne rajoute rien, me contentant de l'observer.

— Je peux prendre un selfie avec vous ?

J'aimerais lui demander si elle veut une photo de ma tronche parce qu'elle est fan de ma carrière ou parce qu'elle m'a vu dans une pub pour sous-vêtements. C'est de plus en plus souvent le cas dernièrement, et même si ça me fait chier, je sais reconnaître que ma carrière est terminée et que mon corps intéresse davantage les filles que mes prouesses passées sur la glace.

Je hoche la tête et me lève pour me mettre à côté d'elle. Elle est petite, m'arrive à peine aux épaules et c'est moi qui finis par prendre la photo avant de lui rendre son portable.

Et ce qui devait arriver arriva. Tous les jeunes installés autour de la table se lèvent pour venir me rejoindre. Je me prête au jeu des photos et des autographes de bon cœur, et discute quelques instants avec le mec sur qui j'avais misé un peu plus tôt. Bizarrement, alors que c'était celui que je sentais le moins intéressé par ma présence, il se révèle être le plus connaisseur en ce qui concerne ma carrière. Nous évoquons quelques matchs, me remémorant des souvenirs doux-amers de ma vie d'avant.

Toute cette agitation semble contaminer le restaurant, et je vois apparaître les têtes des autres clients, curieux, qui cherchent à savoir qui est ce type qui provoque autant d'enthousiasme. Il n'est pas rare de croiser des célébrités dans ce coin, même si certains le sont plus que d'autres.

Les filles profitent des selfies pour se coller un peu trop à moi, l'une d'elles pose carrément sa main sur mes abdos. Peut-être tient-elle à s'assurer que les clichés pour les campagnes de pub ne sont pas retouchés. Ce n'est pas le cas, mais je ne compte pas me foutre à poil pour lui prouver. Après tout, elle doit bien le sentir, à me tâter comme si j'étais un fruit au supermarché.

J'ignore combien de temps dure ce cirque, combien de signatures j'appose sur des serviettes en papier pour des gens dont certains ne savent même pas qui je suis.

Je finis par m'extirper de la mêlée, et après un signe de la main et un dernier sourire, je règle l'addition et sors sous la neige qui tombe toujours doucement. Encore une descente, et je décide de rentrer, j'estime avoir eu ma dose pour la journée.

La neige s'est arrêtée lorsque j'atteins mon chalet. Après une douche rapide, je délasse mes muscles tendus en profitant du jacuzzi. Verre de whisky en main, c'est nu que je pénètre dans l'eau bouillante et le contact entre cette chaleur et le froid de l'extérieur me fait frissonner.

J'avale quelques gorgées du liquide ambré, rejette la tête en arrière et observe le ciel d'un blanc laiteux. Un soupir de bien-être s'échappe de mes lèvres et je ferme les yeux. Je ne songe à rien, je profite juste de l'instant. Je suis si bien.

Deux jours. Deux jours en tête-à-tête avec moi-même avant l'arrivée de Beth et Olivia. Trois, avant Cooper. Cooper. Bordel, voilà que mes pensées s'égarent vers lui. Vers la façon dont il m'a reluqué en train de me caresser pendant qu'il en faisait de même. L'extase sur son visage lorsqu'il a joui.

Sans pouvoir m'en empêcher, ma main descend le long de mon torse jusqu'à ma queue durcie. Je l'empoigne fermement et commence à me masturber. Putain, c'est bon. Je gémis sans cesser de me toucher, faisant taire la culpabilité que je ressens de penser à lui à cet instant. Je me branle en revoyant son regard, son sperme gicler sur son ventre et sa main. Je tente de refouler cette vision, de songer à Sean, à son cul parfait, à sa bouche experte, mais ça ne fonctionne pas. Et sans cesser mes mouvements, je me demande quel goût aurait Cooper si je le prenais entre mes lèvres, quel cri il pousserait si je le baisais jusqu'à le faire jouir.

Hide & Sick

C'est avec cette image gravée dans mon esprit que mon corps se crispe. Je serre les dents en éjaculant et émets un râle de plaisir et de satisfaction.

Une satisfaction vite refoulée lorsque je prends conscience de ce que je viens de faire.

Putain, je suis vraiment trop tordu. Et le pire, c'est que je crains que ça n'aille pas en s'arrangeant.

Génial. Foutrement génial.

CHAPITRE 9
- Cooper -

Nous sommes le vingt-quatre décembre, et les cours viennent officiellement de se terminer. Quelques jours pour nous reposer et nous vider la tête avant de nous y replonger de plus belle dans un peu plus d'une semaine.

Je suis en train de refermer mon sac de voyage, prêt à quitter le campus pour les fêtes, lorsque l'on frappe à ma porte. Je n'ai pas le temps de répondre que le visage de Ian apparaît dans l'entrebâillement et il me demande si j'ai quelques minutes à lui accorder.

Je hoche la tête et il referme derrière lui avant de s'écraser sur mon lit.

— Bordel, je n'arrive toujours pas à croire que tu passes tes vacances avec Ackermann. Si tu savais comme je t'envie, mec.

Oh, je sais. Déjà le jour où il m'a demandé si j'étais maqué et que j'ai répondu que j'étais avec Olivia en lui expliquant qui elle était, il a pété un plomb. Il m'a posé tout un tas de questions sur Kane, sur l'homme qu'il était. Si je l'ai toujours admiré, ce n'est rien comparé à Ian, qui l'adule. Pour le joueur de hockey qu'il est, Kane est une légende. Il a insisté à plusieurs reprises pour que je lui ramène un maillot dédicacé, mais je n'ai jamais osé demander au principal concerné, et encore moins depuis... ouais.

C'est hier seulement que j'ai annoncé à Ian que j'allais passer quelques jours dans son chalet. Il a écarquillé les yeux et a poussé une espèce de bruit indéfinissable entre le gémissement et le sanglot. Depuis, il tourne en boucle. Kane par-ci, Kane par-là. «Tu sais qu'il fait partie du top 10 des meilleurs pointeurs en saison régulière?», «Tu sais qu'il a gagné un Trophée Hart? Sérieux, c'est tellement la classe.» Encore. Encore. Je crois qu'il doit mieux connaître sa carrière que Kane lui-même, alors autant dire qu'il crève de jalousie de me savoir avec lui pendant les vacances. Honnêtement, je lui aurais bien filé ma place, si j'avais pu. Non pas que je n'ai pas envie de le retrouver. En fait, j'en ai trop envie. Beaucoup trop, et ça me fait flipper. Je me demande comment Ian réagirait en découvrant que son idole est gay.

— Tu voulais quelque chose en particulier? je l'interroge en vérifiant que je n'ai rien oublié.

Le regard rivé sur le plafond, il laisse pianoter ses doigts sur son abdomen.

— Non... Enfin, si. Tu sais, je repensais à cette histoire de... hum... sexualité...

Oh, bordel. Et moi qui avais espéré qu'il avait zappé. Il ne m'en a pas reparlé depuis le jour où son regard s'est posé sur mon écran puis a dévié sur mon visage rouge de honte. Personne n'était venu me faire de réflexion, j'avais donc espoir que le sujet serait mort et enterré.

— Et? je crache plus que je ne parle.

— Tu ne devrais pas te prendre la tête avec ça.

— Est-ce que j'ai l'air de me prendre la tête ?
— Franchement, ouais. Je vois bien que tu retiens ta respiration à chaque fois qu'on se croise ces derniers jours, alors que je t'ai dit que je la fermerais.

Il a raison. Le truc, c'est que je n'étais pas certain de lui faire confiance. Après tout, je ne connais ce type que depuis trois mois, et ce n'est pas comme si nous étions super proches. Nous nous entendons bien, mais nos emplois du temps complètement différents ne nous laissent pas vraiment l'occasion de nouer des liens. Après les cours, il passe ses soirées à la patinoire, pendant que je préfère la piscine. Je ne fais plus de compétition, je ne me suis même pas inscrit dans le club de natation universitaire, mais j'ai toujours aimé nager, et j'étais plutôt bon au lycée, alors j'ai décidé de continuer. Ça m'aide à me détendre et à penser à autre chose. Ou plutôt, à ne plus penser à rien. Parce qu'il n'y a rien de plus apaisant que de sentir l'eau se refermer autour de moi, telle une barrière protectrice contre le reste du monde.

— Ouais, désolé pour ça. Je suis un peu stressé.

Ian se redresse et s'assoit en tailleur sur mon lit. Il est en train de froisser les draps alors que je viens de le faire au carré pour que tout soit nickel quand je reviendrai. Apparemment, il s'en fout.

— Tu devrais pas. Franchement, qu'est-ce que ça peut bien faire, que tu aimes te taper des mecs ?
— Je ne me tape pas de mecs.

Ça ne m'est jamais arrivé. Bon, en fait, si. Avec Avery. Mais j'avais des circonstances atténuantes, et j'estime que c'était de la faute de Shane et de ses foutues orgies dont lui seul a la spécialité. On était tous bourrés, raide défoncés. J'étais en train de me chauffer avec une fille lorsqu'Avery a posé sa main sur ma cuisse. Je n'ai pas protesté et une chose en amenant une autre, il s'est retrouvé avec ma queue dans la bouche pendant que mes doigts s'enfonçaient dans la chatte de cette fille dont je ne me souviens pas. Au final, ce n'est même pas de son fait si j'ai fini par jouir, c'était un tout. C'était l'ambiance, l'alcool et la came, c'était l'odeur de sexe et de transpiration, les gémissements qui s'élevaient dans tous les sens... Donc j'estime que ça ne compte pas vraiment.

— Alors, qu'est-ce que tu attends ? me demande-t-il en fronçant les sourcils.

— J'ai une petite amie.

— Et après ?

— La fidélité, tu connais ?

Il éclate de rire et m'observe comme si j'étais un type un peu trop naïf.

— Pas vraiment.

— Bah moi, si.

Est-ce que penser à son beau-père pendant que je me branle, penser à lui quand nous sommes ensemble, c'est faire preuve d'infidélité ? Non.

— Franchement, on est bien trop jeunes pour se prendre la tête avec des relations comme la tienne. Surtout que tu la vois quoi... une fois par mois ? Qui te dit que de son côté, elle n'en profite pas pour se taper tout un tas de types ?

Vrai. Rien ne l'en empêche. D'ailleurs, ça expliquerait certaines choses. Son manque d'enthousiasme, ses appels sporadiques... Putain, voilà que je commence à me faire des films. Enfoiré de Ian, il aurait mieux fait de la fermer.

— Tu devrais faire pareil.

— Quoi ? Me taper tout un tas de types ? je réponds en ricanant.

Il m'offre un clin d'œil.

— Exactement !

Sur ces derniers mots, il se lève sans prendre la peine de remettre mon lit dans l'état dans lequel il l'a trouvé et ouvre de nouveau la porte.

— Passe de bonnes vacances, mon salaud, profite bien de Kane...

Est-ce que c'est seulement dans ma tête ou est-ce que mon visage a viré à l'écarlate ? Profiter de Kane... bordel.

— Et j'attends toujours mon maillot, me rappelle-t-il en voyant que je ne réponds rien.

— Je vais y penser. Bonnes vacances, Ian, et merci encore.

— C'est quand tu veux mon pote.

Et c'est en souriant qu'il s'éloigne, me laissant seul avec mille et une questions en tête.

Je suis en train de finir d'étaler les ustensiles et les ingrédients pour la recette de ce soir lorsque j'entends des pas dans le couloir. Mon père apparaît, le téléphone vissé à l'oreille, mais un grand sourire illumine son visage quand il me découvre devant lui.

Il met rapidement fin à la conversation et s'avance vers moi. Il dépose le repas de réveillon qu'il a commandé chez le même traiteur que les années précédentes et ses bras se referment autour de moi et me serrent fort. Il sent l'eau de Cologne qu'il porte depuis toujours. C'est rassurant, familier, agréable et il raffermit son étreinte. Bon sang, ça fait du bien d'être à la maison, d'être avec lui.

— Tu m'as manqué, déclare-t-il en reculant puis en m'ébouriffant les cheveux.

— Toi aussi, papa. Prêt à cuisiner ?

— Évidemment. Laisse-moi quelques minutes pour prendre une douche et me changer.

J'acquiesce et profite de son absence pour lancer la playlist spécial Noël qui nous accompagne tous les ans. Ensuite, j'entreprends de peser la farine et le beurre, de préparer la plaque de cuisson et de préchauffer le four. Lorsque mon père débarque, vêtu d'une tenue confortable, il nous sert à tous deux un verre de scotch en chantonnant par dessus la musique. Ça peut paraître ridicule, mais par cette seule attention, il me montre qu'il me traite comme un adulte, et j'aime ça.

Il se positionne à côté de moi, et ensemble, nous commençons la préparation de nos bonshommes en pain d'épices. C'est une tradition familiale. Ma mère m'a appris à les faire quand j'étais petit. Même après le divorce de mes parents et son départ pour San Francisco avec son nouveau compagnon, cette tradition est restée. Tant mieux, parce que j'adore ces instants. Ces moments d'insouciance où je profite de la présence de mon père, où il n'est question ni de boulot ni d'études. Simplement de cette complicité qui nous a toujours définis. Un père et son fils.

Bientôt, la cuisine ressemble à un capharnaüm, nous avons de la farine dans les cheveux, mais nos rires emplissent l'appartement.

Nous mettons nos biscuits au four et préparons nos assiettes. Du jambon, de la purée, de la sauce aux canneberges, et nous nous installons devant la télévision avec un verre de vin. Nous n'utilisons que rarement la table de la salle à manger, réservée principalement aux repas d'affaires. Trop grande, trop impersonnelle. À l'inverse de ce que nous sommes, mon père et moi.

Nous dînons et il m'interroge sur mes cours, sur mes amis, sur Olivia. J'aimerais lui confier mes doutes naissants la concernant, lui parler de ma crainte de passer ces quelques jours à Aspen en sa compagnie. Mais après tout, peut-être que ça nous permettra de nous rapprocher de nouveau, de consolider notre relation qui semble s'étioler depuis la rentrée. Tu parles. J'ai de plus en plus de mal à m'en convaincre.

— C'est sympa de la part d'Ackermann de te proposer de les rejoindre. Je devrais l'inviter à dîner, histoire de le remercier.

Je me fige aux mots de mon père. Moi qui avais tenté de refouler mes pensées concernant Kane, voilà qu'elles ressurgissent de plus belle.

— Ouais, c'est cool, dis-je en buvant une gorgée de vin.

Ma bouche est pâteuse tout à coup, je ne sais pas vraiment quoi répondre de plus.

— Écoute, je sais qu'il te fait un peu peur, qu'il s'est toujours montré assez froid avec toi, mais il est comme ça. C'est un type bien, je suis sûr que tu passeras un excellent séjour.

J'ignore s'il dit ça dans une tentative pour me rassurer, après tout, ils sont amis depuis longtemps et se connaissent bien, ou pour se déculpabiliser de ne pas profiter de mes vacances pour être plus présent. Il devrait pourtant savoir que ça ne me dérange pas. J'ai conscience d'à quel point sa carrière est primordiale pour lui, et je suis fier d'avoir un homme tel que lui pour père, vraiment.

— Papa...

Il se tourne vers moi et ancre son regard au mien. Il semble triste, résigné.

— J'aurais aimé pouvoir passer plus de temps avec toi, fiston.

Ouais, peu importe à quel point il adore son boulot, je sais que devoir faire des concessions, devoir sacrifier sa famille, lui fait du mal. Il est conscient que ma mère a demandé le divorce pour cette raison. Elle passait toujours après sa vie professionnelle, et ça la tuait. Mais pas moi. Je suis un grand garçon, je peux me démerder, il sera toujours là pour moi quand j'aurai besoin de lui, comme il l'a toujours été.

— Je sais. Et j'aurais adoré moi aussi. Mais c'est pas grave. Je vais m'éclater, skier, pendant que tu seras bloqué toute la journée, à pester sur tout le monde et à te montrer grincheux. Crois-moi, celui qui est à plaindre, ce n'est pas moi.

Il éclate de rire et m'étreint rapidement avant d'embrasser mon front.

— Je t'aime, Cooper, tu le sais. Tu es ma plus grande fierté.

— Je t'aime aussi, papa.

Il ôte son bras et frappe ses cuisses de ses mains.

— Et si on allait goûter à ce délicieux pain d'épices ? dit-il en se levant, sans toutefois parvenir à dissimuler ses yeux brillants d'émotion.

Je hoche la tête et le suis dans la cuisine, mettant fin à cet aparté, pour notre plus grand soulagement à tous les deux.

Et c'est enroulés chacun dans un plaid que nous passons le reste de la soirée à nous goinfrer de sucre, devant des téléfilms de Noël, jusqu'à ce qu'il finisse par s'endormir sur le canapé.

CHAPITRE 10
- Kane -

Petit, mes Noëls étaient toujours de grandes fêtes. Mes parents, mes oncles et tantes et leurs enfants, tous réunis devant la cheminée décorée de notre maison de la banlieue de Toronto. C'était chaleureux, vivant, empli de rires, de voix fortes, de chamailleries. J'adorais cette période, j'adorais passer mes après-midi à me rouler dans la poudreuse et à faire des batailles épiques de boules de neige avec mes cousins. Chaque année, je trépignais d'impatience. C'était le moment des retrouvailles, et la nuit du réveillon, nous dormions à peine, tous entassés dans ma chambre, certains se contentant d'un sac de couchage à même le sol. Nous n'attendions qu'une chose, l'annonce que le père Noël était passé. Alors, c'était la ruée. La course dans les couloirs, en pyjama et chaussettes, dérapant sur le parquet, pour nous arrêter devant le sapin au pied duquel gisait un monticule de cadeaux colorés. Aucune précaution, aucune patience. Nous arrachions les emballages, en foutions partout, et le salon se transformait en champ de bataille.

Puis il a fallu grandir, et abandonner nos illusions d'enfants. La vie nous a rattrapés, et les Noëls perdaient de leur magie au fur et à mesure des années. Les études, le travail, les divorces, les décès, nous avaient éloignés.

Pourtant, quand je jouais au Canada, les traditions étaient restées, et je passais toujours les fêtes en compagnie de mes parents. Mais depuis que je me suis installé à New York, les choses ont changé. Je ne me plains pas. J'adore être ici, j'aime ce chalet, mais Noël n'a plus rien de féerique.

Le repas s'est plutôt bien déroulé. Beth et Olivia se sont occupées du déjeuner toutes les deux. Je n'ai même pas essayé de m'immiscer. Je sais que ces moments mère-fille sont sacrés. Ma première et unique tentative, il y a plusieurs années, m'a vacciné. Olivia a fait la gueule toute la journée, et Beth s'en est retrouvée blessée. Et j'ai détesté ça. Je hais qu'elle souffre à cause de moi. Souvent, j'aimerais être un meilleur époux, être l'homme qu'elle mérite. Être davantage comme son ex-mari dont la mort brutale l'a anéantie. Je comprends aussi que je ne pourrai jamais remplacer Mike dans le cœur d'Olivia, je n'essaie même pas. Pourtant parfois, je souhaite qu'elle et moi puissions nous rapprocher, qu'elle me porte plus de considération. Ouais, c'est beau de rêver.

Encore aujourd'hui, elle a ouvert ses cadeaux dans la plus grande indifférence, me remerciant à peine pour son sac à main hors de prix, avant d'aller s'enfermer dans sa chambre. Beth n'essaie même plus, elle a conscience que c'est en vain. Tant pis. Je n'ai pas envie de me plaindre, je sais combien je suis chanceux de l'avoir pour épouse. Et honnêtement, ça ne me dérange pas de passer l'après-midi affalé sur le canapé, la tête de Beth sur mes genoux, à regarder des téléfilms.

Je caresse distraitement ses cheveux tout en sirotant mon whiskey lorsque je constate qu'elle s'est endormie. Un sourire attendri étire mes lèvres et je baisse le son de la télévision pour ne pas la déranger. Attrapant mon portable, je jette un coup d'œil à mes mails délaissés depuis plusieurs jours, depuis mon arrivée ici, en fait, lorsque le bruit d'une portière qui claque me fait lever la tête.

C'est à cet instant qu'Olivia débarque, mieux habillée qu'elle ne l'a été pour notre repas de fêtes, et s'arrête dans l'entrée pour s'emmitoufler contre le froid hivernal.

— Tu vas où, exactement ?

— Je passe la nuit chez une copine à la station. Elle organise une soirée.

— Ta mère est au courant ? je l'interroge en plissant les yeux, suspicieux.

— Non, ça s'est décidé à la dernière minute.

— Et tu n'as pas pensé à l'en informer ?

Elle pousse un soupir théâtral et lève les yeux au ciel.

— Écoute, fous-moi la paix, OK ? J'en ai marre de tourner en rond dans ce chalet perdu au milieu de nulle part.

J'ai envie de lui répondre qu'elle abuse, qu'elle est ici depuis vingt-quatre heures à peine, mais ce serait gaspiller ma salive pour rien. De toute façon, c'est tout juste si elle m'a décoché un sourire depuis que je suis allé les chercher à l'aéroport. Au moins, Beth a fait l'effort de s'émerveiller devant le paysage immaculé tandis que nous remontions les routes sinueuses, les arbres aux branches couvertes de neige nous accompagnant le long du chemin menant au chalet. J'ai conscience que ce n'est pas forcément marrant pour une gamine de son âge de se retrouver coincée ici, mais elle aurait pu plus mal tomber. Cet endroit offre tout le confort nécessaire et bien plus encore. Certes, tout le monde n'aime pas la solitude et le calme des hauteurs autant que moi, mais je pensais que la cheminée crépitante et chaleureuse, les baies vitrées donnant sur le paysage sauvage alentour et le jacuzzi finiraient par la séduire. Mais non. Rien n'est jamais suffisant.

Peu importe que j'aie demandé à Dina de stocker toute sa nourriture préférée, ce n'est encore pas assez.

Beth bouge contre moi, me tirant de mes pensées. Le haussement de voix de sa fille a dû la sortir du sommeil.

— C'est Noël. C'est une fête de famille, Olivia.

— Une famille ? Quelle famille ? crache-t-elle, et ses mots me blessent davantage que je ne l'aurais cru.

Sa mère se redresse d'un coup.

— Liv !

Cette dernière se mord les lèvres, honteuse. Elle a dû comprendre qu'elle avait été trop loin.

— Désolée. Mais Devon est venu me chercher pour m'emmener chez Megan, je ne vais quand même pas lui dire qu'il a fait tout ce chemin pour rien !

— Je peux le faire pour toi, si tu veux, je propose, pince-sans-rire.

Elle me jette un regard noir avant de reporter son attention vers sa mère.

— S'il te plaît, maman. Tous mes amis seront là. Je m'ennuie ici.

Beth tourne la tête vers moi, comme pour me demander mon avis. Pourtant, elle sait que je m'en tape. Ça fait bien longtemps que je ne cherche plus à retenir Olivia ni à lui faire comprendre que, même si je ne remplacerai jamais son père, je suis là pour elle, qu'avec quelques efforts, nous parviendrions à nous entendre et à former une famille.

— Très bien. Vas-y. Mais appelle-moi quand tu arrives. Et on passera te récupérer demain pour aller chercher Cooper à l'aéroport.

Cooper. Merde. Je l'avais presque oublié.

— Merci, maman, s'exclame-t-elle, retrouvant sa bonne humeur, avant d'enfiler son bonnet et de se ruer à l'extérieur.

Je me lève du canapé au moment où elle claque la porte derrière elle, et me dirige vers la fenêtre pour la découvrir en train d'enlacer ce Devon. Est-ce mon imagination ou vient-il de déposer un baiser sur ses lèvres ?

— Tu le connais, ce type ? je demande à Beth, qui n'a pas bougé.

— Pas personnellement. C'est un ami de sa promo, je crois. Elle m'en a déjà parlé.

— Un ami de sa promo, hein ?

— Kane... Elle sort avec Cooper. Ne te fais pas d'idées.

— Je ne me fais pas d'idées. Je connais les jeunes. La fidélité n'est pas vraiment un concept très à la mode, j'ai l'impression.

Ouais, je reconnais que c'est un peu hypocrite de ma part de dire ça vu que je baise Sean dès que Beth est absente, mais c'est différent. Soudain, je songe à Cooper, à sa réaction s'il découvrait qu'Olivia le trompe peut-être. Je me demande pourquoi je m'interroge à son propos tout à coup, je ne devrais rien en avoir à foutre de ses états d'âme. Mais peut-être que ça m'arrange, au fond.

Et peut-être que je devrais sortir ces putains d'idées complètement tordues de mon esprit.

— Allez, arrête de te monter la tête et reviens par ici. Pendant que tu y es, n'hésite pas à faire un détour par la cuisine pour apporter la boîte de chocolats, je crois que j'ai besoin de sucre.

J'éclate de rire devant sa gourmandise et secoue la tête dans l'espoir d'ôter toutes ces pensées parasites afin de me concentrer sur Beth.

CHAPITRE 11
- Cooper -

J'en suis à mon troisième café depuis que le jet privé que mon père m'a réservé a décollé. C'est à peine si j'ai fermé l'œil de la nuit, et maintenant, j'en paye le prix. La vérité, c'est que je suis bien plus nerveux que je ne le devrais et je ne sais pas pourquoi. Est-ce la perspective de rejoindre Olivia en espérant nous retrouver comme avant, ou celle de passer quelques jours sous le même toit que Kane ?

L'hôtesse de l'air, qui n'est jamais très loin, me propose une autre tasse que j'accepte avec plaisir. Elle me sourit, se colle un peu trop à moi, se baissant suffisamment pour que je n'aie pas d'autre choix que de planter mon regard dans son décolleté. Je fais mine de ne rien remarquer, et bois une gorgée de mon breuvage tandis qu'elle s'éloigne, me laissant admirer son joli cul moulé dans sa jupe un peu trop courte.

Décidé à arrêter de ressasser, je sors l'herbe de ma poche et me roule rapidement un joint. L'odeur se répand dans l'habitacle, mais personne ne vient me faire la moindre réflexion. Encore un de ces privilèges avec lesquels j'ai grandi et qui font partie de mon quotidien. J'essaie de ne pas trop en profiter, de ne pas me la jouer fils à papa pourri gâté – même si c'est ce que je suis –, mais aujourd'hui, je m'en tape. J'ai besoin de décompresser et de me relaxer. Alors je m'enfonce dans mon siège, pousse un profond soupir, et fume sans plus penser à rien.

— Nous allons atterrir, monsieur.

La douce voix de l'hôtesse de l'air me sort de mon sommeil. Bon sang, ça m'a fait du bien de parvenir à dormir un peu.

Je frotte mon visage chiffonné et m'étire avant de lui offrir un grand sourire et de la remercier. Sa main est toujours posée sur mon épaule qu'elle vient de secouer légèrement.

Elle me sourit en retour et je m'attarde sur les courbes de son corps. Elle est bandante, pas de doute là-dessus, je vois bien que je lui plais. L'espace de quelques instants, j'hésite à me lancer. À l'attirer contre moi pour l'embrasser, à soulever sa jupe pour la goûter. Rien qu'à l'idée de la prendre ici même, de la sentir onduler contre moi pendant que je la baiserais sur ce fauteuil, je commence à bander.

— Vous avez besoin de quelque chose ? me demande-t-elle d'une voix suave, bien consciente de son potentiel de séduction.

Amusé, je secoue la tête et constate qu'elle est déçue. Elle vient de laisser passer sa dernière chance de s'envoyer en l'air avec moi. Ce n'est pas pour me vanter, mais je sais ce que je vaux, le trouble que je provoque chez les femmes. Avec mes yeux noisette, ma mâchoire carrée et mon corps sculpté par la natation, je rencontre un certain succès. Je ne m'en plains pas, et parfois, je suis à deux doigts de céder – comme maintenant, parce que, bordel, elle est canon et que je me sentirais foutrement bien en elle –, mais Olivia reste toujours dans un coin de mon esprit et m'aide à garder la tête froide. Je ne l'ai jamais trompée, pas par manque d'opportunité, mais par respect. Avant, j'aurais dit par amour, mais je ne suis pas certain que ce soit toujours le cas, même si je compte profiter de ces quelques jours pour tenter de retrouver ces sentiments égarés.

Il me faut peu de temps pour quitter l'aéroport et rejoindre le parking où je suis attendu. Je relève les yeux en entendant Olivia m'appeler, mais au lieu de m'arrêter sur elle, mon attention est aussitôt attirée par Kane, qui se tient juste derrière, adossé contre le véhicule, les bras croisés sur son torse. J'admire sa large carrure sous son blouson de cuir brun. Il me rend mon regard, un sourire étirant ses lèvres. De mon côté, je tente de rester stoïque, de ne pas laisser les battements de mon cœur s'affoler à la simple vue de ce type.
Olivia. Concentre-toi sur Olivia. C'est pour elle que tu es là.
Avec difficulté, mes yeux quittent Kane pour se focaliser sur ma petite-amie. Elle s'avance vers moi et, une fois arrivé à sa hauteur, je dépose un rapide baiser sur ses lèvres. J'aurais voulu profiter de nos retrouvailles pour la prendre dans mes bras et l'embrasser profondément, mais hors de question de m'afficher en public, surtout devant sa mère et Kane. Me donner en spectacle n'est pas vraiment mon genre, je me sentirais trop mal à l'aise. Notre étreinte est donc pudique, mais c'est les doigts entrelacés que nous remontons le chemin jusqu'à sa famille. Elizabeth m'enlace chaleureusement, me demandant si j'ai fait bon voyage. Je réponds poliment avant de me tourner vers Kane, qui me tend la main. Est-ce normal que je me sente écrasé par sa seule présence ? Qu'il me fasse perdre tous mes moyens ? Qu'il m'intimide

autant ? Décidant de ne rien montrer, c'est en le regardant droit dans les yeux que je lui serre la main. Elle est grande, froide, et son pouce qui caresse furtivement ma peau me file un frisson incontrôlable. Ses iris semblent pétiller d'amusement, comme s'il avait conscience de l'effet qu'il me fait et des efforts mis en œuvre pour étouffer mes émotions. C'est la première fois que je le revois depuis la soirée de gala, après sa proposition indécente concernant l'exploration de ma sexualité. Une proposition à laquelle je n'ai jamais vraiment cessé de songer.

Nous finissons par nous relâcher et, après avoir jeté mon sac de voyage dans le coffre, je prends place à l'arrière, à côté d'Olivia, et nous abandonnons le parking de l'aéroport.

Je parle peu pendant le trajet, laissant Olivia me raconter sa vie à la fac, ses soirées, ses copines. Elle est tout excitée, c'est la première fois que je la vois comme ça. Elle semble vraiment heureuse d'avoir quitté New York, vraiment heureuse de vivre loin de sa famille, et loin de moi... Des centaines de questions me brûlent les lèvres, des questions que je n'ose pas poser devant Kane et Elizabeth. Ce n'est pas comme s'ils en avaient quelque chose à foutre de notre discussion – vu qu'ils ont la leur qui consiste à débattre du repas de ce soir -, mais tout de même.

Au fur et à mesure que le 4X4 avance dans les montagnes, les hôtels et habitations disparaissent pour ne laisser qu'un paysage couvert de neige et une multitude d'arbres. Ici, la route n'est pas aussi nette qu'aux abords de la station, et le flux de véhicules devient rapidement inexistant. C'est étrange que Kane ait décidé d'acquérir un chalet isolé dans les montagnes, à l'écart de toute forme de civilisation. Beaucoup de mes amis ont des parents propriétaires d'habitations dans cette station huppée – et mon père ne déroge pas à la règle –, mais Kane est le seul à avoir choisi de s'exiler. Je crois que ça en dit long sur son caractère.

— Alors, Cooper, prêt à skier ?

La douce voix d'Elizabeth me sort de mes pensées et je délaisse le paysage immaculé pour porter mon attention sur elle. Sa fille lui ressemble tant. Hormis ses cheveux roux là où ceux d'Olivia sont blonds, elles ont en commun leurs yeux clairs, les traits doux et harmonieux, et leur carrure frêle. C'est bizarre d'imaginer un homme tel que Kane, si puissant, si imposant, avec ce petit bout de femme. Cette impression qu'il pourrait la briser rien qu'en la touchant.

Ouais, c'est peut-être pour ça qu'il se tape des mecs. Avec eux, pas besoin de se retenir autant.

Je ferme brièvement les yeux pour me sortir ces foutues images de la tête et réponds :

— J'ai vraiment hâte, ça fait longtemps que je n'en ai pas eu l'occasion.

Pour être honnête, la dernière fois que je suis venu ici, j'étais avec mes potes et on en a surtout profité pour picoler et faire la fête. Je ne suis pas un skieur hors pair, mais je me débrouille.

— Je te conseille de ne pas suivre Kane, si tu tiens à la vie, rétorque Olivia.

Kane éclate de rire et son regard croise le mien à travers le rétroviseur. Il me fait un clin d'œil et je souris en retour, sans trop comprendre pourquoi ce geste anodin embrase soudain mes veines. Peut-être parce que justement, il n'est pas si anodin que ça, et d'autant plus étrange de la part d'un type distant, comme Kane l'est la plupart du temps. Toute une journée rien qu'avec lui, à dévaler les pistes… Je ne sais pas vraiment si cette perspective m'enchante ou si elle me fait flipper, mais une chose est sûre, je compte bien lui montrer de quoi je suis capable.

— Je crois que j'ai quand même envie d'essayer.

Olivia lève les yeux au ciel en murmurant un « les mecs et leur ego » tandis que le rire cristallin d'Elizabeth enveloppe l'habitacle. Kane, lui, reste silencieux, et se contente de poser sa main sur la cuisse de sa femme, et je suis surpris d'en ressentir une pointe d'agacement.

Je suis vraiment mal barré.

CHAPITRE 12
- Kane -

J'ai voulu ôter le sapin ce matin avant de partir pour l'aéroport – après tout, Noël est terminé –, mais Beth a insisté pour le garder encore un peu. Pour être honnête, ça me fout le cafard, me rappelle un passé enterré empli de nostalgie que j'ai du mal à oublier. Pourtant, je crois qu'elle a eu raison. En prolongeant l'ambiance des fêtes, en le laissant clignoter joyeusement tandis qu'un feu brûle dans la cheminée, j'ai l'impression que l'atmosphère est plus détendue.

J'étais circonspect au début, je voyais bien que Cooper était toujours un peu mal à l'aise. Depuis le trajet en voiture, il n'avait pas osé croiser mon regard, et avait fait en sorte de ne jamais rester seul dans une pièce avec moi. Même si ça m'a amusé un temps, je n'ai pas envie qu'il me craigne ni m'évite. Après tout, il n'a que quelques jours de vacances, ce serait dommage de les passer dans un malaise ambiant.

J'aurais dû deviner que je pouvais compter sur ma femme. Elle a toujours eu le chic pour détendre l'atmosphère. Sa douceur, sa curiosité ont fini par faire tomber les barrières de gêne qui persistaient. Même Olivia a arrêté de faire la gueule, c'est dire. Elle rit et discute joyeusement, et m'offre même un sourire. Beth, la femme capable d'accomplir des miracles. Bordel, je l'aime tellement. Je l'ai toujours aimée. Depuis l'époque du lycée où nous nous sommes rencontrés. Nous avons toujours partagé une relation fusionnelle. Même lorsqu'elle était mariée à Mike, nous n'avons jamais complètement rompu le contact. J'étais son confident, la personne vers qui elle se tournait lors des moments difficiles. Je n'ai jamais éprouvé de jalousie par rapport à Mike, parce qu'il était parfait pour elle. Il a été l'homme de sa vie, et sa mort l'a abattue. Parfois, je l'entends encore pleurer la nuit, et me savoir si impuissant me rend dingue. Alors je me contente de l'enlacer, de la serrer fort contre moi tandis qu'elle se laisse aller à son chagrin, priant pour que chaque larme ait un effet salvateur et qu'un jour, elle finisse par guérir. J'ai bien peur que ce soit impossible, et même si ça me tue, je tente de mon mieux de la soutenir, de lui montrer que je suis là pour elle.

«Je ne sais pas ce que je deviendrais sans toi. Si tu venais à disparaître toi aussi, je crois que je ne me relèverais pas». Elle a prononcé ces mots une fois et ils sont restés gravés en moi. J'aurais aimé lui promettre que ce ne serait pas le cas, mais on ne sait pas ce que la vie nous réserve. Ce que je sais, en revanche, c'est qu'un jour, elle me quittera. Un jour, elle reprendra ses esprits et comprendra qu'elle ne veut plus d'un futur avec moi, emprisonnée dans une cage dorée avec un homme qu'elle aime, mais qui ne pourra jamais la combler.

Ses doigts serrent doucement ma cuisse.

— Où es-tu parti ? demande-t-elle en se penchant à mon oreille.

Je me tourne vers elle et pose un rapide baiser sur ses lèvres.

— Désolé.

J'emprisonne sa main dans la mienne et me concentre de nouveau sur la conversation. C'est alors que je découvre que Cooper m'observe. Je n'arrive pas vraiment à déchiffrer son regard. Est-il surpris ? Agacé ? Il ne me laisse pas l'occasion d'interpréter, reportant son attention sur Olivia. Je me demande ce qui se trame dans sa tête. J'imagine qu'il se pose des questions. Sur ma relation avec Beth, sur pourquoi je suis avec elle alors que je me tape Sean dès que l'occasion se présente. Je n'ai pas l'intention de me justifier, je n'en éprouve pas la nécessité, cette histoire ne le concerne en rien. Pourtant, étrangement, je n'ai pas envie qu'il se fasse de fausses idées, qu'il me prenne pour un salaud sans cœur. C'est ridicule, depuis quand ai-je besoin de l'approbation d'un gamin ? Merde.

Je secoue la tête pour reprendre mes esprits. C'est n'importe quoi. Je vire vraiment taré. Cette soirée m'a apparemment bien plus marqué que je ne souhaite me l'avouer, mais honnêtement, j'ai passé l'âge de me prendre la tête. Au lieu de ça, je le regarde interagir avec Olivia. Je vois bien que les choses ont changé entre eux, je n'ai pas passé énormément de temps en leur compagnie, mais suffisamment pour deviner que quelque chose s'est brisé. La distance, peut-être... Ou bien ce Devon, que je l'ai surprise à embrasser hier ? « Ne te fais pas d'idées ». Ouais, peut-être ai-je mal regardé, peut-être me suis-je planté. Ou peut-être que j'aimerais qu'Olivia lui soit infidèle. Parce que ça aiderait Cooper à lâcher prise. Veut-il lâcher prise ? Je ne plaisantais qu'à moitié lorsque je l'ai confronté à la soirée de gala. Le pire, c'est que s'il me prenait au mot, s'il me demandait vraiment d'être celui qui l'aiderait à explorer sa sexualité, je lui céderais bien volontiers.

Arrête de fantasmer sur ce gosse, putain. Arrête de t'imaginer tous ces trucs que tu aimerais lui faire. C'est crade.

Ouais. Peut-être. Mais pas suffisamment pour me freiner.

— Je crois que tu l'impressionnes, me dit Beth tandis que je suis en train de tresser ses cheveux.

J'adore ce moment. Ce rituel que nous avons instauré depuis des années. Celui juste avant de nous coucher, cette bulle d'intimité et de complicité que nous tissons au rythme de mes mains qui nattent ses mèches rousses. Nous en profitons en général pour discuter de tout et de rien dans une ambiance sereine. Ça m'apaise. Ça l'a toujours fait. Même dans les jours de stress, d'énervement, même après avoir passé une journée merdique, il me suffit de m'asseoir en tailleur sur le lit et de laisser mes doigts courir sur ses doux cheveux à l'odeur de pomme verte pour me sentir bien.

— Je suppose que tu ne parles pas de ta fille, je rétorque, ironique.

— Kane...

Ouais, elle n'aime pas vraiment que je lui rappelle les rapports conflictuels entre Olivia et moi. Au début, je pensais qu'elle voulait juste se voiler la face, ou lui trouver sans cesse des excuses. La mort de son père, le déménagement, le changement de vie, moi. On s'est engueulés plusieurs fois à ce propos, mais nous avons fini par comprendre que nous ne serions jamais d'accord, alors nous préférons éviter le sujet.

— Je sais. Désolé, c'est sorti tout seul.

J'enroule l'élastique pour ne pas que sa natte se détache et l'attire dans mes bras tout en m'allongeant sous la couette. Sa tête contre mon torse, je caresse distraitement son dos.

— Je te parle de Cooper. Il est bien plus timide lorsque tu es là. C'est à peine s'il ose te regarder dans les yeux.

Ouais, peut-être parce qu'il m'a maté en train de baiser une pute et que c'est resté gravé dans sa foutue rétine.

— Que veux-tu, je suis un type intimidant.

Elle éclate de rire.

— Quoi ? dis-je agacé. Demande à mes anciens adversaires si tu ne me crois pas.

— Oui. Le grand, l'immense Ackermann. L'homme dont la tête ne passait plus les portes.

De la part de n'importe qui d'autre, cette remarque m'aurait foutu en rogne, mais pas Beth. Parce qu'elle a raison. Je sais qui je suis, je sais ce que je vaux – ce que je valais, surtout – et parfois, j'oublie de rester humble. Heureusement qu'elle est toujours là pour me faire redescendre sur terre. Je crois que c'est surtout grâce à elle – et à ma mère – que je ne suis jamais devenu un de ces connards imbuvables. Enfin, pas longtemps.

— Tais-toi, je grogne, faussement agacé, sans jamais cesser de faire courir mes doigts sur son dos.

Je devine son sourire même sans le voir et dépose un baiser sur son crâne.

— Peut-être qu'en constatant combien Cooper t'apprécie, Olivia se rendra compte que tu es quelqu'un de bien.

L'espoir dans sa voix est palpable, et je n'ose rien répondre. « Il ne m'apprécie pas. Il me craint. Me désire peut-être un peu, bien qu'il n'en ait pas conscience. »

Le silence s'étire entre nous, sa respiration se fait plus lente, signe qu'elle est en train de sombrer dans le sommeil. Je tends le bras pour éteindre la lampe de chevet, et la serre plus fort contre moi avant de fermer les yeux, inspirant son odeur, profitant de sa présence, de sa chaleur, redoutant déjà le jour où elle ne sera plus là.

CHAPITRE 13
- Cooper -

Je crois avoir flippé pour rien. J'appréhendais vraiment cette première soirée tous les quatre, le comportement de Kane, surtout. Et le mien. Pour être honnête, j'ai toujours du mal à le regarder dans les yeux, parce que trop de choses me reviennent en tête, des choses auxquelles je n'ai pas envie de penser en présence d'Oliva et d'Elizabeth. Mais cette dernière m'a rapidement mis à l'aise. Je me suis toujours bien entendu avec elle. Lorsque je me rendais chez Olivia l'an dernier, quand nous étions encore au lycée et que notre relation était au beau fixe, je prenais toujours un moment pour discuter avec elle. Kane lui, était rarement dans le coin, sans cesse occupé. Je suppose qu'il n'avait pas envie de perdre son temps avec moi. Pourtant ce soir, j'ai découvert une autre facette de sa personnalité. Un type affable, souriant, détendu, loin de l'homme froid qu'il peut être en général. La présence de sa femme aide beaucoup. Ils semblent si proches, si complices, si… amoureux ? Est-ce vraiment possible ? Kane joue-t-il sur les deux tableaux ? Se taper des mecs lui permet peut-être de laisser libre cours à cette part de lui qu'il ne peut satisfaire autrement. Franchement, je n'en sais rien, et je crois qu'il serait plus sage que ça reste ainsi. Je n'ai pas envie de m'immiscer dans leur couple, ça ne me regarde pas. Pourtant, je ne peux m'empêcher de fantasmer sur ce type, d'imaginer ce que j'éprouverais à sentir ses lèvres sur les miennes, ses mains sur moi. Ça ne m'est jamais arrivé. Même après mon dérapage avec Avery, je ne me suis pas posé de questions. Je savais que je n'étais pas attiré par lui ni par les mecs en général. Et il a suffi que je découvre Kane en pleine action pour que tout soit chamboulé.

La porte de la salle de bains s'ouvre pour laisser apparaître Olivia, un long tee-shirt pour unique vêtement, m'exhortant à sortir de mes pensées. J'admire ses jambes bronzées, ses cheveux détachés couvrant ses épaules, ses petits seins ronds dissimulés sous le tissu, ses lèvres pulpeuses, et j'ai envie de la plaquer contre moi pour me gorger de l'odeur sucrée de sa peau, l'embrasser, la caresser, la faire jouir.

Ouais, en fait, je crois que je suis juste en manque de cul et qu'un rien est capable de m'exciter, dernièrement.

Je lui souris et lui tends le bras pour qu'elle vienne s'asseoir sur mes genoux. Elle répond à mon invitation et nous basculons tous les deux sur le lit. Je l'embrasse furieusement et profondément. Ma main s'aventure sous son tee-shirt pour effleurer son dos tandis que mon membre se presse contre sa culotte. Je bouge légèrement, faisant grimper mon érection, lui montrant ce que je veux. Elle continue de m'embrasser, ses doigts se perdent dans mes cheveux, mais elle reste sage. D'un coup, je la fais basculer sous moi et glisse ma main le long de sa cuisse avant de remonter jusqu'à son intimité. Au moment où je tente de la pénétrer de mon majeur, ses jambes se referment d'un coup.

— Laisse-moi te faire du bien, je murmure contre sa bouche.

Parce que, bordel, j'en ai grave envie. Je veux sentir sa chatte se refermer sur mes doigts, je veux la voir onduler sous moi, je veux glisser ma langue entre ses cuisses et redécouvrir son goût.

Elle se tortille pour s'échapper de mon étreinte. Elle ne s'éloigne pas, reste dans mes bras, mais me fait bien entendre qu'elle refuse toute tentative sexuelle.

Je ne comprends pas sa réaction.

— Qu'est-ce qui se passe ? je demande, légèrement agacé.
— Rien. Ça va.
— Tu es sûre ?
— Ouais, je suis simplement fatiguée.

Je me redresse, de plus en plus impatient.

— Fatiguée ? T'es sérieuse ? T'en as pas marre de cette excuse ?

Elle me fixe, ne semblant pas comprendre mon éclat de colère.

— Ce n'est pas une excuse. Je suis crevée. Je suis sortie hier et j'ai à peine dormi.
— Sortie ? je répète, ahuri.
— Oui, des potes de ma fac sont là, j'ai passé la soirée avec eux.
— Alors que tu savais que je venais ?

Je peux voir qu'à son tour, elle commence à s'énerver. Mais merde, c'est n'importe quoi ! J'ai l'impression d'être le seul à faire des efforts, à vouloir essayer que notre couple continue de fonctionner malgré l'absence, malgré la distance.

— Et alors ? Ça va, Cooper, je peux encore m'amuser. On a plein de temps devant nous, tu ne vas pas me prendre la tête parce que je n'ai pas envie.
— Je suis venu ici pour être avec toi, pour essayer de nous retrouver. Mais la vérité, c'est que je me demande si c'était une bonne idée.

Elle croise les bras sur sa poitrine et me jette un regard noir.

— Qu'est-ce que tu racontes ?
— Olivia... Est-ce... Est-ce qu'il y a quelqu'un d'autre ?
— Mais non ! se défend-elle aussitôt, les yeux écarquillés. Qu'est-ce qui te faire croire ça ?
— À ton avis ? On se voit à peine et quand c'est le cas, tu trouves toujours une excuse pour ne pas qu'on couche ensemble.
— C'est tout ce qui t'intéresse chez moi ? Le sexe ?

Elle est sérieuse ? Elle vient vraiment de me balancer ça à la gueule ?

— Ne retourne pas ça contre moi !
— Pourtant c'est que ce que tu es en train de me dire !
— N'importe quoi. Évidemment que c'est important. Merde, Liv. Il y a quelques mois, on baisait dans tous les coins de ton foutu appartement, et maintenant, dès que je t'effleure, tu fuis et tu te refermes. Comme si tu n'avais plus envie de moi.

Nous étions insatiables, toujours à nous toucher, nous embrasser. Nous nous sommes même envoyés en l'air dans les putains de chiottes du lycée, et voilà qu'à présent, elle se montre farouche.

Je suis vexé, un peu triste aussi, de voir que ça ne semble pas l'émouvoir autant que moi. J'adore Olivia, j'adore passer du temps avec elle, mais je ne vais pas nier que le sexe tient une grande importance dans une relation. Et franchement, ça fait des semaines que je ne l'ai plus touchée, je pense avoir le droit de m'interroger, non ?

— Ce n'est pas ça..., se défend-elle mollement.
— Alors c'est quoi ? C'est quoi, putain, Liv ?

J'ai crié sans le vouloir, mais ça me tue. Cette incompréhension, ce dialogue de sourds, cette impression que nous sommes en train de nous déchirer et que bientôt, il ne restera de notre relation que des cendres.

Elle se mord les lèvres et l'espace d'un instant, je crains qu'elle ne se mette à pleurer. Je me penche vers elle et emprisonne son visage entre mes mains. Ses beaux yeux bleus sont humides, et bordel, je me sens comme une merde à présent. Ma colère disparaît aussitôt pour ne laisser qu'une pointe d'amertume qui elle, refuse de se dissiper.

— Désolé, désolé, je ne voulais pas crier. C'est simplement que... tu m'as manqué, Liv. J'étais vraiment impatient de te retrouver et d'avoir enfin quelques jours avec toi. Je suis déçu, c'est tout.

Et un peu perdu, aussi.

Elle ne répond rien, ferme les yeux et prend une profonde inspiration. Je la connais suffisamment pour savoir que je ne tirerai rien d'elle ce soir. Elle s'est retranchée en elle-même, et l'obliger à parler ne servira à rien d'autre qu'à nous frustrer encore plus.

Alors je pose un bref baiser sur ses lèvres avant de caler une de ses mèches blondes derrière son oreille.

— On devrait dormir, on doit se lever tôt demain. On discutera de ça plus tard, OK ?

Elle hoche la tête et nous nous glissons tous les deux sous les draps. Cette nuit, c'est dos à dos et sans nous toucher que nous nous endormons.

L'odeur du café me guide tel un automate jusqu'à la cuisine ce matin.

— Bonjour Cooper, bien dormi ? m'accueille Elizabeth, déjà habillée, en train de s'atteler au petit-déjeuner.

De mon côté, je suis toujours en pyjama. Je voulais me préparer avant de sortir de la chambre, mais Olivia a été plus rapide que moi et je sais qu'elle va y rester un temps infini.

— Très bien, merci, je réponds en me frottant les yeux.

Elle me sourit et dépose une tasse devant moi. L'arôme me titille les narines et la première gorgée me réveille tout à fait.

— Tu es bientôt prêt ? On ne va pas tarder à partir.

— J'attends qu'Olivia libère la salle de bains. Et inutile de vous dire que ça risque d'être long, vous la connaissez mieux que moi...

Elle éclate de rire tout en retournant le bacon qui grésille dans la poêle.

— Tu peux te servir de la nôtre si tu veux, je crois que Kane a terminé. Vas-y pendant que je finis de m'occuper du petit-déjeuner.

— Merci, c'est gentil.

Je termine rapidement ma tasse et me relève pour aller chercher mes affaires avant de me diriger dans la chambre d'Elizabeth et Kane. La porte est grande ouverte et Kane n'est nulle part en vue. Je pousse un soupir de soulagement. Je n'avais pas très envie de tomber sur lui en train de se changer ou de déambuler à moitié habillé, ça aurait été trop embarrassant.

Alors que mes pieds nus s'enfoncent dans la moquette moelleuse, je ne peux m'empêcher d'admirer la pièce. Elle n'est pas très grande, mais claire, les larges fenêtres offrent une vue imprenable sur la forêt dense recouverte de neige fraîche. Elle a dû beaucoup tomber cette nuit. Le lit est fait et je me demande si Kane est du genre maniaque ou si c'est l'initiative d'Elizabeth. D'ailleurs, en parlant de Kane, où est-il passé ? Je ne l'ai pas vu depuis que je me suis levé. Peut-être qu'il se trouve à l'arrière de la maison en train de couper du bois pour alimenter le feu de cheminée ? *Bordel, mais d'où ça vient ça ? On n'est pas dans une comédie romantique. Ni dans un porno.*

Décidant de stopper net mes délires, je traverse la chambre, essayant de ne pas m'attarder sur le mélange de parfums qui s'entremêlent dans l'air. Mes fringues dans les bras, je pousse la porte de la salle de bains et pénètre à l'intérieur. La pièce est chaude, embuée, et l'odeur du gel douche masculin persiste. J'avance d'un pas et suis sur le point de refermer la porte lorsque je m'arrête net.

Là, devant moi, à poil, tondeuse à la main, se tient Kane.

Merde.

CHAPITRE 14
- Cooper -

Je ne pense pas qu'il m'ait vu, alors le plus raisonnable serait de faire demi-tour et de sortir discrètement avant que tout ça ne devienne embarrassant. Sauf que... impossible. Je reste scotché sur place, le regard rivé sur son... cul ? *Lève les yeux, putain. Qu'est-ce que tu fous ?*

Bonne question. Je crois que mon cerveau vient de griller. Est-ce vraiment possible d'avoir des fesses aussi musclées ? Je me fais violence pour ne pas m'attarder dessus et observe son dos. Ce qui n'arrange rien. Parce que bordel, je reste subjugué par la vision de muscles dont j'ignorais l'existence jusqu'à présent. Je n'ai jamais vu un mec aussi tracé de ma vie. Et pourtant, j'en ai vu un sacré paquet. Si j'étais capable de faire autre chose que de baver sur son physique d'athlète, j'en aurais été jaloux, mais comme je disais... Mon cerveau... pouf... Déconnecté. Liquéfié. Quelques grains de beauté apparaissent sur sa peau. Je suis des yeux le mouvement de son corps, de ses épaules puissantes lorsqu'il lève le bras pour tailler sa barbe et me rends subitement compte qu'il vient de me remarquer. Je ne suis pas suffisamment vif et me retrouve capturé par ses iris verts. Un sourire apparaît sur son visage et je sens mes joues me brûler.

— Ce que tu vois te plaît ?

Sa voix rauque et amusée, tintée d'accent, me fait tressaillir. Un trou. Il me faudrait un trou dans le sol pour pouvoir m'y enliser et disparaître à tout jamais, moi, ma honte, et mon début d'excitation –très – malvenue.

— Je... heu...

Et le prix de la répartie de l'année revient à... pas moi, c'est sûr.

Il continue de s'occuper de sa barbe, ne semblant pas pressé d'entendre ma réponse.

— Je suis venu pour prendre ma douche. Mais je... heu. Je repasserai...

Il commence à pivoter et tout ce à quoi je peux penser est : *non. Non, ne te retourne pas. S'il te plaît. Parce que je vais voir ta bite et que... merde... non...*

Trop tard. Il fait volte-face et si le dos était parfait, de face il est... Pfiou... Ouais, ça le décrit plutôt bien.

OK, mec. Je crois que tu viens de dire adieu à ton hétérosexualité. Si tu en doutais avant, tu peux en être sûr à présent. La bisexualité, ça te tente?

— Tu peux rester. J'ai passé ma vie avec des types à poil dans des vestiaires, alors franchement, pas de quoi être gêné.

Il me sort ça avec un tel naturel... Et oui, moi aussi, j'ai passé pas mal de temps avec des types à poil dans les vestiaires. J'ai fait de la natation, bon sang, ce n'est pas le sport qui requiert le plus de vêtements. La seule différence, c'est qu'aucun d'eux ne m'avait fait bander. Et c'est une putain d'énorme différence.

Est-ce que je vais passer pour une poule mouillée si je m'enfuis en courant ? Ouais, certainement. Est-ce que j'ai envie que Kane me voie ainsi ? Non merci.

Je me racle la gorge et tente de reprendre le contrôle de mon cerveau et de mon corps, chose compliquée, vu qu'ils n'ont pas l'air de vouloir coopérer.

La bonne nouvelle, c'est que je suis parvenu à rester focalisé sur son visage. Plus particulièrement sur sa mâchoire et ses lèvres toujours incurvées en un sourire.

— Ouais. OK. Heu... Merci.

— Fais comme chez toi. Je termine et je te laisse tranquille.

Super idée. Croisons les doigts pour qu'il finisse vite.

La salle de bains est grande, pourvue d'une douche à l'italienne derrière une paroi de verre ainsi que d'une baignoire à pieds. Je ne tergiverse pas longtemps avant de faire mon choix.

Au moins les parois nous dissimuleront, moi et mon début d'érection.

Dos à Kane, je me désape rapidement, me glisse dans la cabine et allume l'eau puissance maximum, espérant que ça suffise à me remettre les idées en place. Sauf que non. Parce que je sens ses yeux sur moi, et ne peux m'empêcher de frissonner. Mate-t-il mon cul comme je l'ai fait avec le sien ? Son regard s'attarde-t-il sur ma peau ? En ai-je envie ? Non. Bordel non. Et pourtant, plus je devine son intérêt pour mon corps nu, plus je sens ma queue se tendre. Tout ça, c'est de la faute d'Olivia. C'est à cause d'elle si je bande pour un rien ces derniers temps. Et ouais, je bande, et j'aimerais vraiment me soulager, sauf que je vais devoir attendre.

Me laver. Vite et bien. Sortir d'ici le plus rapidement possible. Je me tourne pour attraper le gel douche et sursaute presque en découvrant que Kane a fini de se tailler la barbe et qu'il m'observe délibérément. En fait, ses yeux sont fixés sur ma bite.

Respire. Respire. Putain, ça ne va pas du tout. J'aimerais ordonner à mon sexe de dégonfler, ne pas montrer à Kane l'effet qu'il exerce sur moi, mais de toute façon il est trop tard. Je suis grillé.
Je déglutis, ne sachant pas vraiment comment réagir. *Joue la cool. Ignore-le.*
Le mec détaché. Voilà. Parfait.
Je me saisis du flacon et dépose une noisette de savon sur la paume de ma main, juste histoire de me donner une contenance, de bouger plutôt que de rester immobile comme un abruti. L'air de rien, je me retourne et entreprends de me laver. Le mur, se concentrer sur le carrelage anthracite de ce foutu mur.

— Ne te cache pas de moi.

Sa voix forte résonne par-dessus le bruit de l'eau et je me fige sous cette injonction.

— Retourne-toi.

Incapable de désobéir, tel un automate ensorcelé par cette voix grave, je pivote pour me retrouver de nouveau face à lui. Il s'est approché, et la paroi transparente n'offre aucune intimité, aucune échappatoire. C'est plus fort que moi, je ne peux m'empêcher de m'attarder sur son corps. Sur son large torse, ses abdominaux tracés, la ligne de poils bruns qui descendent jusqu'à dévoiler... merde. Je suis en train de bloquer sur la queue d'un type. Mais qu'est-ce qui ne va pas chez moi ?

— Est-ce moi qui te fais cet effet ? demande-t-il sans cesser d'admirer mon membre gonflé, et je ne peux qu'acquiescer en silence, la gorge sèche, les yeux toujours fixés sur sa bite.

— Tu n'as pas à avoir honte, Cooper.

Surpris, je relève la tête, ses paroles sont presque douces tout à coup.

Kane me scrute, me bouffe du regard, et sa main se referme sur son membre lourd. Il n'est plus tout à fait flasque, mais pas dur non plus. Mais alors qu'il commence à le faire coulisser entre ses doigts, comme pour appuyer ses paroles, je ravale un gémissement et ma peau est parcourue de picotements. Qui aurait cru que regarder Kane se toucher m'aurait fait autant bander ?

— Si tu en as envie, alors ne te retiens pas. Caresse-toi, murmure-t-il, et je suis hypnotisé par les mouvements de son bras, par sa grande main qui forme un étau pour sa queue qui ne cesse d'aller et venir.

Et c'est alors que je décide de rendre les armes.

À quoi bon ? Je suis coincé. Enfermé dans un tourbillon de désir aussi soudain qu'incompréhensible. Je ne sais pas vraiment ce que Kane espère, ce qu'il attend. Et je ne sais pas vraiment non plus ce qui me prend. Tout ce que je sais, c'est que tandis que je le regarde en train de se masturber, c'est plus fort que moi. J'attrape ma queue et la serre dans ma main, refrénant un soupir. Ouais. J'entame des va-et-vient rapides. J'ai trop besoin de jouir, de me faire du bien.

Kane sourit sans jamais dévier le regard, sans jamais arrêter de se caresser.

— Ne va pas trop vite, Cooper. Prends ton temps. Touche-toi. Fais durer le plaisir.

Franchement, je suis tellement à cran que je lui dirais presque d'aller se faire foutre et de me laisser me branler tranquille. Sauf que j'ai perdu le contrôle. J'ai plié sous le poids de sa présence, son corps, ses yeux verts qui ne me lâchent pas, cet érotisme cru qui imprègne l'air et en serait presque étouffant.

Obéissant, je délaisse à regret mon sexe durci pour me laver les bras, la gorge, les épaules. Chacun de mes gestes est délibérément lent. J'explore mon corps de la manière dont j'aimerais que Kane le fasse. Minutieusement, en effleurant chaque courbe.

Jamais je n'aurais pensé vivre ça un jour. Encore moins avec un homme. Et pas n'importe lequel. Kane. Il se tient nu devant moi, ses yeux brillants tandis que ma main descend le long de mon torse, de mon ventre. Plus bas. Toujours plus bas. Je devrais être tétanisé, mais au contraire, je n'ai jamais été aussi excité.

J'agrippe mes bourses, les prends en coupe, referme mes doigts dessus. Un courant électrique me traverse sous le soupir qui s'échappe de la gorge de Kane. Il se lèche les lèvres, et je me consume. Bon sang, je donnerais tout ce que j'ai pour lire dans ses pensées en cet instant.

Au début, j'imaginais qu'il voulait jouer, qu'il était curieux de savoir si je serais suffisamment téméraire pour le suivre. À présent, alors que son regard enflammé ne loupe aucun de mes mouvements, je comprends que c'est moi, rien que moi, qui le mets dans cet état. Putain, qui l'eut cru ? Kane Ackermann, l'une de mes idoles, subjugué par le spectacle que je lui offre.

Cette découverte m'embrase et me pousse à continuer, à oublier toute forme de pudeur pour me concentrer sur l'instant présent, pour lui montrer que je ne le crains plus. Pour lui prouver que moi aussi, je peux être l'objet de ses fantasmes, tout comme il est devenu le mien.

Ma queue est de plus en plus dure, et je n'en peux plus. J'ai besoin de me toucher, de me soulager. Je glisse ma main emplie de savon autour de mon sexe et commence à me branler. Mes mouvements sont doux, lents. Trop. Je crève de me masturber avec force, de laisser exploser mon orgasme, mais le regard de Kane sur moi me retient. C'est un regard que je veux faire durer éternellement. Parce que j'ignore si j'aurai la chance qu'il me mate encore de cette façon à l'avenir, et je compte en profiter jusqu'au bout.

Jamais je n'aurais cru que me caresser devant un autre homme – ni une autre femme – pourrait être aussi érotique. Pour être honnête, avant aujourd'hui, ça ne me serait pas venu à l'idée, pas même pour des préliminaires.

— À quoi tu penses ? m'interroge Kane, sa voix plus rauque que jamais, le vert de ses iris braqués sur moi.

À rien. À toi. À ton putain de cul. À tes mains sur moi.

Aucun son ne sort de ma bouche et mes yeux s'écarquillent de stupeur lorsqu'il me rejoint. Il reste à quelques centimètres de distance, suffisamment pour que l'eau qui coule le long de mon corps savonneux ne l'éclabousse. Pourtant je me sens acculé, pris au piège. Et j'aime ça.

Il ne cherche pas à me toucher. Il se doute que malgré mes envies, s'il ne faisait ne serait-ce que m'effleurer, cette scène prendrait fin. La vérité, c'est que je ne suis pas sûr d'être réellement prêt pour ça. Sentir les mains d'un homme sur moi.

— Tu veux savoir ce à quoi, moi, je pense, en te regardant ?

Sa voix est rendue rauque par le désir, son accent plus prononcé, et j'ai l'impression que chaque goutte d'eau frappant ma peau se transforme en picotements électriques.

Oui. Oui.

Il n'escompte pas de réponse, il doit bien se douter que je suis incapable de formuler une seule phrase cohérente. Mon gémissement suffit à l'inciter à continuer :

— Je pense à ma bouche refermée autour de ta queue, en train de te sucer, de lécher ton gland. À laisser courir ma langue sur tes couilles et à les aspirer. À te prendre profondément dans ma gorge et te sentir jouir…

Je ne m'attendais pas à ces mots crus, je ne m'attendais pas à cette envie soudaine de le supplier pour qu'il les mette à exécution.

Il lèche sa lèvre inférieure, comme s'il voulait capturer mon goût, et mon corps se tend.

C'est à peine si j'ai remarqué qu'il a arrêté de se caresser pour se focaliser sur moi. Parce que je ne peux m'empêcher de fixer ses lèvres charnues, me demandant à quel point ce serait bon s'il mettait ses désirs à exécution. De baiser sa bouche, de le laisser m'avaler entièrement...

Alors je n'y tiens plus.

Je délaisse mon rythme languide tandis que mon orgasme monte, qu'un incendie éclate au creux de mes reins et se répand dans mes veines. Je me branle frénétiquement, cherchant la jouissance.

— Il y a tellement de choses que je rêve de te faire et ça me tue.

Quelques mots suffisent pour m'achever. Mes muscles se tendent et je ne retiens pas le cri qui s'échappe de ma gorge lorsque mon sperme gicle sur ma main, mon ventre, le sol. Ma vision se brouille tandis que les jets chauds et crémeux se mêlent à l'eau et aux restes de savon.

Mon corps se relâche et je cligne des yeux, le souffle court, tandis que je reprends pied avec la réalité, que je prends conscience de ce qui vient vraiment de se passer. Je demeure quelques instants interdit, mon regard ancré à celui de Kane, qui me sourit. Il tend le bras vers ma joue, comme pour la caresser, et mon cœur manque un battement. Finalement, il laisse retomber sa main et recule. Son visage se crispe légèrement, comme s'il avait reçu un électrochoc, comme s'il venait de se rendre compte de ce que nous avions partagé à l'instant.

— Tu devrais finir de te laver, elles vont se demander où nous sommes passés.

Il quitte l'espace douche et attrape une serviette qu'il enroule autour de sa taille. Il tourne une dernière fois la tête et m'offre un sourire doux, presque triste, avant de sortir de la salle de bains. Je me retrouve seul, comme un con, mouillé, et un peu paumé.

CHAPITRE 15
- Kane -

C'est l'esprit embrumé et avec une érection persistante que je quitte la salle de bains pour me retrancher dans ma chambre. Je me laisse tomber sur le lit et ferme les paupières en poussant un profond soupir.

Est-ce que je viens vraiment de faire ça ? De mater Cooper en train de se branler ? Ouais, apparemment. Merde.

Je passe une main dans mes cheveux et cligne des yeux dans l'espoir de revenir à la réalité. Sauf que mon cerveau est saturé d'images qui n'aident pas à calmer mon érection.

Il n'y a rien de plus érotique qu'un homme qui s'abandonne. Aujourd'hui, en regardant Cooper, malgré sa peur, malgré sa retenue, j'ai ressenti la confiance qu'il plaçait en moi. Il s'est laissé aller, il m'a permis de le guider. Et lorsqu'il a joui, j'en ai eu la gorge serrée. Parce que l'espace de quelques instants, il s'en est remis entièrement à moi. Parce qu'il était beau. Tout simplement. Ses mains glissant sur son corps nu, ses doigts refermés autour de sa queue... Et ce regard. J'ai vu qu'il avait peur, qu'il n'était pas sûr de lui, de ce que nous étions en train de faire, et pour être honnête moi non plus. Mais, dans sa façon de me mater quand il a surgi dans la salle de bains, son regard sur moi, j'ai su qu'il en avait autant envie que moi. Qu'il attendait, espérait, que quelque chose se passe. Et bordel, je n'aurais jamais pensé qu'un gamin comme lui parvienne à me mettre dans cet état là.

— Tu n'es pas habillé ?

La voix de Beth me fait sursauter, je ne l'ai même pas entendu rentrer.

— Je... non, désolé, je me dépêche.

Son regard court le long de mon corps nu que je ne prends pas soin de cacher. Elle s'arrête sur mon sexe toujours dur, mais ne fait aucune réflexion.

— Cooper est encore sous la douche ?

Je hoche la tête et déglutis. Sûrement en train de laver le sperme sur son corps.

Beth referme la porte derrière elle et s'assoit à mes côtés. Je coule un regard vers elle et constate qu'elle semble inquiète.

— Tu vas bien ?

Je tente un sourire qui doit davantage ressembler à une grimace. Ouais, je vais bien, je suis juste un peu... déconcerté ? Choqué ? Non par ma manière d'agir, mais par celle de Cooper. La vérité, c'est que la façon dont il m'a détaillé, ses yeux s'attardant sur mon corps, je ne sais pas... j'ai ressenti un truc vraiment étrange. Un désir soudain, fulgurant. Que je n'ai pas eu envie de refouler. Jusqu'ici, je ne souhaitais que jouer, peut-être le mettre un peu mal à l'aise, peut-être l'intimider. J'avais peur qu'il me balance, et je voulais lui montrer qu'il ne pouvait rien contre moi. Mais aujourd'hui, quelque chose à changé. Et le rapport de force dont je comptais profiter s'est cassé la gueule en beauté.

— Je crois, finis-je par lui répondre d'une voix légèrement enrouée.

Beth passe une main dans mes cheveux humides et me sourit. J'aime tellement son sourire, si doux, si lumineux.

— Je suis là, tu sais. Si tu as besoin de moi. Tu peux me parler. Toujours.

— Toujours.

Elle dépose un baiser sur mon épaule, se relève et m'abandonne à mon sort.

Je la regarde partir et l'espace d'un instant, elle occupe toutes mes pensées. Je me surprends à sourire à mon tour. Sourire qui se fane lorsque Cooper apparaît devant moi, des gouttes d'eau perlant toujours le long de sa peau, les cheveux mouillés, une serviette autour de la taille.

Il s'arrête net en me découvrant et son visage vire à l'écarlate. Nos regards se croisent et nous restons comme deux abrutis, sans savoir comment réagir ni quoi dire. « Je suis désolé » ne me semble pas pertinent, vu que je ne le suis pas le moins du monde. « On recommence quand tu veux » serait plus près de la vérité, mais je me sens suffisamment fautif comme ça. Et un peu pervers. Et de plus en plus fou. De désirer cet homme. Il est adulte, et pourtant si jeune. J'aurais préféré ne jamais être confronté à ça, cette convoitise, cette envie.

— Tu devrais aller t'habiller, est la seule phrase à laquelle je puisse penser.

— Vous aussi, réplique-t-il, et je ne peux retenir le ricanement qui s'échappe de mes lèvres.

Il ne se laisse pas démonter, et sa répartie semble alléger l'atmosphère. Cette fois-ci, nos regards sont amusés, et j'apprécie cet instant fugace de complicité. D'ailleurs, lorsqu'il finit par disparaître pour se préparer, c'est beaucoup plus détendu que je me décide enfin à bouger mon cul du matelas pour le couvrir d'un boxer, et du reste de mes fringues.

— J'espère que les secours par hélicoptère sont rapides à intervenir, grommelle Cooper en chaussant ses skis.

J'éclate de rire et lui donne une tape dans le dos.

— Tu as voulu jouer les durs, tu assumes.

Il plante ses bâtons dans la neige le temps de rajuster son bonnet, laissant dépasser des mèches de cheveux châtain.

— Je n'avais pas envie de skier tout seul, et je savais que j'allais m'emmerder avec les filles. Et puis, je ne dis jamais non à un challenge.

Son ton est sérieux, mais ses yeux noisette pétillent de malice. J'ignore si le double sens était voulu ou si c'est moi qui me fais des idées.

Ouais, je ne suis pas certain qu'il soit capable de suivre mon rythme. Ici, je me trouve dans mon élément, et même si je ne suis pas aussi à l'aise sur des skis que sur des patins, je me débrouille très bien. Je ne connais pas le niveau de Cooper, mais à sa grimace lorsque Olivia et Beth lui ont annoncé la piste qu'elles avaient choisie, j'ai deviné qu'il devait plutôt bien se démerder.

— Tu es prêt? je lui demande en enfilant mes lunettes de soleil.

Pour toute réponse, il m'offre un sourire éblouissant, ramasse ses bâtons, et part comme une fusée.

Petit con!

Ni une ni deux, je décolle à mon tour pour le rattraper. Hors de question qu'il atteigne l'arrivée avant moi. Je suis un type assez compétitif, je n'aurais pas eu cette carrière sans cette qualité, et cet esprit de compétition ne m'a jamais quitté. Je suis comme ça pour tout, et je ne changerai jamais.

Je dévale la piste à toute allure. La neige est parfaite et je slalome agilement jusqu'à rattraper Cooper. Il ne me remarque pas tout de suite, trop concentré sur sa descente, jusqu'à ce que je dérape devant lui, l'éclaboussant de neige. Je reprends aussitôt ma course, ses cris de protestation se perdant dans l'air de la montagne.

Moins de dix minutes plus tard, j'arrive en bas. J'ai à peine le temps de planter mes bâtons dans la poudreuse qu'une rafale de neige glacée s'abat sur moi. Enfoiré !

Son sourire est lumineux et il semble foutrement fier de lui. J'ai une soudaine envie de me jeter sur lui pour le coller dans la neige, mais ne suis-je pas trop vieux pour ce genre de vengeance puérile ? Peut-être. Quoi qu'il en soit, je n'ai même pas le temps de réagir qu'il est déjà en train de se diriger vers les télésièges.

— On y retourne ? m'interroge-t-il.

Je suppose que sa question est rhétorique, alors je me contente de le suivre, sans pouvoir m'empêcher de jeter un coup d'œil à son cul caché par son pantalon. Son cul ferme que j'ai vu nu, pas plus tard que ce matin. Et je me demande quel effet ça ferait de m'enfoncer dedans...

Mes mains se crispent autour de mes bâtons, parce que je ne peux m'enlever de la tête que ce type est beaucoup plus jeune que moi. Ça devrait être suffisant pour me raisonner, me donner envie de faire machine arrière, mais ce n'est pas le cas.

Ouais, complètement malade, putain.

CHAPITRE 16
- Cooper -

La matinée passe à une vitesse folle. Le midi, nous faisons une halte dans un des restaurants où nous retrouvons les filles. Contrairement à nous, elles ont arrêté de skier depuis plus d'une heure et ont préféré se poser et boire des cocktails. Nous prenons notre temps pour déjeuner, et Kane se fait alpaguer à plusieurs reprises pour prendre des photos et signer des autographes. Je ne devrais pas être surpris par le nombre de gens qui le reconnaissent. Il a été un putain de joueur, un de ces types qui ont vu leur maillot retiré[6] par leur club. Je me demande quel effet ça fait, de ne jamais pouvoir passer un moment tranquille sans être dérangé. OK, on est loin de la rock star ou de l'acteur hollywoodien, mais quand même. C'est marrant. Je crois que si je ne l'avais pas connu

---

6   La pratique du maillot retiré consiste à mettre de côté le numéro porté par un joueur après sa retraite, ou à la suite de son décès, en hommage à sa contribution au club.

autrement que comme hockeyeur, je n'aurais jamais eu les couilles de l'aborder. Trop imposant, trop impressionnant. J'aurais même été jusqu'à dire distant, mais les sourires qu'il offre à ses fans me contredisent. Il semble être dans son élément, heureux d'être le centre de l'attention.

— Il se prend pour une légende, alors que la plupart de ces filles le connaissent juste grâce à sa pub pour des sous-vêtements.

Les mots d'Olivia m'obligent à tourner la tête. Je délaisse Kane pour porter mon regard sur elle.

— C'est une légende. Tu as vu ses scores ? Les Leafs n'ont jamais eu d'aussi grands attaquants depuis Kane.

Elle lève les yeux au ciel, agacée. Elle connaît mon engouement pour son beau-père, et c'est quelque chose qu'elle n'a jamais vraiment compris ni accepté. Pour lui, il n'est que l'homme qui a profité de la mort de son père pour mettre le grappin sur Elizabeth. « S'il avait pu aller danser sur sa tombe, il l'aurait fait », m'a-t-elle dit un jour où elle s'était une fois de plus engueulée avec lui. J'ai trouvé ses mots durs alors, mais j'ai fermé ma gueule. Je sais combien elle a souffert de la mort de son père, même si je ne la connaissais pas à cette époque. À quel point elle en souffre encore. Mais ses paroles emplies de haine me choquent à chaque fois.

Alors qu'elle est sur le point de répliquer, la main de sa mère se pose sur la sienne.

— Arrête, Liv. Ne gâche pas tout, s'il te plaît.

Contre toute attente, Olivia décide de l'écouter et n'ouvre plus la bouche de tout le repas.

Le déjeuner terminé, nous nous séparons une nouvelle fois. Et dire que, si je suis venu ici à la base, c'était pour passer du temps avec Olivia. Pour essayer de nous retrouver. Au lieu de quoi, c'est en compagnie de Kane que je skie des heures entières, sans jamais me lasser. Je m'éclate.

Kane est infatigable, et surtout, incroyable. Je ne peux m'empêcher de l'admirer dévaler les pistes, si agile sur ses skis. Il slalome sans effort, glissant sur la neige avec quasi autant de facilité qu'il le fait sur la glace. C'est presque à contrecœur que nous quittons la station pour rentrer tous les quatre au chalet.

Il fait nuit lorsque nous atteignons la porte d'entrée et un délicieux fumet se dégage dans la pièce.

— Bénie soit Dina, s'exclame Elizabeth en ôtant son blouson.

J'ignore qui est Dina, mais je suppose qu'elle est à l'origine de l'odeur d'épices qui m'emplit les narines et fait gargouiller mon ventre.

La table de la salle à manger est dressée pour quatre personnes, et le feu crépite déjà dans l'âtre. Je ne savais pas à quoi ressemblerait l'environnement en venant ici, mais ce chalet est magnifique. Spacieux sans être trop grand, je trouve que le lambris et les poutres apparentes offrent un aspect carrément chaleureux. C'est le genre d'endroit qui donne envie de rester affalé dans le canapé à regarder la neige tomber.

À présent que l'adrénaline est retombée, que je me retrouve dans cet endroit chaud et confortable, le ventre rempli, je me surprends à somnoler. Tout le monde d'ailleurs commence à fatiguer, et il n'est pas franchement tard lorsque nous décidons d'aller nous coucher. J'aide Elizabeth à débarrasser pendant que nous discutons du programme du lendemain. Apparemment, les filles ont eu leur dose de sport et prévoient une journée shopping.

— On vous y déposera avant de rejoindre les pistes, et on viendra vous rechercher, propose Kane, en train de siroter son café.

— Ne t'embête pas pour nous. On prendra un taxi pour rentrer. Comme ça, on ne sera pas obligés de s'attendre. Et vous, de louper le match.

Kane sourit en réponse, apparemment ravi. Il a déjà manqué la rencontre d'aujourd'hui, il n'a sûrement pas envie de rater celle de demain. Leafs contre Rangers. Je crois que ça va gueuler.

— Je vois que vous avez tout organisé !

— Nous sommes des femmes prévoyantes, réplique Elizabeth avec un clin d'œil.

Ouais, en revanche, ce que je n'avais pas du tout anticipé, c'était de rester une journée entière rien qu'avec Kane. Ça ne devrait pas m'inquiéter, après tout, nous avons passé plusieurs heures ensemble aujourd'hui. Plusieurs heures géniales et bien plus détendues que je ne l'avais craint. Je crois qu'aucun de nous ne souhaite mettre l'épisode de la douche sur le tapis, préférant faire comme si rien ne s'était produit. Est-ce par remords ? Par facilité ? De mon côté, même si je m'en veux, un peu, je ne regrette pas. Je flippe toujours de ce que je ressens depuis quelque temps, de ce que ça dit de moi, de ma sexualité. J'ai joui sous les injonctions de Kane, sous son regard. J'ai senti sa voix infiltrer mes veines et embraser mes sens. Ça m'a retourné, mais je préfère essayer de ne pas me focaliser sur ce souvenir.

Ouais, comme si ça pouvait être si simple.

Durant la journée, ça l'a été. Parce que j'étais constamment occupé. Il y avait du monde, du mouvement, Kane qui voulait absolument arriver avant moi en bas de la piste et me motivait à me défoncer. Mais ce soir, alors que je reste seul avec mes pensées, Olivia endormie à mes côtés, je ne peux m'empêcher de ressasser.

Ce soir, je n'ai même pas pris la peine d'essayer le moindre geste intime envers elle. Et elle ne m'a rien demandé.

Nous nous sommes allongés chacun de notre côté et elle a rapidement plongé dans le sommeil. J'ai l'impression que nous sommes l'un de ces vieux couples qui restent ensemble par habitude. Et ça me tue. J'ai dix-neuf ans, putain, je ne devrais pas être en train de vivre une relation aussi plate, aussi frustrante. Le problème, c'est que je n'ai pas les couilles de mettre cartes sur table, d'avoir une vraie conversation avec elle. « Est-ce que tu m'aimes encore ? » Cette question, j'ai voulu la lui poser, mais sans oser. Je n'ai pas envie de passer pour un crétin, pour un de ces types ayant besoin d'être rassurés. Je pense à mes potes, à leurs coups d'un soir. Aux orgies de Shane, aux filles qui défilent dans le lit de Win, à Avery et ses conquêtes sans lendemain. Ils semblent parfaitement heureux ainsi. Et puis il y a Jude et Zane, le seul couple stable de ma connaissance. Alors qu'ils n'étaient pas destinés à finir ensemble et qu'ils en ont chié. Est-ce que c'est ça ? Est-ce qu'on doit toujours se battre pour être heureux ? Est-ce que les choses ne peuvent être simples ?

Mon couple avec Olivia s'est créé tellement naturellement, tellement facilement. Est-ce qu'on s'aimerait davantage si on se déchirait ? Si notre relation était faite de hauts et de bas ? Ou est-ce que cette stabilité qui nous a toujours définis a causé notre perte ? Peut-être qu'elle aspire à autre chose, à de l'aventure, du danger, des expériences ? Des expériences... Je me demande si c'est mon cas. Si Kane est mon expérience. Peut-être que mettre de l'ordre dans ce chaos, faire des choix, assumer, me fera évoluer. Peut-être est-ce ça, grandir.

CHAPITRE 17
- Kane -

J'attends que Beth se soit endormie pour me rendre dans le salon. Je n'ai pas sommeil, et après cette journée entouré de vacanciers et accaparé par des fans, j'ai besoin de passer un peu de temps seul. Je me sers un verre de whisky et décide de mater le match de cet après-midi en replay. Je connais déjà le score final, je sais qui a marqué et à quelle période, mais ça n'enlève rien au plaisir d'admirer les Leafs jouer. Ils ont foutu une raclée au Devils, et j'ai hâte de découvrir comment.

Je m'affale dans le canapé, et mes yeux ne dévient jamais de l'écran. Les Leafs sont incroyables. À chaque fois que je vois cette équipe évoluer sur la glace, j'éprouve un petit pincement au cœur en me remémorant cette époque révolue où je portais leurs couleurs. J'admire Tavares, la nouvelle recrue, ses attaques rapides, ses passes précises. Même si j'ai conscience d'avoir été un atout pour eux, la relève est assurée. Les joueurs sont bons, et je crois qu'ils ont toutes leurs chances de gagner la Stanley Cup[7] cette année. Je suis confiant. Ils sont doués.

Bon sang, que cette période me manque. L'adrénaline des matchs, mon cœur qui bat à tout rompre, le sang qui pulse dans mes veines. Cette rage de vaincre. Ce besoin d'aller toujours plus vite, toujours plus loin, de dépasser mes limites. Plus jamais je ne revivrai une telle euphorie. J'ai voulu bouffer le monde, j'ai voulu prouver de quoi j'étais capable, j'ai voulu rendre mes parents fiers. Et je suis heureux d'y être parvenu. Parfois, je me demande quelle aurait été ma vie si je n'avais pas réussi à intégrer une équipe de NHL[8]. Si, comme mon père, je n'avais pas réussi à me démarquer, à sortir du lot. Aurais-je été amer ? Me serais-je contenté d'évoluer en ligue mineure ? Ouais, peut-être que je n'aurais alors pas eu à me cacher, à dissimuler qui je suis vraiment. Peut-être que je serais toujours avec Nicholas, le premier homme – le seul - que j'ai aimé, ce garçon de dix-sept ans débordant de rêves autant que moi. Nos chemins se sont séparés quand il a quitté le Canada, je ne l'ai jamais revu. Malgré tout, je ne l'ai jamais oublié. Il a été le premier. J'étais fou de lui. Lorsqu'il est parti, j'ai pleuré. Des torrents de larmes versées sur la fin d'une histoire qu'à cette époque, j'aurais espéré être éternelle. Puis j'ai grandi, j'ai évolué, et j'ai appris à dissimuler cette partie de moi. Je ne sais pas comment j'ai réussi à passer entre les mailles du filet, à ne jamais être découvert. Je sortais avec les gars, je draguais les filles, parfois je les embrassais, mais je ne suis jamais allé plus loin. Et quand j'avais envie de baiser, quand ma main et mes fantasmes ne suffisaient plus à me satisfaire, je

---

7   La coupe Stanley est, en Amérique du Nord, un trophée de hockey sur glace décerné chaque année depuis 1927 par la Ligue nationale de hockey à l'équipe championne des séries éliminatoires.
8   La Ligue nationale de hockey ou LNH (en anglais : National Hockey League – NHL) est une association sportive professionnelle nord-américaine regroupant des franchises de hockey sur glace du Canada et des États-Unis. Le niveau de jeu de cette ligue est considéré comme un des meilleurs au monde.

signais des contrats de confidentialité auprès d'agences d'escorts chèrement payées.

Il y a eu des rumeurs, évidemment, au cours de ma carrière. Je les ai laissé dire, j'étais au-dessus de ça. Rien d'autre ne comptait que monter toujours plus haut, atteindre des sommets. Puis j'ai passé la bague au doigt de Beth et les rumeurs ont cessé. Les gens ont présumé que j'attendais la fin de mon activité pour rencontrer l'âme sœur, et je ne les ai jamais détrompés. J'avais déménagé à New York depuis un an lorsqu'elle m'a rejoint. Veuve éplorée, mère d'une adolescente en colère. Six mois après, nous nous étions unis dans l'intimité.

Pour être honnête, je ne me suis pas beaucoup demandé si mon objectif de carrière valait le coup que je taise ma sexualité. Ma mère elle, m'a beaucoup interrogé sur le sujet. « Tu crois réussir à vivre sans être toi, à part entière ? Mentir à tout le monde ? » Non pas qu'elle ne m'en pense pas capable, mais elle craignait que je finisse par craquer. Elle me connaît par cœur, je ne lui ai rien caché, à aucun de mes parents. Ils m'ont soutenu à chaque instant, et je ne les remercierai jamais assez pour ça. « Tu n'as pas peur de passer à côté de ta vie ? De ne pas être heureux ? »

Assumer ma sexualité au grand jour ou avoir la possibilité de marquer l'histoire du hockey ? Le choix était vite fait.

Pour moi, intégrer la NHL valait tous les sacrifices. Si je devais revenir en arrière et recommencer, je n'aurais pas agi différemment. J'ai vécu – je vis encore – une existence dont la plupart des gens n'osent même pas rêver. Elle n'a pas toujours été facile. Faite de peur, de découragement, d'envies de tout envoyer balader. Mais surtout, faite de victoires, de dépassement de soi, de bonheur.

Un sourire nostalgique étire mes lèvres tandis que les dernières minutes du match défilent sur l'écran. Un but de Marner quelques secondes avant la fin. 3-1. Ils ont tout déchiré.

Je lève le nez au ciel d'un blanc sale, quelques flocons me fouettent les joues et le vent siffle à mes oreilles. Le temps s'est dégradé, on devrait se bouger.

— Encore une descente et on va devoir y aller, j'informe Cooper qui vient de s'immobiliser juste derrière moi en bas de la piste. J'ai l'impression que la météo empire et j'aimerais remonter avant qu'il ne se mette à vraiment neiger. Surtout si on doit s'arrêter commander une pizza.

Nous avons tout prévu ce matin pendant notre trajet en voiture. Pendant qu'Olivia avait les yeux rivés sur son smartphone et que Beth somnolait, nous avons calculé le temps qu'il nous faudrait pour ne pas louper le début du match. Un match que nous avons autant envie de regarder l'un que l'autre, bien que nous ne supportons pas la même équipe.

— Vous avez hâte de voir les Leafs se faire rétamer ?

Je souris à sa pique.

— Nous avons gagné la dernière rencontre, je te rappelle.

— Ouais, mais c'était au Canada, pas à New York.

Ces Américains. Leur complexe de supériorité m'a toujours exaspéré. Franchement, j'espère que les Rangers ne vont pas remporter ce match. Déjà, parce qu'ils affrontent les Leafs, mais surtout parce que ce sont les ennemis jurés des Islanders, l'équipe de NHL auquel le club que j'entraîne est affilié.

— Je suppose qu'on aura bientôt notre réponse. J'ai hâte de te voir pleurer quand nous les aurons écrasés.

Il éclate de rire et se laisse glisser devant moi en direction des remontées mécaniques, l'air suffisant et sûr de la victoire de son équipe. Je sens qu'on va bien se marrer.

Bon, en fait, je ne me marre plus du tout. Nous en sommes à la fin de la deuxième période et les Rangers mènent 2-1 contre les Leafs. Putain, mais qu'est-ce qu'ils fabriquent ? Ils se sont pris des pénalités dans tous les sens, les New-Yorkais sont sans arrêt en supériorité numérique et les deux équipes ont déjà essayé de se foutre sur la gueule au moins trois fois. Je suis en train de bouillir, mais je tente de me contrôler. Je n'ai pas l'intention d'afficher mon agacement à Cooper, ça lui ferait trop plaisir, il se montre déjà suffisamment insolant comme ça.

Je profite de la pause de quinze minutes pour aller nous chercher deux autres bières dans le réfrigérateur. Malgré mon énervement, je dois avouer que je passe un bon moment. C'est agréable de regarder un match avec quelqu'un de passionné, de mêler nos cris lorsque nous encourageons chacun notre équipe à voix haute. De ne pas être le seul à avoir le corps tendu et les muscles crispés. De partager.

— Je ne savais pas que tu étais si fan de hockey, lui dis-je en lui donnant la bouteille fraîche.

— Pourtant, je vous l'ai déjà dit.

— Vraiment ?

— Ouais. Vous ne vous en souvenez peut-être pas, mais quand je venais chez vous, je restais toujours un temps infini à contempler vos trophées.

— Je m'en souviens, dis-je en hochant la tête. Mais j'ignorais que c'était à ce point.

— Je suis les Rangers depuis tout petit. J'ai suivi la carrière de nombreux grands joueurs d'autres équipes.

Il rive son regard au mien en prononçant ces paroles, et mon estomac se contracte légèrement. Ne sachant que dire, je me contente de le dévisager.

— J'ai été fan de vous, Kane. Vous avez été une de mes idoles. Vous l'êtes toujours.

Un aveu murmuré. Voyant que je ne réponds rien, il enchaîne :

— Si on m'avait dit un jour que je serais en train de mater un match en compagnie d'Ackermann, jamais je ne l'aurais cru. Pour vous, c'est peut-être normal, mais, à moi, ça me paraît dingue, et j'essaie encore de me convaincre que c'est réel.

Tant de franchise dans sa voix timide. Une subite envie de me pencher vers lui pour l'embrasser s'empare de moi. Je la refoule aussitôt. Qu'est-ce qui m'arrive, bordel ? Ouais, ce gosse m'a ému, ses paroles m'ont ramené à une époque où ils étaient des milliers tel que lui. Je me sens un peu coupable de ne pas lui avoir accordé d'attention avant et je ressens l'envie subite de m'excuser pour mon comportement passé. C'est ridicule, mais je sais à quel point la déception peut être grande lorsqu'une personne qu'on admire vous ignore.

— Désolé, je n'avais pas l'intention de vous mettre mal à l'aise.

— Non, non. Pas du tout. Mais je suis en train de prendre conscience de pas mal de choses.

Il m'observe, les yeux plissés, comme s'il essayait de comprendre où je voulais en venir.

Juste au moment où je suis sur le pont de répondre, le match de hockey disparaît pour être remplacé par un flash info. Nous nous tournons aussitôt vers l'écran.

« Une tempête de neige s'est abattue sur la ville d'Aspen. Les stations de ski ont été évacuées. »

Je me lève pour me poster à la fenêtre, téléphone déjà à l'oreille pour contacter Beth. Cooper m'imite. Dehors la neige tourbillonne et recouvre le paysage d'un lourd manteau blanc. Les arbres dansent sous le vent qui hurle. Je ne suis pas étonné, la météo le laissait présager.

— Kane ?

Je pousse un soupir de soulagement en entendant la voix de Beth. Elles se trouvent dans un centre commercial, alors je sais qu'elles n'étaient pas en danger, mais de l'avoir au téléphone me permet de m'apaiser.

— Salut. Je voulais m'assurer que tout allait bien.
— Oui, ne t'inquiète pas. J'allais justement t'appeler. Ils disent que la tempête ne va pas durer longtemps, mais je ne crois pas que nous pourrons remonter ce soir.
— C'est probable. Mon chalet est assez excentré, et il suffit de quelques dégâts pour ne plus pouvoir y accéder par la route.
— L'important c'est que vous soyez en sécurité. Réserve une chambre d'hôtel avant que tout ne soit complet. On se tient au courant, d'accord ?
— Ça marche. Et Kane ? Ce match alors ?

Je pousse un grognement pour toute réponse, ce qui la fait éclater de rire. Décidément, j'ai l'impression d'être seul contre tous.

CHAPITRE 18
- Cooper -

Je pousse un cri de victoire lorsque la sonnerie de fin de match retentit. Kane ne bouge pas, toujours debout derrière le canapé, apparemment trop stressé pour rester assis.

— Enfoirés d'Américains, gronde-t-il et je ne peux m'empêcher de m'esclaffer.

— Je suis désolé, dis-je en me tournant vers lui.

— Non tu ne l'es pas.

C'est vrai. Ce n'est quand même pas ma faute si nous possédons une équipe si talentueuse. Je vois bien qu'il est énervé, mais j'espère qu'il va vite se calmer ou l'ambiance risque d'être légèrement étouffante. Depuis que j'ai appris qu'Elizabeth et Olivia ne rentreraient pas ce soir, je suis en proie à des sentiments partagés. Une partie de moi a envie de s'enfermer dans la chambre et de ne plus en ressortir, effrayé d'être seul avec Kane pour le restant de la journée. De la soirée. De la nuit. Mais l'autre souhaite en profiter. Peut-être une opportunité de me rapprocher de lui. J'ai bien conscience que même si nous essayons tous les deux d'enterrer la scène de la douche, perso, je ne cesse d'y songer. Dès que nos regards se croisent un peu trop longuement, que ses yeux verts me scrutent avec un peu trop d'intensité, je me détourne. J'ignore s'il ressent les mêmes incertitudes. Sûrement pas. Après tout, il a joué. Comme il l'a fait le soir où je l'ai surpris avec un mec, comme le jour du gala. J'ai l'impression d'être une sorte de cobaye. Qu'il attend de savoir jusqu'où je suis prêt à aller, qu'il cherche à tester mes limites. Le problème, c'est que plus nous passons de temps ensemble, plus j'ai envie de les repousser. D'en découvrir davantage.

Je ne suis pas gay. Je me suis répété cette affirmation en boucle. Avant lui, je ne m'étais jamais questionné sur une éventuelle bisexualité, même le jour où Avery a posé sa bouche sur ma queue. Avec Kane c'est particulier, et je me suis surpris à imaginer ce que je ressentirais à le toucher, à l'embrasser. Pour être honnête, ce mystère me hante depuis quelque temps. À quel point ce serait différent. Est-ce que ça me plairait ? Est-ce que ça m'exciterait ? Et si c'était le cas, serait-ce si grave ?

— La tempête s'est calmée.

La voix de Kane me fait revenir sur terre. Après avoir fait les cent pas dans la pièce, à pester entre ses dents, il s'est posté devant la fenêtre. Je le rejoins et observe les flocons qui dansent dans l'air froid, m'attarde sur le ciel presque blanc. C'est si paisible ici, si silencieux, on se croirait aux confins du monde. Seuls, isolés. C'est d'ailleurs un peu le cas en ce moment.

— Elle n'a pas duré longtemps.

— Non. Mais nous sommes sur les hauteurs et la route devient rapidement impraticable en cas de fortes chutes.

— Elles ne rentreront vraiment pas ce soir, hein ?

Ouais, je crois que l'espoir est perceptible dans ma voix. Apparemment, j'ai tranché. Entre crainte et espoir, c'est l'espoir qui a gagné. Je sais que je devrais me sentir mal. Songer à Olivia, à notre relation. Mais au point où nous en sommes, reste-t-il quelque chose à sauver? Le souhaite-t-elle? Je n'en ai pas l'impression.

Kane secoue la tête et me jette un coup d'œil.

— Ça te dit de sortir?

Je hausse les épaules. Pourquoi pas. La neige ne m'a jamais dérangé, je suis New-Yorkais après tout, ce n'est pas comme si je n'avais pas l'habitude.

Après nous êtes équipés pour affronter le climat rugueux, je le suis docilement à l'extérieur. Le manteau blanc crisse sous nos chaussures qui laissent des empreintes visibles. Kane s'arrête à quelques mètres tandis que je continue d'avancer. Je m'enfonce un peu à chaque pas. Le vent glacé me fouette le visage et je réprime un tremblement. Quelques pas supplémentaires et le jardin laisse place à une étendue de conifères qui poussent derrière la clôture. Je suis en train d'admirer cette vue incroyable, ce silence total, lorsqu'un projectile me frappe le dos. Je vacille légèrement, émets un grognement et me retourne pour découvrir Kane, un sourire aux lèvres, une boule de neige dans sa main.

— Celle-ci c'était pour les Leafs, déclare-t-il.

La deuxième me percute l'épaule sans que j'aie l'occasion de bouger.

— Et celle-là? je grommelle.

— Pour ne pas les supporter!

J'éclate de rire et me baisse pour ramasser la neige et tenter de me défendre. Le temps que je me relève, la troisième atterrit sur ma tête. Un frisson glacé parcourt mon échine en sentant l'eau dégouliner sous mon manteau. Il ne perd rien pour attendre. La guerre est déclarée.

J'ai froid, je suis trempé de la tête aux pieds, et malgré tout, hors de question de déclarer forfait. Les boules fusent dans tous les sens, et je n'ai pas arrêté de trébucher pour les éviter. Kane, de son côté, est presque totalement sec. Ouais, je ne sais pas très bien viser. Encore moins une cible en mouvement. Il faut que je trouve un moyen de me venger.

Heureusement, l'occasion se présente rapidement lorsque, en voulant esquiver un de mes tirs, Kane vacille et se vautre sur le sol. Ni une ni deux, je cours à sa rencontre, espérant l'empêcher de se relever. Je le percute avec force et nous nous retrouvons allongés dans la neige, mon corps contre le sien. Je profite de sa position vulnérable pour soulever son pull et tee-shirt accessibles sous son blouson ouvert. Dans mon poing, une poignée de neige que je m'empresse de plaquer sur son ventre nu.

— Putain ! rugit-il.

Je souris de toutes mes dents, fier de moi. Il va enfin savoir ce que ça fait, ce froid sur soi. La neige fond sous ma main et je me retrouve en contact direct avec sa peau. Je la déplace légèrement et sens ses abdominaux contractés. Merde. *Enlève-la. Enlève-la.* Apparemment, les ordres de mon cerveau ne parviennent pas jusque là.

Je respire un peu trop vite, et je me rends compte que Kane aussi. Est-ce dû à l'effort ? Ou à cet instant ? À ma paume qui effleure son ventre, remonte le long de son sternum. La pulpe de mes doigts caresse ses poils et je trouve ça fascinant. Je n'avais jamais touché le corps d'un homme avant et le sien est si dur, si différent de celui d'une femme. J'observe son ventre se soulever au rythme de sa respiration. Je vois le tracé de ses muscles, le V qui se perd sous son jean.

— Arrête.

Ses mots claquent dans l'air et je m'immobilise, la main au niveau de son cœur. J'aimerais dire que je peux le sentir battre, mais la vérité, c'est que je n'entends que le mien, qui s'accélère toujours plus. Je n'ai pas envie de m'arrêter, je veux continuer à l'explorer, à découvrir chaque aspérité de sa peau. Mais il ne m'en laisse pas l'occasion. Sa main emprisonne la mienne, ses genoux verrouillent mes jambes et avant que je puisse comprendre son intention, il m'oblige à basculer. Je lâche un cri de surprise lorsque je me retrouve plaqué dans la neige, son corps au-dessus du mien. Le froid s'insinue sous mes fringues. Je devrais être frigorifié, mais je n'ai jamais eu aussi chaud de ma vie.

Il ancre son regard au mien et ne le lâche plus. Il ouvre la bouche comme s'il voulait parler, mais aucun son n'en sort. Sa main est toujours sur la mienne, me tenant fermement. Il finit par la relâcher et je la laisse retomber.

J'observe les traits de son visage, les quelques rides au coin de ses yeux, ses cheveux ébouriffés, son nez légèrement recourbé. *Tu es si beau.* Je tends le bras pour venir caresser sa mâchoire couverte de barbe et me retrouve subjugué par l'émotion inédite que je ressens.

— Qu'est-ce que tu fais ? souffle-t-il d'un ton rauque.

Franchement ? Je n'en ai aucune idée. Mais ça me plaît. Je me laisse porter par le moment, par son corps plaqué contre le mien, lourd et dur, par son visage, si proche...

Je crois que je ne pourrais pas bouger même si je le désirais, il me tient à sa merci. De toute façon, je n'en ai pas envie. J'ai besoin de plus. Plus de contact, plus de sensations. Je veux arrêter de me demander sans cesse ce que j'éprouverais à me fondre en lui, caresser ses lèvres, connaître son goût.

— Embrasse-moi.

Mes mots sont sortis avant même que je puisse y réfléchir. Tant pis.

Il secoue légèrement la tête sans jamais dévier son regard.

— Cooper...

Sa voix est dure, sonne comme un avertissement. Nous ne jouons plus. Pas moi, en tout cas. *« Et si tu n'en as pas eu assez, si tu souhaites explorer un peu plus profondément cette facette de ta sexualité, n'hésite pas.* » Cette phrase est gravée dans mon esprit. Le pensait-il vraiment ? Il est temps de le savoir.

— Embrasse-moi.
— Arrête.

Encore cet ordre. Qu'attend-il ? Que je le supplie ? Je sais qu'il en a envie. Je le vois dans ses pupilles dilatées, dans ses hanches qui bougent légèrement contre les miennes, comme s'il recherchait une certaine délivrance dans cette friction. Je lui offre un coup de bassin insolent pour lui faire comprendre que je ne suis pas dupe de son attirance envers moi.

— Arrête.

Troisième fois. Un mélange de frustration et d'énervement s'empare de moi.

— Non. J'en ai marre d'imaginer ce que j'éprouverais. De me poser des tas de questions. J'ai envie de sentir, Kane. De ressentir. De découvrir. S'il te plaît, laisse-moi te découvrir.

Sa pomme d'Adam bouge lorsqu'il déglutit. Sa main enveloppe la mienne, toujours sur son visage. Il la soulève le temps d'un baiser sur ma paume. Je suis surpris par son geste, par ses lèvres fraîches contre ma peau. Puis son pouce caresse ma bouche qui s'entrouvre légèrement. « Cesser de respirer » ne m'a jamais paru aussi vrai qu'en cet instant. Comme si tout l'air se retrouvait compressé dans mes poumons et refusait de sortir.

Puis doucement, presque trop, peut-être pour me laisser l'occasion de changer d'avis, il se penche vers moi. Un dernier échange de regards. *Tu es sûr de toi ? Plus que jamais.*

Et il pose sa bouche sur la mienne.

J'avais beau m'y attendre, mon corps se crispe. Ses lèvres sont douces et fermes, ses poils picotent mon menton. Il accentue la pression et je décide de ne pas lutter. Son baiser se fait plus appuyé, son souffle se mêle au mien. Je ferme les yeux et me laisse engloutir.

Sa langue glisse contre mes lèvres que j'entrouvre pour lui en offrir l'accès et lui permettre d'approfondir notre étreinte. Je ne maîtrise plus rien, je lui cède le contrôle. Parce que je ne sais pas vraiment quel comportement adopter. L'impression d'être un ado empoté et inexpérimenté. Mais ce n'est pas grave, Kane ne semble pas s'en formaliser. Lorsque sa langue s'engouffre dans ma bouche pour glisser sur la mienne, que je grogne et qu'il gémit, plus rien ne compte. Rien d'autre que son corps pressé tout contre le mien, la chaleur qui irradie ma peau malgré la neige et le froid, sa bouche contre la mienne, ses poils qui chatouillent mon visage, ses doigts qui se perdent sur mon front, ma nuque, ma gorge. Il a le goût de bière, il m'embrasse doucement, mais profondément. Et là, nos lèvres soudées, chaque soupir se répercutant au fond de moi, je commence à bander. Une érection soudaine et incontrôlable. Merde. La honte, la panique. Je recule mon visage et repousse Kane d'un geste brusque. Ses yeux s'écarquillent de surprise. Je tremble, halète. Je peux toujours sentir la pression de sa bouche sur la mienne même alors qu'il s'est dégagé.

— Ça va ?

Je secoue la tête, la gorge sèche, au bord des larmes. Je ne comprends pas ma réaction, je la maîtrise encore moins. Je le pousse plus fort, pour l'obliger à me libérer, à ôter son corps du mien. Il capte le message, voit ma panique et s'agenouille devant moi.

— Cooper...

Non, non. Ne prononce pas mon nom !

Je ne peux pas rester là. Je dois m'en aller. Loin de lui. Loin de ce qu'il me force à endurer. Je ne peux pas, je ne peux pas. Je me relève prestement. Mes jambes flageolent et sont instables, je prie pour qu'elles me mettent hors d'atteinte. Je me précipite à l'intérieur du chalet, puis dans ma chambre. Mon cœur bat la chamade, pulse jusque dans mes tempes. Une fois la porte refermée, je m'adosse contre le bois et glisse sur le sol, incapable d'effectuer un pas de plus, le goût de Kane toujours sur mes lèvres, m'empêchant d'oublier. Oublier que je me suis totalement laissé aller, que je n'ai rien su contrôler, et que j'en ai adoré chaque seconde.

Alors que je viens d'embrasser Kane Ackermann, mon idole, un homme que je désire tant que c'en est douloureux, je me mets à chialer.

CHAPITRE 19
- Kane -

Agenouillé dans la neige qui transperce le tissu de mon jean, j'observe Cooper s'enfuir. Bordel.
J'ai fait une connerie. Non. *Nous* avons fait une connerie. J'ai essayé de l'arrêter, de faire preuve de lucidité, pour ne pas permettre à son insouciance de prendre le dessus. J'avais conscience que ça finirait par mal tourner. J'ai toujours raison, je devrais le savoir. Merde.
La vérité c'est que je me suis autant laissé emporter que lui dans cette étreinte. J'ai bien vu qu'il voulait satisfaire sa curiosité, me tester, me défier. Son regard quand il a commencé à me caresser, à m'explorer... Impossible de rester de marbre. J'ai tenté de le contrer en prenant l'avantage, mais alors, ses doigts se sont posés sur mon visage et j'en ai eu le souffle coupé. Tant de douceur, d'hésitation. Personne ne m'a jamais touché ainsi, avec une telle délicatesse.
Sauf que ça a dérapé. Si rapidement...

J'ai senti son corps ferme contre le mien, son excitation contre la mienne et j'ai déraillé. Ses soupirs, ses gémissements, sa langue jouant avec la mienne... ouais, je me suis retrouvé dans l'incapacité de me retenir, happé par le moment.

Le problème, c'est que j'ai l'impression d'être un salaud et je déteste ça. Quand j'ai découvert son regard effrayé, les larmes dans ses yeux, je me suis senti comme une merde, comme si j'avais été trop loin, comme si j'avais fait quelque chose de mal... Non, je ne suis pas l'unique fautif dans cette histoire. D'accord, je suis l'adulte, je suis censé être le type qui tempère, mais le fait est que je n'en avais aucune envie. Moi aussi, j'étais curieux... de voir s'il se dégonflerait, de savoir ce que je ressentirais. Et j'ai posé mes lèvres sur les siennes et tout est parti en vrille. Est-ce normal de ne pas éprouver de regrets ?

Un frisson glacé parcourt ma peau. Je me relève et retourne rapidement à l'intérieur du chalet. Le feu qui brûle dans la cheminée et la chaleur de la pièce me font tressaillir. Putain, je me les pèle. Avisant la porte fermée de la chambre de Cooper, j'avance de quelques pas. Une fois devant, je tends l'oreille, me demandant quoi faire. M'excuser ? Pour quoi, au juste ? Le rassurer ? Je n'en sais rien, je n'ai jamais eu à faire ça. Je frappe à la porte, mais personne ne me répond. Deuxième tentative puis j'essaie la poignée. À peine ai-je entrouvert que le bruit de la douche me parvient. Évidemment, contrairement à moi, il n'est pas resté planté comme un con, couvert de neige et gelé à attendre de se choper une pneumonie.

Sans hésiter, je me rends dans ma chambre pour me désaper, me sécher rapidement et enfiler un peignoir. De retour dans le salon, j'observe les flammes de la cheminée qui réchauffent mon corps et m'aident à arrêter de frissonner, puis direction le jacuzzi. Au passage, je me verse une généreuse rasade de whisky. J'ai besoin de me détendre, de prendre du recul, et je ne connais pas meilleur remède qu'un bon verre et des bulles bien chaudes, seul au milieu du jardin enneigé, à ne rien entendre d'autre que le bruit du vent dans les arbres. Ça m'a toujours apaisé et ça vaut le coup de braver le froid, rien que pour pouvoir en profiter.

Malgré l'auvent en verre protégeant sommairement le jacuzzi, le vent est glacé sur ma peau lorsque j'ôte mon peignoir, et c'est totalement nu que je plonge rapidement dans l'eau brûlante. Je pousse un soupir de bien-être en m'immergeant, quasi complètement.

Je bois une gorgée et dépose mon verre sur le rebord. La tête rejetée en arrière, je ferme les yeux et tente de me vider l'esprit. De ne plus penser à ce qui vient de se produire, de ne pas être trop contrarié à l'idée que l'ambiance risque de n'être pas vraiment détendue, tous les deux seuls ici, sans les filles pour alléger l'atmosphère. Avec un peu de chance, Cooper restera retranché dans sa chambre et je serai peinard.

Ou pas...

J'ouvre les yeux d'un coup en entendant un raclement de gorge. Là, devant moi, les doigts entortillés, les épaules voûtées et l'air carrément mal à l'aise, se tient Cooper, vêtu d'un pantalon de jogging et d'un sweat-shirt, ses cheveux humides et ébouriffés. Il affiche une mine renfrognée et je le trouve foutrement craquant.

Je rive mon regard au sien et, alors que je pensais qu'il allait se détourner, il me fixe sans ciller. C'est marrant, même là, il garde cet air insolent. Cet air de défi qui me fait un drôle d'effet. Mais je suis fatigué, je n'ai plus envie de jouer.

— Tu ne devrais pas rester ici, tu vas attraper froid.

Ma voix est dure, agacée. Je voudrais qu'il s'en aille et me foute la paix, j'ai eu mon compte pour la journée.

— Alors peut-être que je devrais te rejoindre, histoire de me réchauffer.

Je soupire, mais ne réponds pas, me contente de hausser les épaules. Qu'il fasse ce qu'il veut, je m'en tape. J'attrape mon verre et avale quelques gorgées, pour lui montrer que je me fous bien de sa présence. Du moins, jusqu'au moment où il commence à se déshabiller... Bordel, est-ce qu'il compte me rendre fou ? À chaque morceau de peau qui se dévoile, mon cœur s'accélère. Une réaction étrange et assez désagréable. Néanmoins, je ne peux m'empêcher de le mater. Je connais son corps, je l'ai vu à poil pas plus tard qu'hier, pourtant, je ne m'en lasse pas. Une fois en boxer, il enjambe le rebord et se laisse couler dans l'eau.

— Tu veux un verre ? je lui demande, par pure politesse, et aussi parce que j'ai besoin d'un instant pour souffler, pour digérer le fait que Cooper se tient quasi à poil dans ce jacuzzi, en face de moi, à m'observer bien trop intensément.

Il hoche la tête et déglutit. Lorsque je me relève pour sortir de l'eau, son regard a dévié pour se poser sur ma queue. Mon érection est retombée, mais s'il continue de me mater comme ça, elle risque de vite réapparaître, et ce n'est vraiment pas le moment. Je m'enroule dans mon peignoir, mais ne retiens pas le frisson glacé qui me file la chair de poule face au changement de température.

Quelques minutes de répit, le temps de lui servir un verre et de remplir le mien. Pas suffisamment pour rassembler mes pensées. Surtout qu'en revenant, j'avise son boxer trempé balancé sur le dessus de ses fringues. Je fais mine de rien et plonge une nouvelle fois dans l'eau. Ses doigts frôlent les miens lorsqu'il récupère le verre que je lui tends. Il doit le faire exprès.

— Merci.
— Ouais.

Rien d'autre. Pas un mot de plus. Pourquoi est-il là ? Pourquoi vouloir à tout prix ma présence après le fiasco de ce baiser ?

— Je suis désolé... Je suis désolé d'avoir paniqué, souffle-t-il après un temps de silence.

— Je t'avais dit d'arrêter. Ce n'était pas une bonne idée.

OK, tenter de me décharger n'est peut-être pas la meilleure chose à faire, mais je souhaite faire taire cette culpabilité.

— Pourtant, c'est ce que tu voulais non ? Tous ces sous-entendus, tes mots crus, tes jeux. Je ne me suis pas trompé.

Il ne se démonte pas. Le pire, c'est qu'il a parfaitement raison.

— C'est vrai. Et j'ai eu tort. Je n'ai plus envie de jouer.

Avant que je puisse comprendre ce qu'il se passe, il glisse jusqu'à moi et sa main se pose sur ma cuisse.

— Moi non plus, Kane.

— Alors qu'est-ce que tu fous, bordel ?

Sérieux, il est en train de me rendre dingue.

— Je veux réessayer.

Je reste sans voix, la gorge sèche. Je déglutis et secoue la tête.

— Non. Hors de question. Je me sens suffisamment mal comme ça.

Il cligne des paupières, apparemment surpris par mes paroles, puis se rapproche encore de moi. Il n'ose pas s'aventurer davantage, comme s'il craignait ma réaction, craignait un autre rejet.

— Je suis désolé. J'ai merdé.

— C'était une mauvaise idée.

— Peut-être. Mais j'ai envie que tu me touches, Kane. Je veux tes mains sur moi. Je veux te sentir.

— Et quoi ? Encore un caprice ? Tu n'as pas suffisamment satisfait ta curiosité ?

J'ai bien conscience de la dureté de mon ton, mais loin de moi l'envie de me casser de nouveau la gueule, merci bien.

Je le savais courageux, je ne le pensais pas si téméraire. Aussi, lorsqu'il se glisse sur mes genoux, je n'ai même pas le temps de l'en empêcher. Ses mains se perdent sur mon torse, mes épaules, mes bras. Il dessine chaque muscle de ses doigts, comme s'il cherchait à les apprendre par cœur.

— Qu'est-ce que tu fous ? je gronde, essayant de ne pas montrer l'impact que ses caresses ont sur moi, de dissimuler les réactions de mon corps, de refouler le désir qui s'empare de moi.

Mon cœur bat trop vite, je suis trop réceptif, et ça me fait peur.

Ses yeux brillent. Il me sourit. Un sourire tordu et peu sûr de lui, mais un sourire qui prouve qu'il en a envie. Qu'il a envie de ça. De moi.

— Montre-moi, Kane. Montre-moi comment ça peut être, toi et moi.

Ses mots. Son poids sur moi. Ses mains effleurant mon corps, sa peau nue contre la mienne. Un incendie prend feu au creux de mes reins et je ne cherche même pas à l'éteindre. Au lieu de quoi, j'attrape sa nuque et le tire contre moi.

CHAPITRE 20
- Cooper -

Je me demande comment on en est arrivés là. Il y a cinq minutes, j'étais en train d'essuyer mes larmes ridicules sous la douche et de reprendre mon sang-froid. Il y a deux minutes, je terminais de rouler mon joint et sortais pour le fumer tranquillement, histoire de décompresser, de me recentrer. Et puis j'ai aperçu Kane, dans le jacuzzi, et j'en ai aussitôt oublié la raison initiale de ma présence dans le froid. Parce qu'il était là, qu'il était beau, et que je crevais d'envie de le toucher.

Ouais, j'ai flippé. Parce que je ne m'attendais pas à réagir si intensément à son contact, à son baiser. Je n'ai pas su gérer, je me suis senti dépassé. Un besoin si fort, trop fort, de plus. Tellement plus.

Ses mots ont claqué dans l'air, un brin moqueurs, assez désabusés. «Tu ne devrais pas rester là». Parce qu'il refusait ma présence ici, sur son territoire? Ou parce qu'il m'en voulait?

Je ne me suis pas laissé démonter. Non. Pas une seconde fois. Hors de question de passer à côté de ça. Je veux vivre les choses à fond, je n'ai pas envie de me refréner. Peut-être que ce que nous faisons est mal, pour plusieurs raisons, mais j'ai peur de regretter, si je flanche encore une fois. Parce que c'est Kane, et il m'a ouvert une voie que je ne pensais même pas exister, mais que je crève d'envie d'explorer.

Je n'en éprouve aucune honte. Parce que sa bouche contre la mienne, sa barbe grattant ma mâchoire, ses grognements tandis que ses doigts s'enfoncent dans ma nuque... c'est, putain, complètement dingue. Dément.

Son bras libre encercle ma taille pour me coller contre lui. Nous nous retrouvons peau contre peau, torse contre torse. Il est si dur, si musclé, si différent de ce que j'ai connu jusqu'alors.

Je cesse de respirer lorsque son membre raide entre en contact avec le mien. Merde. Je m'arrache à son baiser, surpris et confus par cette sensation inédite. Je baisse la tête, mais les bulles qui jaillissent et chatouillent ma peau m'empêchent de voir... ça. Nous.

— On devrait arrêter...

— Non !

Mon ton est plus véhément que je n'en avais l'intention. Je ne sais pas vraiment à quoi je m'étais attendu. Pour être honnête, je n'y avais jamais réfléchi, mais sentir sa queue gonflée contre la mienne, signe de son excitation, de son désir, me fout la chair de poule. Une puissance soudaine m'envahit. Moi, Cooper, je file la trique à Ackermann. C'est surréaliste.

— Non, dis-je plus doucement. J'en ai envie.

De l'index, il m'oblige à relever la tête et ancre son regard au mien.

— Tu n'as jamais... rien fait avec un homme ?

Je secoue la tête.

— Si. Enfin pas vraiment... Ça ne comptait pas.

Il fronce les sourcils, apparemment perdu. Mais, ouais, ce qui s'est passé avec Avery ne comptait pas. Honnêtement, ce soir-là, j'étais tellement pris dans l'ambiance que je me foutais bien de la personne en train de me sucer. Cet instant me paraît bien plus vrai, bien plus réel.

Sa main descend le long de mon dos, sur mes hanches, mes cuisses, puis remonte jusqu'à ma queue. Un frisson parcourt ma peau lorsqu'il la referme autour de ma chair érigée. Quelques va-et-vient, je gémis.

— Je ne ferai rien que tu n'as pas envie que je fasse, Cooper, OK ?

Je hoche la tête, la gorge soudain sèche. Je refuse qu'il me prenne pour une petite chose fragile, je refuse qu'il se réfrène. Je veux voir l'homme qu'il est réellement, découvrir à quel point il est expert dans l'art de faire jouir un homme. Je veux apprendre.

Pour lui prouver que je ne compte pas me défiler, je m'accroche à lui. Mes mains glissent sur ses épaules et mes bras s'enroulent autour de sa nuque. Je sens ses muscles sous mes paumes et raffermis ma prise.

Il continue de me caresser et je me cambre. Sa bouche se retrouve contre mon cou, aspirant ma peau, mordillant ma gorge. Il lèche ma mâchoire avant d'y planter ses dents. C'est bon. À la fois dur et tendre.

Sa langue remonte jusqu'à mes lèvres puis s'engouffre à l'intérieur de ma bouche. Notre baiser est fiévreux, profond. Ma queue gonfle de plus en plus entre ses doigts, mon sang pulse dans mes veines, la chaleur irradie mon bas ventre.

Plus. J'ai besoin de plus. Je me pousse contre lui, pour lui montrer l'intensité de mon plaisir, pour l'intimer à aller plus vite, plus fort.

Continue, continue.

Il rompt notre baiser et ses yeux plongent dans les miens. Je crois qu'il teste mes réactions, qu'il veut s'assurer que j'aime ça.

Et putain, c'est le cas. S'il pouvait entendre les battements frénétiques de mon cœur, percevoir l'électricité courir le long de mes veines jusqu'à chacune de mes terminaisons nerveuses, il n'éprouverait plus le moindre doute.

Il me sourit doucement, appuie sa bouche contre la mienne pour un bref baiser avant de venir embrasser ma joue, le creux sous mon oreille. Au moment où je suis sur le point de jouir, il colle son membre au mien pour nous enfermer ensemble dans son poing.

— Bordel !

Son rire vibre contre ma peau en réponse. Les bras autour de son cou, je rue contre lui. La friction de sa queue contre la mienne, la vapeur d'eau qui m'enrobe, la chair de poule provoquée par le vent froid, sa main qui se glisse dans mes cheveux pour les agripper fermement, sa bouche, rude, de nouveau sur la mienne, ses poils qui irritent mon visage... c'est trop. C'est tout.

Je n'aurais jamais imaginé éprouver tant de plaisir à me serrer contre le corps d'un homme. Je n'aurais jamais envisagé qu'il était possible de ressentir un désir si fort, si profond, pour quelqu'un. Mais alors que nous nous balançons en rythme, que Kane nous masturbe ensemble, que ses doigts forment un étau de plus en plus ferme autour de nos membres collés, je sombre. Je grogne et il gémit. Des vaguelettes créées par nos mouvements de plus en plus brusques lèchent ma peau. Mon souffle se fait erratique. Mon cœur bat si vite qu'il risque d'exploser.

Je crie au moment où mes muscles se tendent et que l'orgasme s'empare de moi. Je plante mes ongles dans sa chair tandis que mon sperme gicle pour se fondre dans l'eau.

— Ouais. Putain. Tu es si beau, souffle-t-il en continuant de nous caresser.

Je tremble et vibre, parcouru par une fièvre qui embrase mes sens.

Ses doigts nous empoignent plus fort et lorsqu'il se tend sous mes mains qui n'ont jamais cessé de le toucher, je comprends qu'il ne tiendra pas plus longtemps.

J'observe son visage se tordre, ses lèvres s'entrouvrir légèrement sous son râle. Bon sang, le regarder pendant qu'il s'abandonne, exposant, l'espace de quelques instants, sa vulnérabilité, c'est... magnifique. Le voir là, sans artifice, complètement perdu dans l'instant.

Quelques secondes, quelques battements d'yeux pendant qu'il se laisse transporter par la jouissance, puis il se relâche.

Un sourire naît sur ses lèvres et il emprisonne mon visage de ses mains. Nous haletons, le souffle court. Il me tire vers lui pour poser sa bouche contre la mienne. Un baiser doux, presque languide. Comme un remerciement.

Nous reprenons nos esprits, nos corps toujours collés, nos lèvres soudées.

Je finis par reculer, ne sachant pas vraiment comment me comporter. Une chose est sûre, je ne compte pas me carapater dans ma chambre comme un gosse effrayé. Il ne mérite pas ça. Il mérite que je l'embrasse et l'enlace, il mérite que je le remercie pour le plaisir qu'il vient de me procurer. Il mérite que je lui montre à quel point j'ai adoré chaque seconde, parce que je n'ai jamais ressenti une telle intensité avec qui que ce soit d'autre.

Ses yeux verts rencontrent les miens, il caresse ma joue du bout du pouce avant d'effleurer ma lèvre gonflée.

— Tu vas bien ? demande-t-il d'une voix basse, comme s'il craignait que je réponde non.

En fait, je n'en suis pas sûr. Mes battements de cœur sont toujours trop vifs, je meurs de chaud, je tremble légèrement... Ces réactions sont-elles normales ?

Pris d'une envie subite, j'attrape son menton pour déposer un baiser sur sa bouche entrouverte.

— Ouais. Carrément. Ouais, je réponds, avec un peu trop d'euphorie dans ma voix en réalisant que je suis vraiment sincère. C'était... Putain, Kane.

Il rit, me rend mon baiser avant de me serrer contre lui et de poser ses lèvres sur ma tempe.

Je n'aurais jamais cru aimer autant ça. Une simple étreinte, son grand corps m'enveloppant, son odeur imprégnant ma peau... Je me suis rarement senti aussi serein.

— Et maintenant ? je demande, parce que, vraiment, je n'ai aucune idée de ce qui va suivre.

J'ai peur du malaise, j'ai peur de l'ambiance lourde qui risque de s'installer entre nous après ce que nous venons de vivre.

— Maintenant, on va sortir d'ici, s'habiller et dîner.

— C'est tout ?

Parce que tant de normalité après cette expérience me semble... décevant.

Il éclate de rire et secoue la tête.

— Ça dépend, répond-il, toujours amusé.

— De quoi ?

— De toi.

CHAPITRE 21
- Cooper -

Debout sur la terrasse, mon joint au coin des lèvres, je fixe l'écran de mon portable, sans bouger.
« J'ai baisé avec Kane ».
Putain, je n'arrive toujours pas à y croire. Même en le voyant écrit, j'ai du mal à imprimer. J'hésite à appuyer sur la touche envoi, mais bordel, impossible de garder ça pour moi.
J'ai baisé avec Ackermann. Un champion, une idole. Mon idole. Bordel de merde.
Je tire une taffe et laisse le goût de l'herbe descendre le long de ma gorge tandis que l'épaisse fumée s'envole vers le ciel hivernal. J'espérais que m'isoler pour fumer me calmerait, c'est râpé. Je suis toujours aussi... excité ? Abasourdi ? Un peu des deux. Ce qui est évident, c'est qu'à présent que Kane n'est plus là pour réchauffer mon corps du sien, j'ai froid. Le vent s'engouffre sous mon sweat-shirt et me fait grelotter. Je ne compte pas passer la nuit ici, alors c'est maintenant ou jamais.

Sans tergiverser plus longtemps, j'appuie sur la touche pour envoyer mon message et ferme brièvement les yeux. Était-ce une bonne idée ? Je n'en sais foutrement rien, mais j'ai besoin d'en parler à quelqu'un, et la seule personne au courant, c'est Jude. Pourvu qu'il ne mette pas trois plombes à me répondre.

> « *Tu veux une médaille ? C'est pas parce que t'as fini de tirer ton coup que tu dois emmerder ceux qui essaient de faire pareil* ».

J'écarquille les yeux face au message et devine aussitôt qu'il ne vient pas de Jude. Non, je ne connais qu'une seule personne capable de faire comprendre à quel point il est agacé en quelques mots.

Mon portable vibre dans ma main et le nom de mon pote apparaît.

— Tu m'as balancé à Zane ! je m'écrie à peine décroché. Sérieux ! Je vais en entendre parler pour le reste de ma scolarité, il ne va jamais me lâcher avec ça. Je lui avais demandé de ne rien lui dire concernant Kane, mais finalement, je ne suis pas surpris. Et puis, il n'y a pas si longtemps, j'étais prêt à me confier à lui, du coup, ça rend les choses plus faciles.

— Désolé, il tenait le portable dans la main au moment où tu as envoyé ton message.

— Ouais, et j'ai loupé ma photo de ton joli cul couvert de foutre à cause de lui, grommelle Zane en fond et je sens mes joues me brûler.

Bordel, mais c'est quoi leur délire ?

Tout à coup, une scène apparaît dans mon esprit et... enfoiré de Zane, comme si j'avais besoin de ça.

Je devine que Jude a posé sa main sur le haut-parleur parce que leurs voix sont étouffées et que c'est à peine si je comprends leurs paroles, en tout cas, je crois que Jude est en train de l'engueuler.

— Jude ? Jude ?

Je n'aurais jamais dû le contacter. Je ne me souviens même plus pour quelle raison je l'ai fait, exactement. Pour me rassurer ? Pour qu'il me dise « ouais, mec, moi aussi j'ai connu ça, tout va bien se passer, tu verras ».

Des bruits indistincts se font entendre à travers le téléphone.

— Le bureau de conseil du sexe gay est fermé pour le moment, veuillez réitérer votre appel ultérieurement...

— Zane !

Nos voix ont résonné à l'unisson et j'entends Jude lui demander de lui rendre ce « putain de téléphone ou on ne terminera jamais ce qu'on a commencé. »

— Bon, je te le passe, mais seulement parce que j'ai très envie de le sucer et qu'il ne me laissera pas faire tant qu'il n'en aura pas fini avec toi. Alors abrège.

Ce type est d'une amabilité à toute épreuve.

Finalement, je parviens à avoir de nouveau Jude au bout du fil.

— Désolé. Tu le connais, il ne sait pas s'arrêter.

— Tu ne t'en plains pas d'habitude, rétorque la voix de Zane.

Je lève les yeux au ciel, mais ne peux m'empêcher de sourire malgré moi. Bien que Zane me tape souvent sur le système, je les envie. J'envie leur complicité, leur relation fusionnelle. Je n'ai jamais connu ça. Même pas avec Olivia. Olivia...

Je devrais m'en vouloir, me sentir coupable de ce qui vient de se passer. Après tout, j'ai couché avec son beau-père. Pourtant, non. J'ai bien conscience que dans ma tête, notre histoire est déjà terminée. Je crois qu'elle l'est depuis que nous sommes entrés à l'université, simplement, je ne voulais pas l'accepter.

— Je me suis enfermé dans la salle de bains, on sera plus tranquilles.

La question étant : pour combien de temps ? Je nous donne trois minutes avant que son mec vienne tambouriner à la porte.

— Je suis désolé de vous avoir dérangés, je déclare en tirant sur mon joint. C'est juste que... je sais pas, je crois que j'avais besoin de parler de ce qui s'est passé. De comprendre.

— Il n'y a rien à comprendre, Coop. Tu en avais envie, c'est arrivé. Tu en avais envie, pas vrai ?

L'inquiétude dans sa voix me fait autant de bien qu'elle me fait grincer des dents. Sérieux, il croit sincèrement que Kane aurait... non, hors de question que je formule cette pensée.

— Évidemment ! Pour qui tu le prends ?

Il ricane et je pousse un soupir contrit.

— OK, tout doux, mec. Te prends pas la tête. Profite. C'est tout ce que je peux te conseiller.

Ouais, je suppose qu'il a raison, c'est ce que je compte faire, mais... ouais, ce texto était inutile finalement.

— Parfois, il faut arrêter de réfléchir et se laisser porter. Je crois que c'est ce que j'aurais aimé qu'on me dise à l'époque.

— Est-ce que tu as flippé ? D'être attiré par un mec ?

Il rit.

— Évidemment. Mais on s'en tape de ça. Pourquoi devrait-on se mettre des barrières et essayer de rentrer dans des cases ? On est jeunes, c'est normal de vouloir expérimenter.

Oui, c'est sûrement vrai. Finalement, ce n'est peut-être pas si grave d'être attiré par quelqu'un du même sexe. Le truc, c'est d'assumer, je suppose. Et de faire face aux conséquences.

Le problème ici, c'est que les conséquences peuvent être carrément merdiques. Surtout pour Kane.

— Mais, Coop ?

— Ouais ?

— Et Olivia ?

Je ferme les yeux, inhale une autre taffe.

— J'en sais rien. Je pense qu'elle est passée à autre chose, même si elle le nie. Est-ce que c'est mal que je m'en tape ? De ne pas avoir de remords ?

— Alors sois sûr de toi, et prends une décision. Kane ou pas, tu as baisé avec quelqu'un d'autre...

Quelqu'un d'autre. Un homme. Kane Ackermann. J'ai couché avec Kane. J'ai senti ses mains sur moi, sa bouche contre la mienne. J'ai joui sous ses caresses, j'ai gémi et crié. Il m'a offert des sensations dont j'ignorais l'existence. Il m'a fait perdre la tête. Il m'a fait vibrer.

— N'attends pas qu'elle te prenne en flag, mec, parce que ce serait très embarrassant.

— Et tu sais de quoi tu parles, je m'esclaffe.

— Ouais. Je sais que c'est compliqué, mais ne la fais pas souffrir inutilement.

Je retiens un ricanement de dérision à ce conseil. Franchement, je crois que celui qui souffre le plus des deux de notre relation ces derniers temps, c'est plutôt moi.

Nous nous taisons l'espace de quelques instants, chacun perdu dans ses pensées.

— Merci, Jude.

— De rien, et pardon pour Zane.

— Pas de souci.

— Ouais, tu dis ça maintenant... Attends la rentrée.

J'éclate d'un rire franc. Ouais, je crois que je vais en chier, mais finalement, je me rends compte que ça ne me gêne pas tant que ça. Parce que, putain, j'ai baisé avec Kane Ackermann.

Kane Ackermann.

C'est le cœur battant un peu vite, anticipant notre fin de soirée rien que tous les deux, que je raccroche et éteins mon joint. Je range mon portable dans la poche de mon pantalon de survêtement et rentre, impatient de le retrouver.

CHAPITRE 22
- Kane -

À travers la baie vitrée du salon, j'observe Cooper debout à l'extérieur, téléphone en main. Parle-t-il à Olivia ?
J'obtiens ma réponse quand il éclate de rire. Non. Définitivement pas. Parce que je ne les ai pas entendus se marrer ensemble depuis longtemps. Du moins, pas lorsque je me trouvais dans les parages, et je ne pense pas que ce soit différent en mon absence. Ce qui selon moi, est une bonne indication quant à leur relation. C'est étrange d'ailleurs, ils semblaient très complices au début, toujours fourrés ensemble à la maison. Olivia se montrait même moins grinçante à mon égard. Mais depuis qu'elle a quitté le lycée – et l'appartement – tout paraît avoir changé. Je me demande si le type qu'elle a, me semble-t-il, embrassé l'autre jour y est pour quelque chose.
Le vent qui se fraye un chemin à travers la porte vitrée lorsque Cooper l'ouvre me fait frissonner. Il lève les yeux, croise les miens et m'offre un petit sourire. Bon sang, il est

foutrement craquant, avec son air un peu égaré. Je me retiens de le plaquer contre le mur pour l'embrasser, parce que je ne suis pas certain que ce soit la bonne chose à faire. Bien que ce ne soit pas l'envie qui m'en manque. En fait, il y a des tas de trucs que j'aimerais essayer avec lui. Un échange sain, pour commencer. Depuis combien de temps ça ne m'est pas arrivé ? D'être intime avec un autre homme sans lui avoir versé une somme conséquente en contrepartie ? Sans avoir signé de contrat de confidentialité pour assurer ma carrière, mon avenir ? Sans devoir faire constamment attention, sans devoir être sur mes gardes, incapable de me laisser totalement aller ? Des baises mécaniques et impersonnelles, qui me vident les couilles et l'esprit sur le moment, qui me transportent et me font jouir, mais me laissent un goût amer au fond de la gorge ?

Très longtemps. Trop longtemps. Je ne suis même pas certain de savoir comment m'y prendre. Surtout avec Cooper. Il est si jeune. Si innocent. Si différent de ce que je connais. Même s'il est curieux, s'il essaie de faire bonne figure en se montrant entreprenant, en tentant de me prouver, de se prouver peut-être aussi, qu'il n'a pas peur, qu'il est prêt, je peux percevoir sa fébrilité, son hésitation. Est-ce trop lui demander de me faire confiance ? De nous permettre de profiter de ce que nous avons tant que cela nous est possible ? Un soir, peut-être deux, jusqu'au retour des filles, où nous devrons revenir à la réalité. J'ai envie de considérer ces quelques heures comme une bulle hors du temps, hors de nos vies. Une bulle où nous pouvons nous apporter un plaisir mutuel sans faux-semblant. Pas de barrière de fric, pas de vaines promesses, juste deux hommes qui cherchent à se découvrir.

— Tu as faim ? je lui demande en voyant qu'il reste silencieux.

— Ouais. Tu cuisines ?

— Je sais faire cuire des pâtes. Je ne suis pas certain que ça rentre dans la définition de cuisiner.

Il s'esclaffe et hausse les épaules.

— Au moins nous ne mourrons pas de faim.

— Sauf si tu as d'autres idées en tête.

Ses yeux s'écarquillent légèrement et je me rends compte du double sens de ma remarque.

— Pour le repas, je veux dire, j'ajoute rapidement.

Il sourit et comble la distance qui nous sépare jusqu'à s'arrêter juste devant moi.

— Je n'ai aucun talent culinaire. Le seul truc que je sais faire, ce sont les bonshommes en pain d'épices.

J'ignore pourquoi ce simple aveu me fait l'effet d'une douche froide. Qui fait ça ? Quel adulte s'amuse à faire ce genre de pâtisseries ? Il n'est pas adulte. Il a vingt ans. Légalement il n'a même pas le droit de boire. Et je lui ai filé du whisky. Merde. *Ouais, comme si c'était la chose dont tu devrais t'inquiéter !*

— Kane ?

Sa main se pose sur mon bras et le serre légèrement. Puis il la laisse là, comme s'il cherchait ce contact, cette connexion. Je baisse la tête vers ses doigts qui m'enserrent. Un simple geste, inoffensif, surtout après tout ce que nous venons de partager. Il me paraît cependant trop intime. C'est ridicule. Ridicule et irrationnel, mais plus fort que moi. Doucement, je bouge pour l'obliger à me lâcher. Pour ne plus subir ce contact qui me brûle la peau et me donne envie de plus. *Putain, mais qu'est-ce qui me prend ?*

Je reporte mon attention sur lui et découvre que son visage s'est fermé. Merde. Je ne souhaite pas le blesser, pas du tout, mais je crois que j'ai du mal à faire face à tout ça.

Quelques heures, Kane. Quelques jours... Te prends pas la tête. Profite. Tu ne fais rien de mal. Vous ne faites rien de mal. Enfin, pas tant que ça.

Je me racle la gorge et tente un sourire qui se veut rassurant.

— Viens, je m'occupe du repas, toi, du dessert. Ça te va ?
Ses traits restent figés, mais il hoche la tête.
Je sens qu'on va passer une putain de soirée.

La raison pour laquelle j'adore Dina, c'est qu'elle pense à tout. Et quand je dis tout, c'est *absolument* tout. La tempête pourrait nous couper du reste du monde pendant plusieurs mois sans qu'on se retrouve à court de vivres ni de toutes ces choses utiles. Sérieusement, le contenu du garde-manger nous permettrait de tenir un siège sans jamais mourir de faim, et encore moins de soif – si j'en compte le nombre de bouteilles de whisky posées sur l'étagère. Cette femme me connaît trop bien.

— C'est une tradition familiale pour les fêtes. Ma mère m'a appris à les faire.

— Hein ?

Délaissant mes steaks qui cuisent dans la poêle, je me tourne vers Cooper. Il a de la farine jusque dans les cheveux. Et je ne parle même pas de l'état du plan de travail.

— Les bonshommes. Qui ne seront pas des bonshommes, vu qu'on n'a pas d'emporte-pièce, répond-il d'un air désolé.

Attendrissant. Ouais, ça lui correspond bien. Bien que ce ne soit pas la qualité première que je cherche chez un homme. En fait, je n'en cherche aucune, étant donné qu'ils ne sont là que pour des baises rapides et violentes, pour me faire prendre mon pied avant de disparaître et ne revenir que lorsque j'ai besoin d'eux. Et je n'ai pas besoin de Cooper. Non.

— « Si tu es suffisamment grand pour en avaler une telle quantité, alors tu es suffisamment grand pour les faire par toi-même. » Elle m'a donné un tabouret, m'a foutu devant un plan de travail et m'a mis au boulot. Et tu sais quoi… ?

— Non.

Qu'est-ce qui lui prend de me raconter ça ? Qu'est-ce qu'il attend de moi ?

— J'ai adoré ça !

Son sourire illumine son visage. De sa main, il dégage une mèche de son front ce qui a pour résultat d'ajouter davantage de farine dans ses cheveux.

Je souris à mon tour, complètement désarmé face à tant d'enthousiasme, à tant d'innocence. Une innocence que j'ai perdue depuis longtemps. Une innocence qui ne fait que renforcer l'écart entre nous.

— Elle te manque, ta mère ? je l'interroge avant de pouvoir m'en empêcher.

Je n'ai pas connu l'ex-femme de Steve, ils ont divorcé bien avant que je fasse sa connaissance, à mon arrivée à New York, mais j'imagine qu'une femme qui a élevé un garçon tel que Cooper ne peut pas être une garce.

— De temps en temps. Je l'ai souvent au téléphone, et on se voit au moins deux fois par an. Longtemps, ça ne m'a pas suffi, et je me suis senti un peu seul, avec mon père qui est rarement là. Mais ça va, maintenant. Et puis, il reste toujours le pain d'épices, non ?

Et c'est plus fort que moi. Je ne parviens pas à lutter contre lui, contre la tendresse que je ressens en cet instant. Oui, il est différent. Il est jeune. Trop jeune. À peine sorti de l'adolescence, pas encore aguerri. Il a si peu vécu, connaît si peu la vraie vie, son lot de merdes, de déceptions, d'extase. Cependant, face à lui, je flanche totalement. Un sourire, des yeux qui brillent, et il me fout à genoux.

Peut-être que c'est également ce qui l'attire chez moi. D'être son opposé. Je n'avais jamais eu à me poser la question, parce que je m'en moquais, mais je me le demande à présent.

Je passe une main dans ses cheveux pour tenter d'en chasser la farine et mon index vient caresser son visage. Je vois bien qu'il se tend, que son souffle se fait court, qu'il rougit un peu.

— J'ai hâte de le goûter, je lui réponds avant de laisser retomber mon bras.

S'il savait toutes les autres choses que j'aimerais goûter venant de lui. Je crois qu'il s'enfuirait en courant. Ou peut-être pas...

CHAPITRE 23
- Cooper -

— Mes parents me manquent aussi.

J'abandonne ma pâte pour me tourner vers Kane. Nous n'avons rien dit depuis plusieurs minutes, chacun concentré sur sa tâche. Ses paroles murmurées qui brisent le silence me surprennent. J'ignore quoi répondre, même si je comprends.

— Je crois que c'est également ce qui m'a poussé à rester aussi longtemps chez les Leafs. J'adorais mon équipe, mais j'aimais encore plus savoir que mes parents n'étaient jamais très loin.

— C'est pour ça que tu as quitté les Avalanche[9] ?

Il hausse les épaules et un sourire se dessine sur ses lèvres.

— Ouais. J'ai saisi l'occasion pour retourner chez moi.

J'ai l'impression qu'une histoire se cache derrière tout ça. Quelque chose de plus profond qu'un simple besoin de proximité. C'est étrange. Je regarde Kane, cet homme si fort, si puissant, et j'ai du mal à réaliser qu'il n'est peut-être pas si différent de moi, finalement.

---

9   Equipe de NHL du Colorado.

— Ils habitent toujours à Toronto ? Ce n'est pas si loin de New York.
— C'est vrai. Mais tu sais comme les jours passent vite, on est pris dans le boulot, dans la spirale de notre vie, de nos responsabilités...
— Non. Je ne sais pas vraiment.
Je n'ai jamais travaillé de ma vie. Je ne connais rien des responsabilités, des enjeux inhérents à chaque profession. Je suis un étudiant, je me contente de me pointer en cours, d'apprendre. Je ne sais rien de la vie active, des contingences d'adultes. Alors oui, je peux l'imaginer. Je dois dire que ça me fait un peu peur. Je vois mon père, ses traits fatigués, le stress de ses journées, son absence constante et je me dis que je n'aspire pas à ce style de vie. Je n'ai pas envie de faire de mon boulot ma priorité, pas au détriment de mon bonheur personnel. Bien que j'espère suivre les traces de mon père en devenant journaliste, pour rien au monde je ne souhaiterais diriger un groupe de presse. Parce que ça veut dire y consacrer son existence. Tout comme Kane a consacré – et consacre toujours – sa vie au hockey, s'obligeant à dissimuler qui il est vraiment. J'en serais incapable. Incapable de faire semblant pour me conformer, pour avoir la chance de réussir.
Je crois que je viens de prendre conscience du fossé qui nous sépare. Nous n'avons quasiment rien en commun. Nous ne sommes pas de la même génération, n'avons pas les mêmes aspirations, les mêmes envies. Sauf celle l'un de l'autre. Je suppose que c'est mieux que rien. De toute façon, ce n'est pas important. Ce n'est que du sexe, pas vrai ? *N'était...* Demain, les filles reviendront et tout ce qu'il nous restera seront les souvenirs de ces instants d'intimité. Pourquoi cette pensée me contrarie-t-elle autant ? J'ai voulu tester, expérimenter quelque chose de différent, de nouveau. Kane me l'a permis. Et c'est là tout le problème. Parce que ça ne suffit pas. Maintenant, j'attends plus.

— Ça viendra, déclare Kane d'une voix blanche.

Ouais, j'imagine. Ne trouvant plus rien à lui rétorquer, je me détourne pour reprendre la préparation de mes gâteaux, pendant qu'il se concentre sur les steaks qui grésillent dans la poêle.

Ce moment de confession est terminé, je me surprends déjà à le regretter.

Heureusement que la tempête de cet après-midi n'a pas coupé l'électricité, parce que le silence qui entoure notre dîner est uniquement perturbé par les voix des journalistes d'ESPN.

Cette ambiance me pèse, je n'arrête pas de jeter des petits coups d'œil vers la porte d'entrée, comme si elle allait s'ouvrir pour laisser apparaître Elizabeth et Olivia qui auraient décidé de changer leurs plans.

Est-ce de ma faute ? Est-ce que j'ai dit quelque chose de maladroit pour provoquer ce soudain malaise ? Je tente de me remémorer notre conversation de tout à l'heure, mais suis rapidement perturbé par l'odeur de cannelle qui envahit le chalet. Un nœud se forme dans mon estomac. Ça ne devrait pas se passer ainsi. C'est ridicule d'être chamboulé à cause d'un détail si infime, mais les biscuits en pain d'épices ont toujours représenté la douceur, l'intimité, les fêtes. Je suis peut-être naïf, mais c'est quelque chose à laquelle je tiens.

La sonnerie du four retentit et je me lève avec précipitation, ravi d'avoir une excuse pour abandonner Kane qui n'a pas quitté l'écran des yeux et qui mange son plat avec automatisme. Un peu comme si je n'existais plus.

Je lui jette un coup d'œil auquel il ne répond pas et me rends dans la cuisine afin de sortir les biscuits du four. Ils sont beaux, tout dorés, alors je souris de satisfaction. Au moins quelque chose de positif dans cette soirée.

Je les dispose sur une assiette pour les laisser refroidir puis m'adosse au plan de travail. Je n'ai pas très envie de retourner dans le salon, je préfère me terrer ici, à l'abri de Kane, de son indifférence.

— Tu comptes passer la nuit ici ?

Sa voix me fait sursauter, je ne l'ai pas entendu arriver. Sans attendre de réponse, il rince les assiettes avant de les ranger dans le lave-vaisselle. Je suppose que sa question était rhétorique, aussi je ne réplique pas, me contentant de l'observer, d'admirer son large dos et son cul rebondi. Ouais. Définitivement pas hétéro. Lorsqu'il se retourne et me dévisage, sans rien dire, je n'y tiens plus et lui pose la question qui me brûle les lèvres depuis un moment.

— Est-ce que ça te dérange ? Notre différence d'âge ?

— Pourquoi tu dis ça ?

— Parce que tout semblait bien se dérouler jusqu'à ce que j'évoque mon manque d'expérience, et depuis tu t'es... refermé ?

Il pousse un soupir et passe sa main dans ses cheveux.

— Je vais être franc. Je n'ai pas l'habitude de... hum... fréquenter des types aussi jeunes que toi. Eh oui, j'avoue que ça me fait un peu peur.

— Peur de quoi ?

— Je ne sais pas vraiment. De profiter de toi. De franchir tes limites.

Il semble un peu perdu. Je ne comprends pas qu'il se pose autant de questions. Après tout, c'est lui qui a initié ce « jeu ». Même si ça n'en est plus vraiment un.

— OK, je suis jeune. Beaucoup plus jeune que toi. Mais je ne suis plus un gosse...

— Ceci dit, tu prépares des bonshommes en pain d'épices parce qu'ils te rappellent ta mère.

— Et alors ? C'est mal d'être nostalgique ? De vouloir perpétuer des traditions ? je rétorque d'un ton agacé.
— Ce n'est pas ce que j'ai dit, se défend-il.
En attendant, il l'a pensé si fort que je l'ai presque entendu.
— Ah bon ? Parce que c'est comme ça que je l'ai ressenti.
— Cooper...
— Non. Je ne sais pas quel est ton problème, et ça me soûle. Tu ne m'as pas forcé, tu n'as pas profité de moi. Merde, Kane, c'est moi qui suis venu vers toi, je t'ai presque supplié.
— Oui, parce que tu voulais satisfaire ta curiosité. C'est chose faite. À présent, on devrait...

Je refuse d'entendre la suite, je refuse d'entendre que maintenant que j'ai eu ce que je désirais, nous devrions rester chacun de notre côté. C'est ridicule, nous sommes tous les deux coincés ici et cette situation est indépendante de notre volonté.

— Est-ce que tu as envie de moi, Kane ? Ou est-ce que tu voulais juste me faire une faveur en cédant à ma demande ?
— Tu le sais très bien.
— Non, non, je n'en sais rien.
— Je ne...

Il se tait sans terminer sa phrase et secoue la tête. Je l'ai mis au pied du mur et il ne trouve aucune échappatoire à toutes mes questions. Rien à foutre. Je veux qu'il assume. Qu'il admette qu'il a souhaité ça tout autant que moi.

— Oui. Oui, j'ai envie de toi tout en sachant je ne devrais pas.
— Pourquoi ?
— Pourquoi ? Parce que j'ai vingt ans de plus que toi, parce que tu sors avec ma belle-fille ! Parce que je suis un putain de mec dans le placard et que je n'ai pas l'intention d'y remédier. Parce que j'ai peur que les choses dérapent et de ne plus pouvoir les contrôler !

Son corps s'est redressé en même temps que sa voix a explosé sous sa soudaine colère. J'observe les muscles tendus de sa gorge, sa pomme d'Adam qui monte et descend, et la seule chose à laquelle je peux penser est qu'il n'a pas mentionné sa femme. Du tout.

— Je ne dirai rien, Kane. Toi et moi, ça ne sortira pas d'ici.

Bon, ce n'est pas totalement vrai, vu que Jude et Zane sont déjà au courant, mais il n'y a rien à craindre de leur part. Kane se contente de me fixer du regard.

— Et oui, c'est vrai, je trompe Olivia. Je me sens mal de n'en éprouver aucun remords, mais c'est comme ça. Je n'ai pas à me justifier. Pour l'instant, je ne veux même pas y penser.

Doucement, j'avance d'un pas, d'un autre, jusqu'à me retrouver pratiquement collé contre lui. Son odeur se mêle à celle de la cannelle et je me fais violence pour ne pas nicher ma tête au creux de son cou et le respirer à fond.

— Je t'ai déjà dit que je ne ferais rien qui puisse te nuire. Je n'en ai pas du tout l'intention. Mais est-ce si mal de vouloir profiter des quelques heures que nous avons ensemble ? D'apprendre à nous découvrir ? De passer un bon moment ? C'est tout ce que je demande. Rien de plus.

Son corps se relâche et sa main se pose sur ma joue. Il caresse ma lèvre du pouce et me lance un petit sourire qui fait battre mon cœur un peu plus vite.

— Le temps que ça durera, d'accord ? C'est tout ce que j'ai à t'offrir.

— Je ne t'en demande pas plus.

Même si je redoute déjà le retour des filles, lorsque cette proximité n'existera plus.

Il se penche et sa bouche se pose sur la mienne dans un baiser bref, mais appuyé.

— Et si on goûtait ces biscuits ?

CHAPITRE 24
- Kane -

Il va finir par me tuer. J'ai beau tenter de me montrer réfléchi, de me comporter en adulte responsable, il a le chic pour tout foutre en l'air. Le pire, c'est qu'il a raison. Je n'ai aucune excuse pour refuser ces moments d'intimité, ces moments qui n'appartiennent qu'à nous et dont nous crevons d'envie tous les deux. Quelle importance que nous n'ayons rien en commun ? Que je fasse plus du double de son âge ? Ce n'est pas comme si l'un de nous espérait autre chose que du sexe.

Je le regarde, lui, son sourire et la farine dans ses cheveux et je me dis que rien d'autre n'a d'importance que l'instant présent. Je sens son corps contre le mien, son souffle près de mes lèvres, son air espiègle et amusé, et bordel, je suis sur le point de tout envoyer balader. Ne plus réfléchir, ne plus lister toutes les raisons pour lesquelles je devrais me retenir de plonger tête la première dans cette aventure. *Tant que ça durera.* Ce n'est pas si mal, et ça ne nous engage à rien.

— J'ai une idée, je déclare tout à coup.
— Je t'écoute.
— Si on se préparait un chocolat chaud ?
Il fronce légèrement les sourcils, mais son sourire s'agrandit.
— J'aime cette idée.
Et moi, c'est sa présence que j'aime. Sa spontanéité. Sa fraîcheur. Il est tellement loin des gens que je fréquente habituellement, de mon cercle de connaissances. Franchement, je me verrais mal passer une soirée avec n'importe quel quadragénaire et leur dire « les gars, si on se faisait du chocolat ». Ils me regarderaient avec des yeux ronds. Avec Cooper, je peux, et ça me fait du bien.
— Je ne te pensais pas du genre à boire du chocolat chaud. Excepté avec du whisky dedans.
J'éclate de rire à sa remarque.
— Ça fait des années que je n'en ai pas goûté, mais puisque nous en sommes aux traditions des fêtes...
Son visage s'éclaire encore plus et il guette chacun de mes gestes tandis que je sors le nécessaire et entame la préparation. Nous ne parlons pas, mais cette fois, l'ambiance est légère et décontractée. Je sens son regard sur moi alors que je verse le chocolat dans les tasses et je réalise que je souris. Un sourire franc, un sourire qui me rappelle que finalement, les choses peuvent être simples, si on se laisse porter.
— Pas de chamallow ? me demande-t-il tout à coup lorsque je lui tends sa tasse.
Une preuve de plus qu'il est encore un gosse, mais je ne peux m'empêcher de trouver ça mignon.
— Je peux regarder si Dina en a acheté un paquet, je me contente de répondre, d'un ton égal.
— Qui est Dina ?
— C'est l'intendante de la maison. L'unique raison pour laquelle je ne suis jamais mort de faim durant mes séjours ici.

— Tu viens souvent ?

— De temps en temps, quand j'ai besoin de me ressourcer, d'être un peu tranquille. Avec Beth, nous venons tous les ans pour les fêtes, mais il m'arrive d'y passer quelques jours, seul, durant l'année.

J'ai plusieurs fois songé à demander à Sean de m'accompagner. Pour voir ce que ça ferait de rester avec un homme. De partager nos nuits. Pour voir à quoi mener une vie normale pourrait ressembler. Mais aussi tentante que l'idée puisse être, ce ne serait que faire semblant. Payer pour prétendre avoir une vraie relation. J'ai fini par trouver ça tellement pathétique que j'ai abandonné cette idée.

Tout comme j'ai abandonné l'idée de lui proposer du sexe virtuel par écran interposé alors que je sais que j'aurais adoré ça. Le voir se caresser, se branler, se baiser en utilisant des sex-toys devant moi pendant qu'il me regarderait faire de même m'aurait carrément excité. Mais la peur qu'il puisse se servir un jour de ces vidéos pour de mauvaises raisons a été plus forte que mes fantasmes.

— Je comprends, vivre à New York peut être assez étouffant. Moi, quand j'en ai marre, quand j'ai besoin de quitter la ville, je vais retrouver ma mère. Pas uniquement pour la voir, même si ça me fait super plaisir, mais aussi pour souffler.

Je voudrais l'interroger sur la raison pour laquelle il aurait besoin de s'échapper, lui, un gamin insouciant à qui on ne demande rien de plus qu'étudier, mais ce serait mesquin, et ça ruinerait l'ambiance. Encore une fois. Alors pour toute réponse, je passe une main dans ses cheveux encore enfarinés et en profite pour lui voler un autre baiser, plus lent, plus profond que le précédent, qui nous laisse tous les deux un peu essoufflés.

— C'est quoi l'histoire ? demande Cooper tandis que nous nous installons sur le canapé, l'assiette de biscuits entre nous, notre tasse dans la main.

Avec tout ça, j'ai oublié de regarder s'il y avait des chamallows, mais ça semble également être son cas.

— Il n'y a pas vraiment d'histoire, je réponds en haussant les épaules, comprenant qu'il fait référence à notre boisson du moment. C'était un truc que nous avions l'habitude de faire à la maison, avec mes parents. Un canapé, un plaid, un film, un feu de cheminée et un chocolat chaud.

— Il nous manque juste le film et tu pourras te croire de retour chez toi.

— Ouais, sauf que je n'ai jamais eu de type sexy avec qui partager un chocolat chaud.

À part une fois... avec Nicholas, mais ce n'est pas le moment d'être mélancolique alors je le chasse de mes pensées. Certaines fois sont plus faciles à oublier que d'autres et c'est le cas ce soir. J'ai conscience de faire une fixation sur Nick, mais c'est parce qu'il a été le seul avec qui j'ai autant partagé. Il a été mon unique relation qui s'est terminée il y a une vingtaine d'années. Cooper devait être dans le ventre de sa mère le jour où mon cœur s'est déchiré. J'ai guéri depuis, mais j'éprouve toujours une pointe de tristesse et de nostalgie lorsque je pense à lui, à nous. À ce que nous aurions pu être.

— Tu me trouves sexy ?

Une phrase prononcée d'une voix un peu étouffée, tandis que son biscuit reste suspendu à quelques millimètres de sa bouche, et que ses yeux sont légèrement écarquillés. De la part d'un autre mec, j'aurais pensé qu'il cherchait le compliment, qu'il n'aurait relevé que pour être mieux flatté, mais pas Cooper. Pas alors que sa surprise ne semble pas feinte.

Je me penche vers lui, jusqu'à coller mon visage au sien. Doucement, je lèche ses lèvres parsemées de brisures de biscuits, goûtant la cannelle qui imprègne sa bouche.

— Tu en doutais ? je murmure contre lui.

Il ne répond pas. Au lieu de quoi, il enveloppe ma joue et m'embrasse en retour. Rapidement, sa langue force le barrage de mes lèvres pour danser avec la mienne. J'aspire son gémissement qui se répercute tout au fond de moi et notre baiser se fait plus intense, plus fiévreux. Je pose ma main sur son torse et la laisse remonter jusqu'à sa gorge que je serre légèrement. Ses ongles s'enfoncent dans la peau de mon cou et je le sens bouger, comme s'il voulait se rapprocher de moi, presser son corps contre le mien, même si notre position ne nous le permet pas.

C'est foutrement bon. De rester là, à s'embrasser, à se perdre dans les baisers de l'autre. Ça fait longtemps que je n'ai pas connu ce plaisir à la fois si simple et si intense. La dernière personne que j'ai embrassée ainsi était Sean, mais en aucun cas ce baiser n'avait la même saveur ni la même ferveur. Et encore moins cette tendresse que je tente de refouler, mais qui s'évertue à revenir à la surface.

Parce que Cooper n'a rien à voir avec tous les escorts que j'ai baisés. Parce qu'il est réel, et qu'il ne me demande rien de plus que de me montrer vrai. Je n'aurais jamais pensé que cette simple constatation me chamboulerait autant, mais tandis que nous nous embrassons, que nous nous caressons sagement malgré mon sang qui commence à bouillir, je prends conscience de combien ça m'avait manqué. Et combien c'est dommage que le temps nous soit compté.

Cooper s'est endormi sur le canapé, la tête contre mon épaule. Il ronfle doucement tandis que le générique du film défile sur l'écran alors que c'est lui qui a insisté pour le regarder.

« À moins que tu préfères te faire du mal en matant en boucle les images de la défaite des Leafs. Si tu as des tendances masochistes, on peut en parler, je suis plutôt ouvert, comme type ».

Je crois n'avoir jamais éclaté d'un rire aussi franc depuis longtemps – même si je n'ai pas manqué de le traiter d'enfoiré, avec ses airs supérieurs et cette condescendance qu'il affichait. J'ai cédé, et voilà qu'il dort comme une souche, si profondément que ça me fait mal au cœur de le réveiller. L'espace d'un instant, je songe à le laisser finir sa nuit ici, enroulé dans son plaid, mais le feu est en train de mourir dans la cheminée. Je n'ai plus de bûche pour l'alimenter, la flemme de sortir en chercher, et j'ai peur qu'il ait froid et qu'en s'éveillant, il se sente désorienté.

Je bouge doucement et caresse sa joue pour tenter de le réveiller. Ses yeux papillonnent et il finit par poser sur moi un regard ensommeillé.

— Tu devrais aller te coucher.
— Je suis bien là. Tu fais un oreiller très confortable.
— Ouais, en attendant, ton oreiller commence à avoir des fourmis dans le bras.

Et pour cause, je n'ai pas osé bouger. Il semblait si paisible, si bien, tout contre moi, me communiquant sa chaleur.

— Oh désolé, s'exclame-t-il en se redressant.

Il se frotte les paupières et baille aux corneilles.

— Tu as raison, je ferais mieux d'aller me coucher.
— En effet, d'ailleurs, je crois que je vais te suivre.
— Me suivre ? Tu veux dire… ?

Je ne sais pas si je dois rire ou être vexé par son air légèrement paniqué. Mais non, je n'ai pas l'intention de passer la nuit avec lui, même si je préfère dormir avec quelqu'un. Beth m'a mal habitué. J'ai vécu seul si longtemps que lorsqu'elle est arrivée, elle a tout chamboulé, et depuis, j'ai du mal à me passer de sa présence. D'une présence. Bien que je sache que dans l'absolu, je ne crains rien avec Cooper, ce ne serait pas une bonne idée. Ce serait franchir une barrière un peu trop intime, et je n'ai pas envie de ça. J'espère que c'est également son cas.

— Je veux dire dans ma chambre, dans mon lit.
— Oh.

Il baisse la tête. Parce qu'il se sent stupide de s'être imaginé que j'allais dormir avec lui ? Parce qu'il est déçu que je ne le fasse pas ? Je crois que je préfère ne pas savoir.

Il se lève du canapé, attrape nos tasses vides et l'assiette avec quelques gâteaux qu'il va ranger dans la cuisine. Lorsqu'il revient, j'ai éteint la télé et fermé la porte à clé.

Durant quelques secondes, nous restons à quelques mètres l'un de l'autre, à nous observer, comme si nous ignorions la marche à suivre. Je décide de faire le premier pas et le rejoins rapidement pour l'embrasser et lui souhaiter bonne nuit.

Au vu du sourire qu'il m'offre et qui est ma dernière vision de lui avant que je quitte la pièce, je crois que j'ai bien fait. Bizarrement, en me couchant seul dans mon grand lit, sans Beth à mes côtés, pour la première fois depuis longtemps, je me surprends à espérer obtenir quelques jours de répit. Quelques jours de plus, seul avec Cooper, pour prolonger cette complicité, pour laisser libre cours à nos désirs, pour recommencer à vivre.

CHAPITRE 25
- Cooper -

J'ouvre les paupières sur la chambre plongée dans l'obscurité. J'entends le vent vrombir derrière la fenêtre aux rideaux tirés et me demande s'il s'est remis à neiger. Un coup d'œil à mon portable m'annonce qu'il est dix heures passées. J'ai dormi comme un bébé.

Normalement, nous aurions dû retourner skier aujourd'hui, mais la tempête de la veille a foutu nos plans à l'eau. Pour être honnête, ça ne me dérange pas de rester enfermé ici. Seul avec Kane.

Cette pensée suffit à me réveiller tout à fait. Je frotte mes yeux bouffis par le sommeil et décide d'appeler Olivia. Pas uniquement pour avoir de ses nouvelles, même si c'est ce que tout bon petit ami ferait, mais pour découvrir leur planning pour la journée, savoir si elle et sa mère ont prévu de rentrer. Est-ce mesquin de ma part de souhaiter qu'elles restent en centre-ville d'Aspen un peu plus longtemps ? Sûrement. Je devrais être impatient de la retrouver, hormis qu'en cet instant, la seule personne que je brûle de retrouver, c'est Kane.

Pas de prise de tête. Le temps que ça durera. Point. Ouais.

Après deux tentatives d'appel qui tombent sur le répondeur, je ne prends pas la peine de laisser un message. Je jette tout de même un coup d'œil à son compte Instagram, me rends compte qu'elle est bien trop occupée à profiter du SPA de l'hôtel pour me répondre – mais qu'elle a tout de même le temps de poster ses *stories* à la con - et abandonne mon portable sur le lit tandis que je me lève. Après tout, elle peut également me joindre, pourquoi tout devrait être en sens unique ?

Décidant que le silence d'Olivia ne gâchera pas ma bonne humeur, je quitte ma chambre pour me rendre dans la salle de bains pour effectuer une rapide toilette. Puis, direction la cuisine, pour me préparer un café. Le salon est plongé dans la quiétude lorsque je le traverse, et la cheminée est éteinte. Peut-être que Kane dort toujours. Une subite envie d'aller vérifier s'empare de moi. Je l'imagine, nu, les draps entortillés autour de son corps, ses cheveux hirsutes et ses doux ronflements. Ouais, il est un peu tôt pour les fantasmes, je devrais me calmer.

Si on m'avait dit un jour que je nourrirais de telles pensées à propos d'un homme, j'aurais éclaté de rire. À présent, je n'ai pas vraiment envie de rigoler, j'aurais surtout tendance à flipper. Ce que je me refuse de faire depuis la veille, depuis mon coup de panique. Prendre les choses comme elles sont et ne pas faire de plans sur la comète. Explorer ma sexualité et laisser Kane me montrer toutes les facettes du plaisir entre hommes, un sujet qui me fascine de plus en plus. Voilà. Je devrais m'en tenir à ça.

Un mug vide abandonné sur le comptoir me prouve que je me suis trompé. Apparemment, Kane est déjà réveillé, pourtant, il n'est nulle part en vue. Je hausse les épaules et me fais couler un café, le bruit de la machine comme seul rempart contre le silence du chalet.

Tout en sirotant mon breuvage, je retourne dans le salon et remarque que le sapin a disparu, ne restent que des épines disparates. Dommage, je trouvais qu'il apportait une atmosphère festive, mais je suppose que vu que Noël est terminé, Kane n'a pas jugé utile de le garder.

Soudain, la porte d'entrée s'ouvre, laissant s'engouffrer un courant d'air froid. Je lève les yeux et découvre Kane, emmitouflé, des flocons de neige en train de fondre sur ses cheveux et sa barbe, portant tout un tas de bûches coupées. J'entoure mon corps de mes bras et me frictionne pour me réchauffer.

— Désolé, s'excuse Kane en comprenant que j'ai froid. Je voulais faire un feu, mais on n'avait plus rien.

Pour être honnête, ce chalet est parfaitement chauffé, pas besoin de cheminée, mais c'est ce qui rend cet endroit si confortable, presque intime, et je crois que ça me manquerait, de ne plus voir de flammes brûler joyeusement dans l'âtre.

Je lui souris pour toute réponse et suis ses mouvements tandis qu'il dépose les morceaux de bois sous la cheminée et retire ses vêtements.

— Bien dormi ? me demande-t-il en ôtant ses chaussures. Tu veux un petit-déjeuner ?

— Oui et oui. Merci. Je vais t'aider à le préparer.

Il acquiesce et je lui emboîte le pas vers la cuisine.

— Des nouvelles d'Elizabeth ? je m'enquiers auprès de lui tout en faisant griller le bacon dans la poêle.

— Justement, j'allais t'en parler. Elle s'est renseignée s'il était possible de remonter, mais la route est toujours impraticable.

Quel dommage, suis-je tenté de rétorquer d'un ton ironique, mais je m'abstiens. Peut-être que contrairement à moi, et malgré ce qui s'est passé, il a hâte de la retrouver.

— Elle n'a pas dit combien de temps ça prendrait ?

— Non, réplique-t-il en secouant la tête. Ce n'est pas une priorité, semble-t-il.

— Heureusement qu'on n'est pas en train de crever la dalle, du coup.

Il éclate de rire et se tourne vers moi.

— Si c'était le cas, ils auraient fait venir un hélico. Ils ne laisseraient pas les gens perchés en haut de la montagne mourir de faim.

— Et où est-ce qu'il se poserait ? Il n'y a pas vraiment de piste d'atterrissage dans le coin.

Certes, je ne connais pas très bien la région, mais nous sommes entourés d'arbres, je ne vois pas comment ce serait possible.

— Je t'avoue que je n'ai jamais réfléchi à la question, contrairement à toi. Pourquoi ? Tu en as déjà marre d'être ici ?

Son ton est neutre, comme si la réponse lui importait peu. Si je disais oui, le prendrait-il mal ? Ou se dépêcherait-il de contacter les autorités concernées pour se débarrasser de moi ?

— Pas du tout. Au contraire.

Mon cœur s'emballe un peu lorsque je prononce ces derniers mots, lourds de sens pour moi. Parce qu'ils sonnent comme un aveu. Ils lui montrent à quel point j'aime passer du temps avec lui.

Il s'approche de moi, nos épaules se touchent et sa chaleur se propage le long de mon corps.

Il continue sa préparation d'œufs brouillés sans les regarder, vu que ses yeux sont rivés aux miens.

— Alors oublions cette histoire d'hélico, de tempête de neige, et du fait que nos compagnes respectives ne seront pas de retour de sitôt, d'accord ?

Je n'ai pas vraiment envie d'oublier que les filles ne vont pas rentrer tout de suite, parce que c'est une opportunité pour profiter de Kane et il est hors de question que je la laisse passer.

— D'accord.

«*Je rentre à NYC demain*».

— C'est une blague? je m'exclame, la bouche pleine de bacon un peu trop cuit, en découvrant le texto.

Kane lève les yeux de son propre téléphone et me dévisage d'un air perplexe.

— Qu'est-ce qui t'arrive?

Je ne prends pas le temps de répondre, le portable déjà collé à l'oreille en attendant qu'Olivia décroche. Il sonne tandis que mes doigts pianotent impatiemment sur la table en verre. Elle se fout de ma gueule ou quoi?

— Salut.

— C'est quoi cette histoire? je m'écris sans plus de cérémonie, parce que je ne suis pas d'humeur.

Pour toute réponse, je l'entends pousser un soupir d'exaspération. Elle est sérieuse? Elle me plante comme un con et trouve en plus le moyen de paraître agacée?

— Liv'...

— Écoute, les vols sont pleins, parce que la tempête a tout décalé et j'en ai marre de rester ici. Je veux rentrer.

Sale gosse capricieuse. Je me retiens de le dire à voix haute. Comment en suis-je arrivé à de telles pensées? Comment les choses ont pu si vite se détériorer entre nous que je n'ai même pas envie de comprendre, de discuter, seulement de baisser les bras et la laisser faire ce que bon lui semble?

— Et moi? Tu as songé à moi? Merde, Olivia, c'est quand même pour passer du temps avec toi que je me suis pointé ici. Tu te souviens?

— Je sais, je sais. Mais qu'est-ce que ça change? D'une manière ou d'une autre, nous ne sommes pas ensemble. Alors à quoi bon risquer de louper mon vol?

— Donc tu vas rentrer tranquillement à New York pendant que je suis coincé dans ce putain de chalet ?

Un autre soupir, puis sa voix se durcit.

— Je n'imaginais pas que ça te dérangerait autant, déclare-t-elle d'un ton plus sec.

— Qu'est-ce que c'est censé vouloir dire ?

— Je pensais que tu serais content de passer du temps avec Kane. Au moins, vous êtes tranquilles, vous pouvez parler hockey, tu peux évoquer ta fascination sans bornes pour lui, vous pouvez apprendre à vous connaître. Franchement, c'est presque un cadeau.

Je sens le rouge me monter aux joues, mélange de colère et de gêne. Si elle savait, putain... Mon regard croise celui de Kane qui m'observe d'un air détaché. Je crois qu'Olivia n'a jamais compris mon admiration pour son beau-père, mais le fait qu'elle le déteste cordialement doit jouer dans la balance. De mon côté, ça fait un bail que j'ai arrêté de tenter de lui expliquer.

— Et comment tu comptes rentrer ?

— Un ami à moi m'a gentiment proposé de profiter de son avion privé.

— Quel ami ?

Même si je ne peux pas la voir, je parviens sans mal à l'imaginer, levant les yeux au ciel devant ma question suspicieuse.

— Un ami de la fac.

OK, bon, inutile de chercher à en savoir plus.

— Et ta mère ? Tu vas la laisser toute seule à Aspen en attendant que la route jusqu'au chalet soit dégagée ?

— Je vais lui demander de m'accompagner.

Un ricanement s'échappe de mes lèvres et je secoue la tête. Kane ne m'en a pas parlé, je suppose que lui non plus n'est au courant de rien. Est-ce que c'est de famille, de se barrer sans demander l'avis des conjoints respectifs ?

— Je vois que tu as tout prévu.

— Cooper...

— Tu sais quoi ? Fais ce que tu veux. Prends cet avion, rentre à New York, je m'en tape.

Je suis sincère. Je m'en rends compte au moment où les mots sortent de ma bouche. Je me fous qu'elle se barre sans moi, qu'elle accepte la proposition de « cet ami de la fac ». Je n'ai même pas haussé la voix cette fois-ci, mon ton est las, résigné.

— Comme si j'allais attendre ton consentement. Je suis une grande fille, je n'ai pas besoin de ton avis.

Que cherche-t-elle ? Une confrontation ? Une engueulade ? Hors de question que je lui donne satisfaction. Hors de question que je me prenne la tête. Ça n'en vaut pas la peine. En fait, c'est dur à admettre, mais je crois qu'Olivia n'en vaut pas – plus – la peine.

— Parfait, dans ce cas. Fais bon voyage.

Pas une réponse. Pas un bruit. Je vérifie l'écran de mon téléphone, voir si elle est toujours là, et constate qu'elle a raccroché. Génial. Je laisse tomber mon portable sur la table et pousse un soupir.

— Alors comme ça, Olivia rentre à New York pendant que tu es coincé dans ce putain de chalet ?

La voix de Kane est froide et je discerne une touche de tristesse dans son ton. Merde. Je ne voulais pas le blesser. Franchement, je ne me souviens même plus de ce que j'ai dit... Contrairement à lui.

J'ouvre la bouche pour m'excuser, mais il ne me laisse pas le temps d'en placer une, se lève avec son assiette vide et disparaît dans la cuisine.

Les coudes sur la table, j'enfouis ma tête entre mes mains et pousse un gémissement de désespoir.

Putain, quelle manière parfaite de commencer la journée.

CHAPITRE 26
- Cooper -

J'estime être un type plutôt cool. Constamment d'humeur égale. Je m'énerve rarement et essaie toujours de me tempérer. Mais pas ce matin. Non. Ce matin, mon sang bout dans mes veines. Qu'ils aillent tous se faire foutre. Ils me gonflent, tous autant qu'ils sont. Olivia pour m'avoir raccroché à la figure sans même essayer de comprendre mon point de vue, et Kane pour sa susceptibilité mal placée. Franchement, je n'estime pas nécessaire de m'excuser, tout compte fait. Non, je suis surtout tenté de le confronter et lui dire d'arrêter de prendre la mouche pour rien. C'est dingue ça, il est censé être le plus mature de nous deux, et pour le moment, j'ai l'impression d'avoir affaire à un gamin.

Je termine rapidement mon petit-déjeuner, récupère la vaisselle et le rejoins d'un bon pas dans la cuisine. Il se tient adossé contre le comptoir, une tasse de café entre ses deux grandes mains. Il doit en être au moins à son troisième de la matinée, ce qui expliquerait peut-être qu'il se soit énervé si rapidement. Ouais, trop facile.

— Tu vas passer la journée à faire la gueule?

Il cligne des yeux sous mon ton agacé.

— Pardon?

— Tu m'as parfaitement entendu.

Il pose sa tasse sur le comptoir et se rapproche de moi. Qu'est-ce qu'il tente de faire au juste? M'intimider? Dommage, cette fois, ça ne prend pas.

— Est-ce que tu es en train de m'engueuler? demande-t-il et ses lèvres s'étirent légèrement.

Génial. Voilà que ça l'amuse.

— Non. Oui. Je n'en sais rien. Tu t'es barré en me jetant mes propres paroles à la figure, comme si je devais me sentir coupable de les avoir prononcées. Tu n'as pas le droit de faire ça, Kane!

— Ah? Et pourquoi pas?

Encore un pas, et je me retrouve coincé entre son corps et l'évier. Non pas que j'aie l'intention de m'échapper, au contraire. Je rive mon regard au sien, pour être certain qu'il prête la plus grande attention à ce que je m'apprête à lui balancer.

— Parce que tu sais très bien ce que je pense. Je te l'ai dit, tu te souviens? Tu m'as demandé si j'en avais marre d'être ici et je t'ai répondu que ce n'était pas le cas. Et c'est vrai. Bordel, c'est tellement vrai. En cet instant, il n'y a rien que je désire davantage que d'être avec toi.

— Être avec moi? Comment, exactement?

La colère est passée, elle a laissé place au jeu. La voix de Kane est douce, amusée, il chuchote plus qu'il ne parle. Son sourire s'amplifie et son regard se fait plus intense, plus séducteur.

— Comme ça.

Et pour toute démonstration, j'agrippe son pull pour le tirer vers moi et écrase ma bouche sur la sienne.

Nos lèvres se percutent avec force et nos dents s'entrechoquent. Il n'y a rien de doux dans ce baiser. Il a le goût du café et de l'urgence, le goût du désir et du temps qui nous est compté. Son corps puissant plaqué contre le mien, Kane m'embrasse furieusement. Il grogne et je soupire, mes mains se perdent sous le tissu de ses vêtements pour remonter le long de sa colonne vertébrale, y retracer chaque muscle, chaque courbe. Il se presse contre moi et je sens la dureté du meuble de cuisine dans mon dos. Pas grave. L'inconfort que je ressens n'est rien face à la force de notre étreinte, à la violence de nos lèvres soudées, de sa langue cherchant la mienne, à cette faim de l'autre qui nous consume, à Kane, tout contre moi, agrippant ma nuque sans jamais rompre notre baiser.

Je manque d'air, mais je m'en tape. Parce que je n'ai jamais rien connu de si bon, de si brut, de si vrai. Il se frotte contre moi, pour me montrer l'effet que je lui fais, l'effet que lui procure ma langue qui lèche ses lèvres avant de m'emparer une nouvelle fois de sa bouche, et je gémis.

Sa main quitte ma nuque pour agripper le bas de mon tee-shirt et le remonter. J'abandonne sa bouche le temps de l'ôter avant de l'embrasser de nouveau. Comme si je me retrouvais incapable de m'en passer, comme si mon monde se résumait à la bouche de Kane contre la mienne. Je me trompe. Parce que lorsque ses lèvres effleurent ma mâchoire, mordent ma joue, que sa langue lèche ma gorge, un frisson brûlant me traverse et ma queue se tend sous mes vêtements. Quand ses mains remontent le long de mon torse pour s'emparer de mes tétons, qu'il les pince et les tord légèrement, je pousse un râle venant du plus profond de mon être. Rapidement, sa bouche remplace ses mains et mon cerveau disjoncte lorsqu'il les aspire l'un après l'autre. Bordel, j'ignorais même que c'était possible, de ressentir un tel plaisir. Lui apparemment, le sait, et il en profite. Il les lèche, les mord, les suce et mon sang pulse dans mes veines, mon membre gonfle de plus en plus. Je pousse contre lui, comme pour me soulager. Ça ne me suffit pas. Tous ces remparts entre nous qui m'empêchent d'accéder à sa peau... À mon tour, je cherche à retirer son haut. Bordel, moi, Cooper Reid, en train de déshabiller un mec. Est-ce que je viens d'atterrir dans la troisième dimension ? Une dimension dans laquelle j'ai l'impression de ne jamais être rassasié ? Je suis tellement perdu dans cet entrelacs de sensations que je peine à contrôler mes mouvements. Le rire de Kane vibre contre ma peau lorsqu'il se rend compte que je galère.

— De l'aide, peut-être ?

— Tais-toi et déshabille-toi.

— Hum, j'aime quand tu prends ce ton autoritaire, souffle-t-il en remontant la tête pour m'embrasser.

Un baiser bien vite avorté, mais pour une bonne raison. Parce que tout à coup, son torse nu est contre le mien, si dur, si chaud, si fort...

Sans tout à fait réaliser ce que je suis en train de faire, j'agrippe ses fesses pour coller son membre contre le mien. Mes hanches ondulent, je grogne, il gémit, et ses iris verts sont à la fois si sombres et si brillants que ça me retourne complètement.

— Dis-moi que tu aimes ça, dis-moi que je te fais du bien.

— Arrête de chercher les compliments et refais ce truc d'hier.

Il éclate de rire et glisse ses doigts dans mes cheveux.

— Quel truc ?

Je déglutis, pas vraiment certain d'avoir le cran de m'exprimer à voix haute, de réclamer ces caresses si audacieuses.

— Celui avec ta main entre nous, celui où tu nous caresses...

Il sourit et c'en est trop, je baisse la tête, incapable d'affronter son regard, incapable d'assumer mes envies. Mon envie de lui.

Ses dents mordillent mon lobe et son souffle est chaud contre mon oreille lorsqu'il murmure :

— N'aie pas honte de ce que tu souhaites. Jamais.

Il me dit ça, mais n'est-ce pas son cas ? L'unique raison qui me retient de lui poser la question est que je suis trop excité, trop fébrile, trop effrayé que cet instant prenne fin.

— Tu sais quoi ? reprend-il en voyant que je ne réponds pas, j'ai une meilleure idée.

Je relève aussitôt la tête, alarmé par l'amusement, la sensualité de sa voix. Mais il est trop vif, et alors que je suis sur le point de me demander de quoi il veut bien parler, il se retrouve à genoux devant moi, le visage au niveau de ma queue.

Oh, merde. Ça va arriver. Ça va vraiment arriver.

— Tu te souviens de ce que je t'ai dit dans la douche l'autre jour ?

Et comment l'oublier ? Ces mots sont gravés au fer rouge dans mon esprit. *« Je pense à ma bouche refermée autour de ta queue »*.

Je hoche la tête pour toute réponse, la gorge sèche, le cœur battant à tout rompre.

Il mordille mon érection à travers le coton de mon jogging, en retraçant toute la longueur avec ses dents. Je m'agrippe au meuble derrière moi, ne comptant plus sur mes jambes flageolantes pour me porter.

Kane Ackermann est à genoux devant moi, ma bite dans sa bouche. Bordel, je crois que j'ai encore du mal à le concevoir.

Pourtant, tout est bien vrai. Tout est bien réel. Il vient de baisser mon pantalon et ma queue jaillit. Elle suinte déjà et le sourire de Kane devient prédateur. Il se lèche les lèvres et sans plus de sommation, fait courir sa langue le long de mon érection. Mes doigts se crispent sur le meuble et je tressaille sous cette sensation inédite. Oui, Olivia m'a offert des fellations, cependant, alors qu'il vient à peine de me toucher, la bouche de Kane me fait cent fois plus vibrer. Je commencerais sérieusement à flipper si je n'étais pas aussi excité. Ses mains caressent mes jambes, passent derrière mes cuisses pour attraper mes fesses tandis qu'il continue de me lécher. Je pousse un geignement de frustration lorsqu'il arrête soudain, et il me toise d'un air satisfait. Sa bouche à quelques millimètres de mon gland luisant, il m'observe comme s'il attendait que je le supplie. Ce que je fais en me cambrant vers lui.

— Tu as envie que je te suce ?

— Oui. Oui.

— Tu en es sûr ?

— Bordel, Kane !

Arrête de jouer. Arrête de me rendre fou, parce que je suis en train de perdre la tête, et si tu ne me touches pas tout de suite, je vais me mettre à chialer.

Je crois que mon air désespéré parle pour moi, en tout cas, il semble suffire à le convaincre. Sa langue s'enroule autour de mon gland. Je gémis. Ferme les yeux. Perds la notion du temps.

Je crois qu'à présent, je peux mourir en paix.

CHAPITRE 27
- Kane -

Je ne mentais pas l'autre jour quand je lui ai balancé ces mots crus dans la douche. J'avais vraiment envie de le prendre dans ma bouche, de le goûter, de lui faire du bien. Mais je ne m'attendais pas à une telle réaction. C'est dingue, je n'ai jamais vu un type aussi réceptif à mes caresses, aussi sensible. C'est incroyable, à chaque coup de langue, chaque succion, chaque aspiration, j'ai l'impression qu'il est sur le point de se liquéfier. Les petits cris qui s'échappent de sa gorge alors que je le prends de plus en plus profondément dans ma bouche provoquent des picotements le long de tout mon épiderme. Je lèche ses bourses, les soupèse d'une main pendant que je glisse l'autre à l'intérieur de mon pantalon pour saisir mon membre. Je me branle doucement, serre légèrement ses couilles et observe sa réaction. Il a les yeux fermés, la tête rejetée en arrière. Sa bouche entrouverte laisse passer son souffle erratique et sa poitrine se soulève de plus en plus vite, comme s'il était en manque d'air. Si bon. Si beau. Foutrement magnifique. Je crois que je ne me lasserai jamais de cette vision.

J'abandonne sa queue pour faire remonter ma langue au creux de son aine, puis sur son ventre, sur lequel je dépose des baisers aériens. Cooper rue contre moi, apparemment agacé que j'aie délaissé son érection. Je ris contre sa peau avant de la mordre légèrement.

Une de ses mains toujours fermement accrochée au rebord de l'évier, l'autre empoigne mes cheveux, comme pour m'inciter à le reprendre en bouche. Docile, j'obéis, et glisse son membre entre mes lèvres. Ses doigts s'enfoncent dans mon crâne et il se tend, m'obligeant à l'avaler toujours plus profondément. Je crois qu'il n'ose pas se montrer trop brusque, ignorant que je n'attends que ça. J'ai envie qu'il me baise la bouche, qu'il s'enfonce tout au fond de ma gorge. Mes lèvres se referment aussi loin qu'elles en sont capables. Je le suce et l'aspire, le relâche, le lèche et le reprends. Les mouvements de ma main sur ma queue se font plus rapides, plus brutaux.

— Ne te retiens pas, je souffle en libérant son érection. Montre-moi ce que tu veux.

Un grondement rauque pour toute réponse. Ses joues sont rouges, sa respiration hachée. De ses doigts toujours arrimés à mes cheveux, il pousse mon visage contre sa verge que j'avale aussitôt.

Le rythme se fait violent, frénétique, saccadé, le goût de son liquide préséminal éclate sur mes papilles, m'excitant toujours plus.

— T'arrête pas, t'arrête pas !

Je n'en ai pas l'intention. Je veux le sentir jouir dans ma bouche, je veux découvrir la saveur de son orgasme.

Tout à coup, ses muscles se tendent, et je sais qu'il est sur le point de rendre les armes. Il bouge pour se libérer, mais je lui montre mon refus en continuant de le sucer de plus en plus fort. Ma mâchoire est douloureuse, mais rien à battre.

Je croise ses yeux ahuris lorsqu'il comprend ce que j'attends, et il arrête de lutter.

Il ne retient plus le cri déchirant qui résonne dans la pièce lorsqu'il jouit, son sperme giclant dans ma bouche. Je pousse un grognement sous son orgasme qui envahit ma gorge, et j'en avale chaque goutte épaisse et salée.

Je délaisse mon sexe pour poser mes paumes sur ses hanches puis son dos, pour sentir les vibrations de son corps tandis qu'il se déverse en moi.

— Merde, merde.

J'attends la fin de son orgasme pour le libérer après un dernier coup de langue sur son gland gonflé. Je le vois se détendre, devenir mou et faible, et je me redresse pour me coller contre lui et l'empêcher de vaciller.

— Kane..., soupire-t-il, les pupilles dilatées.

Je dépose un baiser à la commissure de ses lèvres avant de reculer puis saisis de nouveau mon membre pour me masturber.

Son regard suit mon mouvement et il observe mes va-et-vient avec fascination. Je me caresse doucement, le laissant profiter de cette vision. Moi, c'est lui que je fixe, sans pouvoir m'en empêcher.

— J'ai...

Il se tait et déglutit puis tend le bras pour poser sa main sur la mienne. Un frisson électrique parcourt mon corps.

— Je crois que j'ai envie de te toucher.

Oh, bordel, oui. Doucement, j'ôte ma main pour ne laisser que la sienne, en contact direct sur ma peau. Je ne pensais pas qu'il le ferait, qu'il oserait. Pourtant, il ne se démonte pas. Si ses gestes sont timides au début, en découvrant la sensation de la chair douce et lisse de mon sexe dans sa main, il prend rapidement de l'assurance. Je décide de lui imposer un rythme, coulissant dans son poing refermé. Mes doigts se faufilent entre mes jambes pour caresser mes bourses tandis qu'il continue de me masturber.

— Ouais, comme ça. Tellement bon...

Il sourit en retour et je comprends qu'il n'attendait que ça. D'être rassuré, que je lui montre combien il me fait du bien.

— Plus fort, plus fort.

Il redresse la tête tout en accélérant le rythme. Je glisse les doigts dans ses cheveux et les laisse descendre le long de sa joue, jusqu'à ses lèvres que je caresse de la pulpe de mon pouce.

Je suis près, si près...

Ma bouche heurte la sienne dans un baiser brutal. Et c'est sans jamais le lâcher, sans même tenter de respirer, sans cesser de l'embrasser, partageant le goût de son orgasme, que je jouis dans un gémissement sonore qu'il avale aussitôt. Mon foutre gicle sur mon torse et je plante mes dents dans ses lèvres.

Nous finissons par nous séparer et il baisse les yeux vers ses doigts souillés, soudain surpris, comme s'il ne comprenait pas vraiment comment c'est arrivé.

J'attrape son poignet et lèche les réminiscences de mon orgasme sans cesser de le fixer. Sa bouche est entrouverte tandis qu'il m'observe le nettoyer.

Une fois terminé, ses bras viennent encercler ma taille pour me serrer contre lui. Il dépose un baiser sur ma clavicule, et ce geste tendre me fait frissonner, un mélange de plaisir et de peur. Parce que je n'ai pas l'habitude de ça. Et encore moins de son visage qui se niche aux creux de mon cou tandis qu'il me respire, que ses cheveux s'emmêlent à ma barbe. Je ferme les yeux et l'enlace à mon tour, et nous restons ainsi, sans parler, à nous calmer, à laisser nos cœurs recouvrer un rythme stable, à profiter de la chaleur de l'autre, de ma peau humide contre la sienne.

Je ne sais pas vraiment à quel moment je réalise ce qui est en train de se passer. À travers le voile de l'orgasme, la langueur que je ressens, alors que je le serre fort dans mes bras, que mes mains caressent distraitement son dos, que nous partageons un moment doux et tellement agréable, je me rends compte que je n'ai pas envie de le lâcher. Ni maintenant. Ni jamais.

CHAPITRE 28
- Cooper -

Allongé par terre près de la cheminée, mon ordinateur devant moi, je tente de rattraper mon retard sur mes cours. Malheureusement, la présence de Kane m'empêche de me concentrer. Je n'arrête pas de lui jeter des petits coups d'œil tandis qu'il est affalé sur le canapé, chevilles croisées sur la table basse, le nez dans un bouquin.

C'est agréable, cette ambiance calme, sereine. Ce silence seulement perturbé par le feu qui crépite, le bruit des pages qui se tournent au rythme de la lecture de Kane, nos respirations lentes et régulières. Tellement naturel, comme si nous étions plongés dans le quotidien. Je chasse cette idée soudaine pour reporter mon attention sur l'écran.

Après plusieurs tentatives pour avancer, je décide de laisser tomber les cours et commence à parcourir les sites qui évoquent Kane.

— Tu as déjà lu ta page Wikipédia ? Ils auraient pu mettre une autre photo. Elle est vraiment pas flatteuse.

Kane ricane.

— C'est comme ça que tu étudies ? me demande-t-il sans quitter sa lecture.

Je lève les yeux au ciel et continue de faire défiler les informations de sa page. Le silence reprend ses droits jusqu'à ce que je le brise de nouveau.

— Kane ?

— Hum... ?

— Pourquoi le 62 ?

— Ce n'est pas marqué, sur Wikipédia ? m'interroge-t-il, amusé.

Je secoue la tête et me redresse en position assise, attendant sa réponse. Il ne dit rien l'espace de quelques secondes, mais je crois qu'il sent que je ne lâcherai pas l'affaire tant que je n'aurai pas obtenu l'information.

Il abandonne son livre sur ses genoux et soupire.

— C'était le numéro de maillot attribué à mon père quand il jouait en ligue mineure. Il... il n'a jamais percé, alors j'ai voulu lui rendre hommage...

L'émotion est perceptible dans sa voix, j'ai envie de le rejoindre et de le serrer dans mes bras, mais je n'ai pas le temps de bouger qu'il renchérit :

— Au lieu de te montrer si curieux, tu devrais bosser un peu. Ce n'est pas en glandant que tu suivras les pas de ton père.

Je comprends qu'il ne tient pas à s'attarder sur le sujet de son paternel, alors il choisit d'évoquer le mien.

— Je n'ai pas l'intention de suivre les pas de mon père. Je n'ai pas ses ambitions. Je veux juste être journaliste.

Il m'observe et sourit.

— Si ça se trouve, dans quelques années, je pourrais être le premier à rédiger un article sur toi, sur ton coming-out. Ce serait cool, non ?

Son sourire se fane aussitôt et c'est d'un ton un peu sec qu'il lance :

— Ça n'arrivera jamais.

Je crois que je l'ai contrarié, mais je ne comprends pas pourquoi. J'ai sincèrement envie d'en discuter avec lui, de savoir ce qui le retient.

— Est-ce que ce serait si grave ? Si on apprenait que tu étais gay ? Je veux dire, il y a des tas de sportifs qui sont sortis du placard.

Il me fixe un long moment, la mine renfrognée. Puis il tend le bras vers moi et m'intime à le rejoindre d'un « viens là ». J'obéis, et atterris tout contre lui sur le canapé. Il glisse une main dans mes cheveux et la pulpe de ses doigts caresse ma mâchoire.

— Je sais tout ça. Mais je ne suis pas prêt. J'ai trop à perdre et je préfère que ça reste comme ça. Je n'ai pas l'intention de changer d'avis.

Je hoche la tête et effleure ses lèvres des miennes, pour lui signifier que je comprends, que le sujet est clos. Il approfondit son baiser et rapidement, le livre ainsi que les cours sont oubliés au profit d'une activité bien plus agréable.

Quand nous avions pris la décision de venir passer quelques jours ici, avec Olivia, je ne me serais jamais attendu à ce que les évènements s'enchaînent ainsi. Quelques jours. Il a suffi de quelques jours pour que mon monde bascule et se retrouve sens dessus dessous. Tout a changé. J'ai changé, je crois. J'ai compris que l'heure était venue de tirer un trait sur ma relation avec Olivia pour de bon. Parce qu'elle est rentrée à New York avec sa mère et que ça me laisse indifférent. Aucune tristesse, aucune déception. Parce qu'entre temps, j'ai découvert Kane et avec lui, des sensations inédites et intenses que je n'aurais jamais cru pouvoir ressentir.

Après cet interlude dans la cuisine, j'ai eu peur. Peur d'avoir fait le tour, peur qu'il ait obtenu ce qu'il voulait et qu'il n'en ait plus rien à faire. Peur de la suite.

Je n'aurais pas pu mieux me tromper.

Les choses sont tellement naturelles avec lui, tellement faciles. Nous sommes sur la même longueur d'onde. Nous souhaitons profiter du temps qui nous est accordé ensemble et nous éclater. Franchement, je n'ai même pas envie de rentrer.

D'habitude, j'attends le réveillon du Nouvel An avec impatience, parce qu'il est synonyme de grosse soirée chez Win, en compagnie de tous mes potes, à fêter la nouvelle année. Sauf que nous sommes le trente et un décembre, que la route vient d'être dégagée et que, même si j'ai loupé mon vol, que rien ne m'empêche de contacter mon père pour demander un avion privé, j'ai préféré laisser tomber.

— Tu es sûr de toi ? Je ne veux pas te forcer.

Nous étions allongés sur le lit, nus, après avoir passé un temps infini à nous caresser, après avoir joui grâce à la friction du corps de Kane contre le mien, sa queue glissant contre la mienne alors que nous nous embrassions, que mes mains effleuraient son dos, ses bras, que ses doigts s'enfonçaient dans la peau de mes hanches, que mes jambes étaient refermées autour de sa taille et qu'il plantait ses ongles dans mes cuisses en grognant. « Reste avec moi », avait-il murmuré contre mes cheveux alors que l'orgasme venait de nous traverser. « Quelques jours de plus, juste quelques jours de plus. »

Sa voix avait des accents désespérés, et mon cœur a lâché. Je ne sais pas s'il s'est vraiment rendu compte qu'il avait dit ces mots à voix haute, parce qu'il a semblé surpris lorsque je lui ai répondu « oui ».

— Tu ne me forces pas. Au contraire. Franchement, entre passer une soirée avec Olivia qui va me fuir comme la peste, ou rester avec toi dans ce chalet, la décision est facile à prendre.

Je ne crois pas l'avoir déjà vu arborer un sourire si éclatant. Il s'est penché vers moi, m'a embrassé puis a déclaré :

— OK. J'ai un coup de fil à passer et ensuite, nous irons nous balader.

Je me suis habillé pendant qu'il téléphonait, aussi excité qu'un gosse à l'idée de ce qui nous attendait. C'est dingue de constater qu'une sorte de routine peut s'installer en quelques jours à peine. Se lever, discuter, s'embrasser, s'embraser encore, laisser nos corps fusionner, et profiter du reste de la journée.

La seule chose que nous n'avons pas partagée, ce sont nos nuits. Je n'ose pas lui demander, même si j'aimerais. Qui l'eut cru ? Que je crèverais de sentir sa présence près de moi dans l'obscurité ? M'endormir dans ses bras et me réveiller en nous tenant enlacés ? Alors je plonge dans le sommeil en espérant que le lendemain arrive vite, pour que je puisse le retrouver. Je ne sais pas si c'est très normal, ni très sain, d'être devenu dépendant de lui aussi rapidement. Je redoute déjà le retour à New York, à la réalité. Alors en attendant, je tente au mieux de ne pas y penser pour me concentrer sur l'instant présent.

— Prêt ? demande-t-il après avoir raccroché.

— Je n'attends que toi !

Il ricane et lève les yeux au ciel. Je crois qu'il ne s'est toujours pas lassé de ma réaction lorsqu'il m'a mené jusqu'à son garage, soulevé une bâche pour dévoiler une motoneige. Je n'avais jamais rien vu d'aussi cool de ma vie et j'ai poussé un petit cri d'émerveillement.

Nous avons passé les trois derniers jours à faire de longues balades dans les montagnes, le véhicule glissant sur la neige en aspergeant tout autour de nous. Nous avons filé à travers les arbres, le vent vrombissant à nos oreilles et colorant nos joues, mon corps bien au chaud et protégé derrière le sien, mes bras fermement arrimés à sa taille.

Aujourd'hui, étonnamment, il me laisse prendre le volant.

— Si on a un accident, je me décharge de toute responsabilité.

— Je suis sûr que tu vas gérer comme un pro.

J'espère. En ville, je ne suis pas un très bon conducteur, parce que je n'ai pas vraiment le temps de m'entraîner. J'habite à New York, où je me déplace uniquement à pied ou en taxi. Parfois en métro, même si c'est rare.

Je grimpe sur la motoneige et laisse Kane s'installer derrière moi. Je tourne la tête pour lui voler un baiser avant de décoller. C'est marrant combien ce simple geste devenu si normal ne me serait même pas venu à l'idée une semaine plus tôt. Embrasser un mec, ce n'est pas une chose à laquelle j'avais déjà songé. Mais tout semble différent avec Kane, spontané. Je crois qu'au final, ça ne m'importe plus vraiment, qu'il soit un homme.

J'allume le moteur et m'élance sur les chapeaux de roues. Les bras de Kane me tiennent plus fermement. La première demi-heure, il ne dit rien, me laisse conduire comme bon me semble, suivant les courbes de la montagne, dérapant quelques fois pour le simple plaisir de voir la neige s'élever dans l'air avant d'en recouvrir nos vêtements. Puis rapidement, il entreprend de faire courir ses mains sur mes cuisses, mon entrejambe. Lorsqu'il commence à me caresser par-dessus mon jean, je suis tellement surpris que je manque de lâcher le guidon. Je voudrais lui dire d'arrêter, que c'est de la triche de me déconcentrer. J'abdique, c'est trop bon et je bouge légèrement, l'incitant à appuyer ses caresses. J'ignore comment il s'y prend, mais il parvient à ouvrir mon jean pour glisser ses doigts à l'intérieur. Je suis obligé de ralentir, au risque de nous faire percuter un arbre. Ce qui serait de sa faute, soit dit en passant.

— Arrête-toi là, me dit-il en m'indiquant la lisière de la forêt.

J'obéis, me demandant ce qui lui prend. Mes interrogations ne durent pas longtemps. À peine sommes-nous descendus de la motoneige qu'il m'attrape par la main et me plaque contre l'arbre le plus proche. Il s'empare de ma bouche dans un baiser vorace, affamé. Puis il se laisse glisser au sol et avale ma queue.

Sous ses gestes experts, sa langue incroyable, ses lèvres qui entourent mon gland et me sucent, il me faut peu de temps pour parvenir à la délivrance. Je gémis et me cambre, me déversant dans sa gorge.

C'est rapide, intense, brutal. Complètement fou.

Il se redresse aussitôt pendant que je me rhabille avant de déposer un baiser sur ma joue et de souffler à mon oreille.

— Je ne pensais qu'à ça depuis tout à l'heure.

Je ne trouve rien à répliquer, la gorge sèche, la respiration trop rapide. De toute façon, il n'attend aucune réponse et se dirige de nouveau vers la moto.

— En fait, c'était juste une excuse pour reprendre le volant, je finis par parvenir à rétorquer en constatant qu'il m'a laissé le siège passager.

Il éclate de rire et secoue la tête. Je grimpe derrière lui en souriant. Honnêtement, je ne vais pas me plaindre, pendant ce temps-là, je peux respirer l'odeur de sa peau, enfouir mon visage contre son dos. Et le caresser à mon tour, histoire de lui rendre la monnaie de sa pièce.

CHAPITRE 29
- Kane -

Je suis un peu nerveux lorsque nous montons dans la voiture, direction le centre-ville d'Aspen. J'ai l'intention d'offrir quelque chose de spécial à Cooper pour la soirée du Nouvel An. Même s'il m'a assuré que ça ne le gênait pas de ne pas assister à la fête chez Windsor, j'ai bien conscience qu'il s'agissait d'une tradition, et je crois qu'il est tout de même un peu déçu ; je sais à quel point il les aime, les traditions. Surtout qu'il est resté pour moi, parce que je le lui ai demandé.

Honnêtement, je n'ai même pas réfléchi en le lui proposant, j'en crevais d'envie, c'est tout, et j'ai tenté ma chance. Je m'attendais à un refus, à un mouvement de recul, certainement pas à ce qu'il me regarde avec cette expression émerveillée, comme si je venais de lui suggérer quelque chose de fou. Car ça l'est, pour moi en tout cas. Parce qu'avec lui, je me sens bien. Plus calme, plus serein. Sa jeunesse me faisait peur, c'est toujours le cas d'ailleurs, mais j'aime sa spontanéité, sa fraîcheur. Il me fait me sentir différent, je crois qu'avec lui, je rajeunis aussi. Je ris comme ça ne m'était pas arrivé depuis longtemps, je m'amuse, et surtout, je suis moi-même, sans faux-semblant. Je ne pensais même pas que ce soit possible.

Avec lui, j'ai le sentiment d'être vivant.

— Où est-ce que tu nous emmènes ? demande-t-il alors que nous quittons la route sinueuse pour nous engager sur l'artère principale de la ville.

— C'est une surprise.

Trois fois qu'il me pose la même question, trois fois qu'il a droit à la même réponse. Je suis tenace, je ne lâcherai rien, peu importe s'il ne cesse de me rebattre les oreilles.

Quinze minutes plus tard, je ralentis devant une jolie petite maison située dans un quartier résidentiel. Cooper se tourne vers moi et fronce les sourcils, l'air de dire « c'est ça, ta surprise ? ». Je ricane en le regardant et ouvre ma portière.

— Je reviens tout de suite, ne bouge pas.

Je sais que ça fuse dans son esprit, qu'il s'interroge sur ce que je lui ai réservé et j'espère ne pas le décevoir.

J'appuie sur la sonnette et la porte s'ouvre pour laisser apparaître un homme, la cinquantaine bien tassée, lunettes sur le nez.

— Ackermann ! s'exclame-t-il en me prenant dans ses bras pour m'enlacer. Il me tapote le dos avant de me relâcher.

— Salut, Charlie, ça fait plaisir de te voir.

Je connais ce mec depuis un paquet d'années, depuis l'époque où j'évoluais chez les Avalanches. Il ne ratait pratiquement aucun match et aimait rester discuter avec les joueurs après les rencontres. Au fil du temps, nous nous sommes liés d'amitié, et lorsque je viens à Aspen, j'essaie toujours de passer le saluer. Mais ce soir, je n'ai que peu de temps, Cooper m'attend.

— Moi aussi, mon garçon, dit-il en souriant.

Puis il plonge la main dans la poche de son veston pour en sortir un trousseau de clés qu'il me tend. Mon regard s'illumine en les voyant. J'ai toujours du mal à croire qu'il ait accepté de m'accorder cette faveur et pourtant, c'est bien le cas, en attestent les lourdes clés qu'il pose dans ma main.

— Tout est prêt, comme tu me l'as demandé.

— Merci, vraiment. Pour ta confiance et ton temps. C'est plus que je n'aurais espéré.

Je discerne les rides au coin de ses yeux et de sa bouche lorsqu'il m'offre un sourire affable.

— Amuse-toi!

— J'y compte bien. Et ne t'inquiète pas, je te dépose le trousseau dans ta boîte aux lettres en repartant.

Un dernier salut et je m'engouffre de nouveau dans la voiture, frissonnant sous la différence de température.

— C'était qui? demande Cooper.

— Un vieil ami.

— Et tu devais absolument lui rendre visite ce soir pour...?

Je lui offre un clin d'œil et enclenche la marche arrière.

— Tu verras.

— C'est une blague! s'exclame Cooper, le nez collé à la vitre tandis que je me gare sur le parking désert. C'est une putain de blague!

Il se tourne vers moi, les yeux grands ouverts, et je peux enfin recommencer à respirer. Parce que la dernière fois que je l'ai vu si enthousiaste, c'est lorsque je lui ai proposé cette première balade en motoneige. C'est une des caractéristiques qui me plaît le plus chez lui, cette énergie, cette excitation constante.

Il est le fils d'un homme riche, a toujours pu avoir tout ce qu'il voulait, pourtant, il n'est jamais blasé. Comme si pour lui, chaque jour était une nouvelle aventure qu'il trépignait d'impatience de découvrir.

— Non, c'est loin d'en être une.

D'un coup, il se penche vers moi et me vole un baiser avant d'ouvrir violemment la portière et de s'extraire du véhicule. Bon sang, il est pire qu'un chien fou, à courir partout. J'éteins le moteur, sors mon sac à dos du coffre lorsque je l'entends crier un «grouille-toi». Je secoue la tête, amusé, et verrouille la voiture avant de le rejoindre. Il sautille sur place, piaffant d'impatience tandis que j'ouvre les portes du bâtiment. Charlie n'a pas éteint les lumières du couloir et Cooper me dépasse en trottinant.

— C'est carrément dingue, répète-t-il sans arrêt.

Il s'arrête au bout du couloir, me laissant le temps de le rejoindre.

— J'avais peur que ça ne te plaise pas, j'avoue à demi-mot, le voyant immobile.

Il se tourne si vivement vers moi que je crains qu'il se brise un truc.

— T'es malade? Comment t'as pu penser ça ! Une patinoire, Kane ! Une patinoire rien que pour nous. C'est dément !

Il s'accroche à moi et m'embrasse encore, un baiser fougueux et profond. Nos langues se mêlent et je grogne de plaisir.

— J'arrive pas à croire que je vais patiner aux côtés d'Ackermann. Bordel, c'est un des plus beaux jours de ma vie.

Mon cœur s'arrête de battre l'espace d'un instant. J'ai flippé, j'ai hésité, j'ai failli abandonner l'idée, mais en voyant Cooper, son visage radieux, j'en conclus que j'ai bien fait. Que ce soir, je suis parvenu à le rendre heureux.

— Tu m'as acheté des patins ? demande Cooper avec étonnement en découvrant la paire flambant neuve qui l'attend.

— Charlie t'a acheté des patins. Non pas que ça m'aurait dérangé de le faire moi-même, mais j'ai passé ces derniers jours bloqué dans les montages, et je n'ai pas lâché Cooper d'une semelle.

— Le type de tout à l'heure ?

— Oui. C'est le directeur de cet endroit.

— Il doit sacrément t'apprécier pour te faire une telle faveur.

— Je suis un homme très appréciable.

Il lève la tête du patin qu'il est en train de nouer et ricane.

— En effet.

J'attrape le bras qu'il me tend pour le relever. Il emprisonne mon visage de ses mains et m'offre un rapide baiser.

— Merci, Kane.

Je déglutis, la gorge sèche sous son regard noisette qui ne lâche pas le mien, sous la sincérité de sa voix.

— Allez viens, montre-moi ce que tu vaux sur la glace ! déclare-t-il enjambant le rebord de la patinoire.

Tu parles, comme s'il l'ignorait !

Ses débuts sont assez hésitants, il se tient à la rambarde par peur de tomber et avance à pas minuscules. Je sais qu'il n'est pas un très grand patineur, que son expérience se limite à quelques visites hivernales au Rockefeller Center. Mais ce soir, j'ai envie de lui montrer la raison pour laquelle la glace me passionne. Je veux qu'il comprenne à quel point c'est facile, drôle, et merveilleux de se laisser glisser sur ses patins. Je saisis sa main et le rattrape tandis qu'il vacille dangereusement.

— Ça va aller. Garde ton équilibre et tout ira bien.

— Tu ne me lâches pas, hein ? s'inquiète-t-il en serrant davantage ma main.

— Promis.

F.V. Estyer

Un dernier baiser pour l'encourager, puis je commence à avancer. Doucement d'abord, le temps qu'il prenne ses marques, qu'il s'habitue à la sensation de glisse, puis une fois plus stable, plus assuré, je prends de la vitesse. Il sourit, crie, éclate de rire et je crois que je ne me suis jamais senti aussi léger qu'en cet instant. Lui et moi, ensemble, en train de patiner. Je n'aurais pas pu mieux rêver.

Parce que la glace, c'est toute ma vie. L'endroit où je suis le plus à l'aise, où j'ai l'impression de pouvoir tout contrôler. Mais ce soir, avec Cooper qui patine à mes côtés, je ne contrôle rien. Ni les battements frénétiques de mon cœur ni les frissons provoqués par sa main dans la mienne. Ce soir, je suis à sa merci. Et je me délecte de chaque seconde.

CHAPITRE 30
- Cooper -

Adossé contre la rambarde, j'admire Kane évoluer sur la glace. C'est bizarre de se dire qu'un type de sa carrure puisse être si gracieux une fois sur des patins. Il va vite, dérape et repart, et j'éclate de rire lorsqu'il s'arrête devant moi en m'envoyant des gerbes de glace à la figure. Quelques tours de pistes pendant lesquels je l'observe pousser sur ses jambes puissantes pour prendre de la vitesse. Il est incroyable. J'ai regardé des tas de matchs qu'il a disputés durant sa carrière, il m'a toujours impressionné. Toutefois, ce soir, c'est autre chose que je ressens. Plus que de l'admiration, je sens mon estomac se serrer et je crois que je pourrais presque chialer. Parce qu'il est beau, qu'il n'est rien que pour moi, mais pour une dernière soirée. Je sais que nous ne nous sommes rien promis. *Le temps que ça durera.* Je redoute déjà d'être à demain.

Décidant de taire mes pensées déprimantes, je continue de le regarder, lui, son sourire et son visage heureux. Ce n'est pas un air que je lui ai souvent vu arborer, et j'ai envie de croire que c'est un peu grâce à moi. Kane m'a toujours paru être un homme distant et renfermé. Les fois où nous nous sommes croisés, c'est à peine si je l'ai vu sourire, encore moins entendu rire. Mais ces derniers jours, j'ai découvert une autre facette de sa personnalité, plus chaleureuse, plus vraie. Je crois que c'est cette part de lui qui m'a poussé à m'attacher. C'est la vérité. Je suis attaché à Kane. Plus au joueur de hockey que j'ai adulé, mais à l'homme qu'il est vraiment. Celui qu'il n'accepte de dévoiler qu'à quelques privilégiés. Un sourire naît sur mon visage alors qu'il dévie sa trajectoire pour se diriger vers moi. Il va vite, trop vite, et ne ralentit qu'au dernier moment. Il me percute tout de même avec force, et j'en ai le souffle coupé. Son corps collé au mien, il fond sur ma bouche et m'embrasse profondément.

Sa langue se fraie un passage entre mes lèvres et sa barbe frotte contre ma mâchoire. Je n'aurais jamais cru pouvoir trouver ça excitant, tout comme je n'aurais jamais cru apprécier la proximité d'un corps si dur, de mains si grandes sur ma peau. À présent, non seulement j'adore, mais ça ne me semble jamais suffisant. Chaque contact, chaque baiser me donne envie de plus, plus, plus. Je voudrais me fondre en lui pour être sûr que nous ne soyons jamais séparés.

Il grogne contre ma bouche, ses dents s'enfoncent dans ma lèvre inférieure et je gémis.

Comment vais-je réussir à me passer de ça ? À me passer de lui ?

— Tu es prêt à partir ?

Honnêtement ? Non. Je voudrais rester ici toute la nuit. Lui, moi, une patinoire et rien d'autre. Un endroit à l'abri du monde et de ce qui nous attend. Je voudrais rester ici malgré le froid jusqu'à me transformer en glaçon, même si la chaleur de Kane m'en empêcherait. Voilà, j'aimerais garder cette chaleur. Ne pas songer à ce qui se passera demain ni les jours suivants. Je crois qu'il le sent, parce qu'il caresse doucement ma lèvre en me fixant du regard.

— Il nous reste encore un peu de temps.
— Pas suffisamment.
— Cooper...
— Je sais. Pas besoin de le dire. Je sais.

Il soupire, ôte sa main et il me manque déjà. Nous n'avons pas parlé de l'après, c'est inutile, nous le savons tous les deux. Nous nous sommes mis d'accord, de manière implicite. Demain, je monterai dans un avion pour New York, et plus rien ne sera comme avant. J'aimerais pouvoir me persuader que je m'en fous, que tout ça n'était rien de plus que quelques jours à nous découvrir, à profiter de l'autre. Quelques jours d'insouciance. Je dois admettre que ce n'est plus le cas pour moi. Parce que je commence à ressentir certaines choses que je préfère ne pas nommer, pour ne pas avoir mal une fois que tout sera terminé.

L'horloge tourne, les minutes s'égrènent pour me rappeler que le compte à rebours est lancé, me rappeler à quel point retourner à la vie qui m'attend est insupportable. Je devrais réprimer mes sentiments, éviter de m'attacher plus que je ne le suis déjà. Sauf que je ne peux interdire à mon cœur de se serrer ni empêcher la boule de se nicher dans ma gorge.

Lui semble loin de mes tourments. Il s'éloigne et quitte la glace, prêt à tirer un trait sur cette soirée. Soudain las, je le rejoins et échange mes patins contre mes baskets. Nous nous taisons, le silence reste lourd de sous-entendus et de non-dits.

Nous remontons le couloir côte à côte, sans parler, et lorsque Kane verrouille la porte derrière nous, j'ai l'impression d'une métaphore nous concernant.

— La soirée n'est pas terminée, précise-t-il tandis que nous grimpons dans la voiture pour reprendre la route.
Est-ce une manière de me rassurer ? De *se* rassurer ? De nous apporter l'illusion que nous avons encore tout le temps devant nous ? Mais il a raison, il est tôt, la nouvelle année n'a toujours pas sonné, et au lieu de broyer du noir, je devrais être reconnaissant de clore celle-ci avec lui.

Un sourire pour toute réponse, je cale mon front contre la vitre, laissant les lumières de la ville défiler devant mes yeux, essayant tant bien que mal de refouler la tristesse qui s'empare de moi.

Nous revenons au chalet, les bras chargés de nourriture. Kane avait apparemment tout prévu, et après un arrêt rapide dans un restaurant d'Aspen, la voiture s'est retrouvée saturée d'odeurs de viande fumée, d'épices et de chocolat. Le mélange était un peu étrange, mais bizarrement, il m'a ouvert l'appétit.

L'ambiance est presque solennelle tandis que nous disposons la nourriture dans les plats. Kane a décidé de dresser la table à manger pour deux parce que « c'est le réveillon après tout, ça n'arrive qu'une fois dans l'année ». Je devrais rire, mais j'ai surtout envie de pleurer. Est-ce que c'est bizarre de s'attacher autant à quelqu'un en un si court laps de temps ? Est-ce que ça vient de moi ? De mon désir d'expérience, de découverte ? D'avoir été tellement déçu par Olivia que lorsque j'ai trouvé une oreille attentive, un homme présent à mes côtés, avec qui tout était si simple, j'ai plongé tête la première ? Ou cela vient-il de lui, de tout ce qu'il a représenté pour moi, une icône devenue homme de chair et de sang, qui m'a fait flancher ? Telle une relation bâtie sur les fondations de mon admiration pour lui.

Je n'en sais rien. Alors qu'il est là devant moi, en train de déguster son plat, je refuse d'essayer de faire semblant, de parler de tout et de rien autour d'un dîner comme si nous n'avions pas cette putain d'épée de Damoclès au-dessus de nos têtes. En fait, je n'ai pas envie de parler du tout.

Kane me regarde avec circonspection lorsque je me lève brusquement pour contourner la table. Je me poste devant lui et lui tends la main.

— Viens.

Il ne me demande pas ce qui me prend ni ce que j'ai derrière la tête, il se contente de me suivre. Je crois qu'il a deviné mes intentions, et c'est d'un pas rapide que je nous mène jusqu'au jacuzzi. J'ôte mes fringues, frissonnant lorsque ma peau entre en contact avec le froid de l'hiver et plonge dans les bulles brûlantes. Kane prend davantage son temps, et je le mate sans vergogne tandis qu'il laisse tomber son boxer sur le sol, laissant apparaître son membre lourd et épais.

Ouais. Définitivement plus hétéro.

Il me rejoint rapidement et se glisse entre mes cuisses avant de m'embrasser. J'enroule mes bras autour de son cou et mes jambes autour de sa taille pour me coller contre lui. Je commence à me balancer, pour lui montrer à quel point je le veux, à quel point j'ai besoin de le sentir. Ses doigts se perdent sur mon dos, mes reins, mon torse. Il pince et tord mes tétons, je gémis et me cambre, à la recherche de friction. Téméraire, je glisse ma main entre nous pour saisir sa queue dure. Je n'imaginais pas un jour aimer le poids d'un sexe masculin dans ma paume. Pourtant, c'est le cas. J'aime la texture à la fois douce, lisse et ferme, j'aime le sentir grossir entre mes doigts. Il bouge contre moi, quémandant davantage de contact sans que jamais ses lèvres ne se séparent des miennes. C'est surprenant comme nous sommes en phase, comme chacun répond naturellement à l'autre. Je rejette la tête en arrière lorsque sa bouche frôle ma gorge, plantant délicatement ses dents dans ma chair. Ses mains agrippent mes fesses et je m'immobilise quand son pouce effleure mon entrée. Mes muscles se crispent et je bloque sa tentative d'intrusion.

— Détends-toi, souffle-t-il. Je ne vais pas te pénétrer.

Ouais, mais quand même. J'estime avoir franchi de nombreux pas depuis que nous avons commencé ce jeu, - qui n'en est plus vraiment un, avouons-le -, mais ça, c'est trop pour moi. J'ai peur de l'inconfort, de la douleur. Surtout, j'ai peur de ce que cette barrière représente, en terme d'intimité.

— J'ai une meilleure idée.

Je l'observe, perplexe, attendant la suite. D'un geste, il m'ordonne de me retourner. Je me laisse faire, fébrile, légèrement paniqué. Sa langue court sur mon dos, il embrasse mes épaules, sa bouche descend le long de ma colonne vertébrale, me poussant hors de l'eau pour lui permettre d'accéder toujours plus bas. Je ne sais pas vraiment ce qu'il cherche à faire, mais n'émets aucune objection lorsqu'il se sert de moi comme d'une marionnette pour me positionner comme il le souhaite. Tout mon corps est à la merci du froid glacé et je frissonne. Ce n'est pas vraiment agréable, je n'ai qu'une hâte, replonger dans les bulles chaudes. Ses dents qui mordent doucement ma fesse m'en empêchent. Je pousse un cri de surprise et n'ai pas le temps de réaliser ce qui arrive, qu'il écarte mon cul et glisse sa langue le long de mon sillon. Bordel.

Je m'agrippe au rebord de bois lisse du jacuzzi, hésitant entre excitation et effroi. Il ne peut pas faire ça !

Apparemment si. Il peut et il ne se gêne pas.

C'est alors que mon cerveau décide d'effectuer cette connexion bizarre entre l'instant présent et une scène similaire que j'ai matée dans un porno. Ce jour-là, je me souviens avoir arrêté de regarder, en grimaçant, parce que je trouvais ça tout, sauf excitant. Et force est de constater que je me suis trompé. Plus il me lèche, plus sa langue s'engouffre en moi, plus ma queue se tend jusqu'à en devenir douloureuse.

Instinctivement, je me pousse contre son visage et commence à onduler. Sa barbe irrite ma peau, sa langue va-et-vient sans s'arrêter. Il est en train de me baiser avec sa bouche et tout mon corps s'embrase. N'y tenant plus, j'agrippe mon érection et me branle frénétiquement.

— Ouais, c'est ça. Touche-toi.

Sa voix est basse, rauque, et le plaisir hurle dans mes veines. Mon cerveau court-circuite et s'éteint pour laisser les reines à mon corps qui se déhanche, ondule, bouge au rythme imposé par Kane.

Je me masturbe de plus en plus vite, de plus en plus fort, et je gémis, gémis, gémis encore.

Son pouce est de retour pour caresser mon entrée, sans jamais me pénétrer. Sa langue revient rapidement pour me lécher sans s'arrêter. Un voile danse devant mon regard et je ferme les yeux sous l'orgasme qui me percute de plein fouet. Je resserre mon emprise sur ma queue et un cri guttural s'échappe de ma gorge à l'instant où mon sperme gicle. Kane ne me lâche pas durant toute la montée, l'explosion et la redescente de mon orgasme. Ce n'est que lorsque mes muscles se relâchent qu'il finit par arrêter, me laissant retomber mollement entre ses bras.

Le souffle court, je halète tandis qu'il me berce contre lui, sa bouche contre mon épaule pendant que je tente de reprendre mes esprits, surpris de ne pas m'être liquéfié sous le plaisir dévastateur que j'ai ressenti.

Finalement, peut-être vaut-il mieux que tout se termine demain. Parce que je ne suis pas certain de survivre à une autre soirée, à autant d'intensité.

CHAPITRE 31
- Kane -

Pendant des années, la solitude ne m'a pas dérangé. Compagne quotidienne, je l'acceptais parce que ma vie en valait la peine. J'étais heureux, constamment entouré, j'avais pour métier ma passion. Quand je rentrais chez moi, que je dînais et m'endormais seul, ça me semblait être un moindre sacrifice en échange de mes rêves réalisés.

Et puis Beth est entrée dans ma vie, m'offrant une présence, un corps chaud contre le mien. J'ai redécouvert combien ça pouvait être agréable et ai chassé cette solitude. Pourtant, depuis plusieurs jours, je crois que Beth me manque moins qu'avant. Parce qu'à chaque fois que je m'endors, ce n'est pas elle que je souhaite réellement sentir à côté de moi. Beth... Je repense à la question de Cooper l'autre jour, sur le fait que je ne portais pas d'alliance. Je lui ai expliqué que c'était parce que je ne m'y étais jamais habitué, qu'elle me gênait, mais la vérité, c'est que je ne me suis jamais senti digne de la porter.

La voir à mon annulaire ne faisait qu'accentuer le mensonge dans lequel je vivais.

Et là, tandis que j'observe Cooper, ses jambes entortillées dans les draps, son dos montant et descendant au rythme lent de sa respiration, je me dis que ça n'a jamais été aussi vrai. Parce que, le toucher comme je l'ai fait m'aurait paru déplacé avec mon alliance au doigt, au contact de sa peau.

Je secoue la tête pour chasser mes pensées parasites et continue de regarder Cooper.

Je crève d'envie de le rejoindre. Il semble encore plus jeune dans son sommeil, les traits détendus, l'air apaisé. Des mèches de cheveux châtains tombent sur son front et j'aimerais m'approcher pour les lui ôter. Pour écouter son souffle lent, poser ma main sur sa peau, sentir les battements réguliers de son cœur.

La pâleur de la lune qui traverse la fenêtre dessine des ombres sur son corps. Des ombres dont je voudrais retracer les contours avec mes doigts, ma langue.

J'ai encore du mal à réaliser que nous en sommes arrivés là, j'ai encore du mal à croire que je me suis autant attaché à ce gosse, et si rapidement. J'ai toujours fait attention. À ne jamais franchir de limites, à ne jamais flancher. Mais il est apparu avec son corps sculpté par la natation, sa fraîcheur, sa curiosité, et j'ai sombré. Pour la première fois depuis que je le connaissais, je l'ai vraiment regardé. Je me suis attardé sur sa silhouette élancée, sur ses cheveux constamment ébouriffés, sur son sourire avenant, et j'ai oublié que je risquais de me casser la gueule, et que j'aurais dû me blinder. Parce que, pour être honnête, c'est la toute première fois que je m'autorise à ressentir quoi que ce soit envers un homme depuis…

Depuis Nicholas. Suite à notre rupture, je me suis armé, me promettant que plus jamais je n'aurai le cœur brisé. Plus le temps pour ça, face à tellement d'autres priorités. Et Cooper, son air innocent teinté d'insolence, son rire franc, son corps svelte, ses mains aux longs doigts fins… je ne me suis pas méfié. J'aurais dû, j'en suis conscient. Mais ces derniers jours semblaient tellement oniriques ; nous deux, un chalet perdu au milieu des montagnes, loin de notre environnement habituel. J'ignore comment le retour à la vie réelle va se dérouler, mais je sais déjà que cet interlude va me manquer. Que Cooper va me manquer.

— Arrête de me regarder dormir, c'est flippant.

Je souris en entendant sa voix ensommeillée.

— Tu ne dors pas, apparemment.
— Tais-toi. Et ne reste pas là comme un pervers.
— Je suis bien, là.
— Tu serais mieux à côté de moi.

Je me demande s'il a vraiment conscience de ce qu'il raconte, il semble toujours plongé dans un demi-sommeil. Ses yeux sont fermés, les mots qui sortent de sa bouche ressemblent davantage à des grognements rauques qu'à des paroles claires.

— Ce n'est pas une bonne idée.

Non, carrément pas. Je suis sûr que lui ne voit pas le mal. Il ne comprend pas ce que ça implique pour moi. Parce que dormir avec un homme, c'est quelque chose que je ne connais plus. Je n'ai jamais vu l'intérêt de passer la nuit avec un escort, car tout ce que je cherchais, c'était du sexe et que j'avais abandonné l'idée de vouloir prétendre que nous pouvions être davantage que deux hommes liés par un contrat et un paquet de fric. Si je voulais de l'affection, je la trouvais auprès de Beth. Mais avec Cooper, c'est différent. Plus qu'une attirance, plus qu'une alchimie, c'est une sensation de pur bien-être que je ressens lorsque je suis avec lui. J'ai peur qu'à ne pas me réfréner, je finisse par me perdre.

— Alors, retourne te coucher dans ton lit. Fais ce que tu veux, mais ne reste pas planté sur le seuil.

Je ne crois pas qu'il se rende compte que ses paroles me blessent, me tordent l'estomac. Tout cela a donc si peu d'importance pour lui ? Suis-je le seul à éprouver ce besoin irrépressible de passer toujours plus de temps avec lui ? Bon sang, c'est n'importe quoi. Finalement, ce n'est sûrement pas plus mal qu'il s'en aille demain. Je dois mettre un terme à cette situation avant de ne plus parvenir à faire machine arrière, avant de m'attacher pour de bon.

Mais alors que mon cerveau surchauffe, que je me persuade qu'il vaudrait mieux quitter cette chambre, mes pas m'entraînent jusqu'à lui. Doucement, je me glisse entre les draps et me colle contre lui.

— J'étais sûr que tu ne pouvais pas te passer de moi, souffle-t-il d'une voix amusée.

Je sais qu'il plaisante, je souris en réponse, même si mon cœur rate un battement. Parce qu'il n'a pas conscience à quel point il est près de la vérité.

Pour éviter de répondre, je soude ma bouche à la sienne dans un baiser profond et langoureux. Un baiser qui dure une éternité. Ma barbe frotte contre sa peau et je recule pour voir si elle a laissé des marques. En découvrant les rougeurs autour de ses lèvres, je les effleure sans pouvoir m'empêcher de m'excuser.

— J'aime ta barbe. J'aime les marques qu'elle laisse sur ma peau. Comme une preuve que je ne rêve pas.

Je ne réponds rien, me contente de déglutir.

Alors Cooper attrape ma main et la glisse autour de sa taille avant de nouer ses doigts aux miens. Ma paume sur son ventre nu, je dépose un baiser sur son épaule, sur sa nuque, ses cheveux, respirant son odeur. Je voudrais me gorger de lui jusqu'à en avoir la tête qui tourne. Je voudrais rester éveiller toute la nuit pour graver chaque contact de son corps si chaud contre le mien, pour apprendre le rythme de sa respiration, pour écouter les petits ronflements qui sortent de sa bouche, pour sentir plus longtemps ses doigts caressant distraitement les miens alors qu'il se rendort, pour faire durer cette intimité qui me noue la gorge. Pour réapprendre toutes les nuances de sensations oubliées après tant d'années.

Lorsque je niche ma tête contre sa nuque, que mes yeux finissent par se fermer malgré moi tandis que je lutte pour les garder ouverts, je me dis qu'en ce premier janvier, je viens de prendre la pire décision de l'année. Mais tant pis, je crois que ça vaut le coup, rien que pour le bonheur, certes fugace, de serrer Cooper contre moi, ne serait-ce que le temps de quelques heures. D'une nuit. Une seule nuit. La plus belle depuis longtemps.

Le temps que ça durera.

Le leitmotiv de notre aventure éphémère.

Le temps que ça durera.

Et ça a duré six jours. Six putains de jours. Si courts et pourtant si intenses. Six jours pendant lesquels j'ai arrêté de me cacher, de faire semblant. Pour être moi-même, entièrement. Six jours pour craquer pour un gosse de dix-neuf ans. Pour revivre enfin.

Le temps que ça durera.

Ce temps est à présent écoulé, le sable retombé au fond du sablier sans que nous n'ayons rien pu faire pour l'arrêter.

CHAPITRE 32
- Cooper -

Les chatouilles provoquées par la barbe de Kane sur mon ventre finissent par me réveiller tout à fait. Il rit en entendant mon grognement et ses mains sur mon torse tentent de m'immobiliser lorsque je me tortille pour lui échapper. Heureusement, la torture est brève et je cesse de respirer à la seconde où il baisse mon boxer pour lécher ma queue sur toute sa longueur. Bordel.

J'ignorais qu'il était possible de gémir si fort avant même d'ouvrir les yeux, mais depuis quelques jours, je découvre que Kane est doué pour tout un tas de trucs que je n'aurais jamais soupçonnés. Là par exemple, je pense qu'il essaie de tester ma capacité à ne pas me consumer sur place.

Il y va doucement d'abord, me titille, m'excite. Il aspire mes couilles pendant que ses mains caressent mon ventre, mes tétons, mes bras. Sa bouche se presse sur l'intérieur de ma cuisse, mon aine. Mes reins se creusent lorsqu'il laisse tourner sa langue autour de mon gland. Mes doigts effleurent ses épaules, sa nuque. Il est chaud, doux et rien que pour moi. Du moins, pour quelques heures encore, et je compte profiter de chaque minute.

Le rythme languide qu'il nous impose disparaît lorsqu'il entreprend de me sucer plus fort, de refermer ses lèvres autour de mon érection pour me prendre dans sa bouche. Les yeux toujours clos, je gémis et pousse contre lui.

— Tu cherches à me tuer, pas vrai ? je siffle entre mes dents serrées pour m'empêcher de crier.

Personne ne m'a jamais caressé comme Kane le fait, personne ne m'a jamais fait vibrer comme lui. J'ai l'impression qu'il connaît mon corps mieux que moi-même, comme un instrument dont il jouerait à la perfection. Il connaît chaque endroit sensible, chacune de ses caresses appuyées me fait décoller. Comment a-t-il réussi cette performance ? Comment est-il parvenu, en quelques jours à peine, à si bien cerner mes désirs ? Et si nous avions plus de temps, et si...

— Oh, putain, ouais !

Mon membre s'enfonce dans la chaleur humide et accueillante de sa bouche, il en lèche le bout, le ressort avant de l'avaler de nouveau, et je perds la tête. Des frissons se propagent le long de mon corps, je referme mes doigts autour de son poignet lorsque tous mes muscles se crispent et que je bascule. Je jouis, fort, puis me laisse retomber sur le matelas. Quand je finis par ouvrir les yeux et que je le découvre, ses cheveux hirsutes, ses lèvres toujours refermées autour de ma queue, je ressens une pointe de douleur dans la poitrine qui me coupe le souffle l'espace d'un instant, mais que je parviens rapidement à refouler lorsque Kane se laisse retomber sur moi. Je sens son érection contre ma cuisse et un élan de culpabilité m'assaille.

— Kane ?
— Hum... ?

Son nez dans mon cou, il respire doucement et semble sur le point de s'assoupir de nouveau.

— Est-ce que...

Bon sang, pourquoi est-ce si compliqué d'énoncer cette soudaine question ?

— Ça te dérange que je ne te rende pas la pareille ?

Il redresse aussitôt la tête et son regard se rive au mien. J'observe ses iris d'un vert sombre et me surprends à songer que ça va me manquer, de ne plus avoir l'occasion d'admirer leur couleur particulière.

— Non, dit-il doucement en glissant ses doigts dans mes cheveux. Je le fais parce que j'aime ça. Et j'adore te sucer.

Des mots prononcés si simplement, avec une telle évidence. J'ai bien conscience qu'il ne se force pas. Mais ça ne change pas le fait qu'il cherche constamment à me donner du plaisir quand de mon côté, j'ose à peine des caresses audacieuses. J'y ai déjà réfléchi. Je me suis dit que je pourrais y aller petit à petit. J'ai voulu me convaincre d'essayer. Après tout, je l'ai branlé, chose inimaginable quelques jours plus tôt. Mais, une fellation ? Il m'a procuré des sensations que j'aurais souhaité lui offrir à mon tour, pourtant c'est une étape que je ne suis pas parvenu à franchir. Poser ma bouche sur la bite d'un autre mec, c'est... bizarre.

— Mais tu aimerais ça, non ?

Il rit et effleure mes lèvres d'un baiser.

— J'adorerais. Il y a des tas de trucs que j'aurais adoré faire avec toi qui sont restés de l'ordre du fantasme, mais ça ne me dérange pas.

J'ignore s'il est sincère ou s'il cherche juste à me rassurer. Pour l'instant, je m'en fiche, parce que je viens de prendre conscience qu'il a parlé au passé. Putain de retour à la réalité. À chaque fois que j'espère oublier, il y a toujours un élément pour me remettre les pieds sur terre.

— Lesquels ? ne puis-je m'empêcher de demander, par curiosité, par masochisme aussi, je suppose.

Il roule sur le côté, comme s'il cherchait à s'échapper, à s'éloigner, et la chaleur de son grand corps enveloppant le mien me manque aussitôt.

— À quoi bon ? Puisque ça n'arrivera jamais.

Par besoin. Pour savoir si j'ai quand même été la hauteur ou si je me suis foiré. Il s'est beaucoup occupé de moi, cherchant sans cesse mon plaisir. Il m'a fait jouir de bien des façons, et n'a rien attendu en retour. Heureusement que le sexe est une histoire de feeling, de désir, pas un match où l'on compte les points, auquel cas il aurait gagné haut la main.

— On n'est pas obligés d'arrêter.

Je n'en ai pas envie. Qu'est-ce qui nous oblige à le faire, au point où nous en sommes ? Qu'est-ce qui nous empêche de continuer après être rentrés à New York ?

— Cooper... S'il te plaît...

— Quoi ? Je suis sérieux.

Je tourne la tête vers lui, mais il ne me regarde pas, préférant le plafond blanc qui semble tellement plus fascinant.

— On ne peut pas, murmure-t-il.

— Pourquoi ?

— Parce que.

— Ah. Comment lutter contre cet argument imparable ?

Mon ton insolent a au moins l'avantage de le faire se tourner vers moi.

— Parce que rien n'a changé. Je suis marié, tu sors avec Olivia. Tu es trop jeune, je suis dans le placard. Nous avons des vies à l'opposé. Et, je suis désolé, mais je ne tiens pas à prendre le risque de me faire choper pour quelques parties de baise, et je...

— C'est bon. Tu peux arrêter ton énumération, j'ai saisi.

J'aurais dû taire la douleur dans ma voix, afin qu'elle soit plus assurée, moins chevrotante, mais je comprends que j'ai échoué lorsque Kane pousse un soupir à fendre l'âme et secoue la tête.

— Je suis désolé. Mais je ne peux pas te faire de promesses. Et puis, sincèrement, je crois que c'est juste le contrecoup. De savoir que c'est terminé.

C'est à mon tour de me retrouver incapable de soutenir son regard. Je ferme brièvement les yeux avant de me concentrer sur le drap bordeaux.

— Est-ce que je suis le seul à être déçu, triste ? je demande d'une petite voix. Le seul qui voudrait en profiter un peu plus longuement ?

Sa main se pose sur la mienne et la serre doucement.

— Non. Non. C'est normal. Nous avons passé notre temps ensemble, et on s'est éclatés. Tu m'as fait vivre des instants géniaux. Tu m'as fait sourire, rire et, ouais, jouir aussi, comme ça ne m'était pas arrivé depuis une éternité. Mais tu verras, on va quitter ce chalet, retrouver nos vies, et on tournera la page. Tout ça ne deviendra rapidement qu'un souvenir. Un souvenir agréable, mais un souvenir.

Un putain de souvenir. La seule consolation, c'est que nous nous reverrons. D'ailleurs, en y songeant, je me demande si ce n'est pas le pire. Est-ce que ça sera gênant de le recroiser ? De se retrouver face à face après tout ce qu'on a vécu ? Va-t-il redevenir l'homme froid que j'ai toujours connu ? Va-t-il recommencer à m'ignorer comme il le faisait si bien avant ? Et surtout, surtout... Va-t-il me manquer ?

— Prêt pour la reprise des cours, demain ? me demande Kane en croquant dans une tartine.

Nous sommes installés sur la table de la salle à manger, en train de partager notre premier petit-déjeuner de l'année, et le dernier ensemble. Pourquoi cette pensée me déprime-t-elle autant ?

— Pas vraiment, je n'ai pas suffisamment révisé.
— Désolé.
Je hausse les épaules et lui souris. Il n'y est pour rien, enfin, un peu, mais il n'est pas l'unique fautif, c'était à moi de m'organiser. Un élément de plus qui joue en ma défaveur et lui prouve que je ne suis qu'un gosse qui manque de maturité, je suppose.

La bonne nouvelle, c'est que je vais être l'un des rares étudiants à ne pas me pointer avec la gueule de bois. Ça va être marrant, de tous les regarder décuver alors que je serai en pleine forme.

Pour une fois.

C'est vrai, pour la première fois depuis longtemps, je n'ai pas fini bourré au réveillon du Nouvel An. Après l'interlude dans le jacuzzi – qui, lorsque j'y pense, me donne des frissons et m'excite un peu - nous avons terminé notre dîner. Puis nous avons pris notre dessert accompagné de quelques coupes de champagne, affalés sur le canapé. Nous avons regardé la célébration de la Drop Ball sur Times Square et une fois les douze coups de minuit égrenés, nous nous sommes embrassés pour nous souhaiter une bonne année. Un baiser doux, long et profond, au goût de champagne et de chocolat, un baiser qui nous a laissés haletants, le cœur battant trop frénétiquement. Un baiser à travers lequel j'ai voulu le remercier pour ces quelques jours fantastiques. Pour lui montrer qu'il allait me manquer. Un baiser qui a semblé durer indéfiniment tout en étant trop rapidement interrompu.

Une fois que nos lèvres se sont séparées, il a frotté son nez contre le mien, et a murmuré :

— Bonne année, Cooper.

Son regard brillait, il souriait, et pourtant, je suis certain d'avoir discerné une pointe de douleur. Cependant, il n'a pas flanché, a continué de me fixer avec intensité, jusqu'à ce que je ne puisse plus soutenir son regard, jusqu'à ce que j'aie l'impression que mon cœur allait exploser. Alors j'ai enfoui ma tête contre son torse, enroulé mes bras autour de sa taille et me suis mordu les lèvres pour ne pas chialer comme un bébé.

Mon sac sur l'épaule, je me tourne une dernière fois vers la voiture de Kane. Ses yeux rencontrent les miens à travers le reflet de la vitre. Il m'offre un sourire et un petit signe de tête que je lui rends. La boule dans ma gorge qui m'a empêché de débiter plus de trois mots d'affilés durant le trajet jusqu'à l'aéroport ne veut pas disparaître, contrairement à Kane qui, d'un coup d'accélérateur, quitte la place de parking.

Je le perds rapidement de vue et un frisson m'enveloppe tandis que je m'engouffre à travers les portes vitrées pour prendre mon vol. Un frisson causé par le vent. Rien que par le vent glacé d'Aspen.

CHAPITRE 33
- Cooper -

Février

Contre toute attente, je gère la séparation d'avec Kane bien mieux que je ne l'imaginais. Certes, au début, ça s'est avéré compliqué. Parce que j'avais l'impression que tout le monde n'avait que son nom à la bouche. À commencer par Ian. Il m'a sauté dessus à peine de retour. Je n'avais pas encore défait mon sac qu'il était déjà en train de me poser des tonnes de questions. Sauf que la chose dont j'avais le moins envie, c'était de parler de Kane. Je refusais de penser à lui, parce que je n'aimais pas sentir mon estomac se tordre et mon cœur s'accélérer. Je devais tirer un trait sur ce qui s'était passé et oublier. Difficile lorsque Ian insistait, malgré mes réponses monosyllabiques. Ackermann par-ci, Ackermann par là. Et comment c'était ? Et qu'est-ce que vous avez fait ? Et est-ce qu'il t'a raconté des anecdotes sur sa carrière ? Au fait, mon maillot dédicacé ?

J'ai fini par péter un plomb. « Tu m'emmerdes, putain. Arrête avec ça. Et non, je n'ai pas ton putain de maillot, d'accord ? Je n'ai pas pensé à lui demander. » Il s'est tu d'un coup, m'a observé d'un air choqué, et j'ai su que j'étais allé trop loin. Je me suis excusé, mais c'était trop tard. Il a secoué la tête, a sauté hors de mon lit et a quitté ma chambre. Depuis, c'est à peine s'il m'adresse la parole. Il ne s'installe même plus à côté de moi lors de nos cours communs.

Malheureusement, Ian n'est pas l'unique personne à me taper sur les nerfs. Parce que le champion toute catégorie dans ce domaine reste Zane. La différence, c'est que ça lui est égal, que je me montre désagréable. Rien ne l'arrête. Dès qu'il me voit, il revient à la charge, malgré ma demande de me foutre la paix. À tel point que je fuis la cafétéria les heures où je suis susceptible de le trouver. Hélas, impossible de lui échapper ce matin.

— Alors, comment va l'homme qui a baisé avec celui dont on ne doit pas prononcer le nom ? me demande-t-il, avec un sourire narquois, tandis qu'il se laisse tomber sur la chaise en face de moi, son café à la main.

Et voilà, il remet ça. C'est sa nouvelle façon de me dire bonjour.

— Bordel, mais tu vas me lâcher avec ça ?

Question rhétorique, je sais pertinemment que ce ne sera pas le cas. Ce type est infatigable.

— Tu sembles un peu grognon. C'est le manque de bite qui te met dans cet état ? Le bureau de conseil en sexe gay a rouvert ses portes, si jamais.

Je rougis et prends une profonde inspiration pour tenter de me calmer et refouler mon envie de lui foutre mon poing dans la gueule.

J'ai conscience qu'au fond, il n'a pas de mauvaises intentions, et que ça lui ferait plaisir que je me confie à lui. Il adore simplement me rendre fou. De toute façon, je ne me sens pas prêt à aborder le sujet. Pour l'instant, je veux juste reprendre ma vie d'avant et tenter d'oublier. Et franchement, je me débrouille pas trop mal. Plus d'un mois et demi sans le voir, et il me manque moins que je ne l'aurais envisagé. Il est vrai que je suis assez occupé. Je bosse pas mal et je sors beaucoup. Depuis ma rupture officielle avec Olivia – c'est elle qui a fini par me larguer, en m'avouant qu'elle avait rencontré quelqu'un d'autre et que notre histoire ne menait de toute façon nulle part – les fêtes de fraternité sont devenues mon terrain de jeu. Des soirées passées à draguer et baiser des filles, sans même connaître leur nom, juste pour me divertir. Mes colocs ont paru s'amuser de la situation, Vince en a même profité pour me proposer un plan à trois. Ce que j'ai refusé, faut pas déconner. Alors ouais, je m'éclate, je me fais plaisir et je leur fais plaisir. Parce qu'avec elles, je n'ai pas peur d'oser, je suis dans un domaine que je maîtrise, je sais ce que je vaux. Je ne crains pas de décevoir, je sais que je suis doué. Et orgasme après orgasme, alors qu'elles gémissent et crient, alors que je jouis, je me persuade que finalement, Aspen, c'est du passé, et que je m'en sors parfaitement, sans Kane à mes côtés.

Il est tard lorsque je frappe doucement à la porte de Ian, espérant le trouver à l'intérieur. Il me semble l'avoir entendu rentrer de son entraînement de hockey, et avec un peu de chance, je pourrais l'intercepter.

— Entrez!

Son visage se ferme en m'apercevant. Il passe son tee-shirt par-dessus sa tête et me toise.

— Qu'est-ce que tu veux? gronde-t-il d'une voix qui montre que je ne suis pas le bienvenu.

C'est de ma faute, j'ai été trop dur avec lui, mais je commence à en avoir marre de cette ambiance de merde entre nous, et suite à l'appel de mon père, je crois avoir trouvé une manière de réparer les pots cassés. Du moins, s'il ne me vire pas de sa piaule à coups de pied au cul avant que j'aie eu le temps de parler.

— Tu as un truc de prévu samedi ?

Il me fixe toujours avec méfiance, et ça me fait un peu mal au cœur. Parce que je le considère comme un très bon pote et que ça me manque de ne plus prendre le temps de mater un film avec lui, de l'avoir pour voisin en cours, et de nous marrer.

— Non, pourquoi ?

— Ça te dit de m'accompagner à un dîner de charité ?

Il m'observe, se demandant sans doute ce qu'il me prend tout à coup.

— En quoi ça consiste ?

Je lui souris. Parfois, j'oublie qu'il ne vient pas du même monde que moi. S'il a intégré cette université, ce n'est pas grâce à l'argent de ses parents, mais à une bourse obtenue pour le hockey. Il a été repéré par des recruteurs durant sa dernière année de lycée. Je ne suis pas sûr qu'une soirée de gala lui plairait, il n'est pas le genre à porter des costumes et à parader. Mais j'ai l'argument parfait pour le faire changer d'avis.

— Ça consiste à boire du champagne et à déguster des petits fours, en compagnie des membres de la haute société qui sont là pour signer des gros chèques. C'est chiant, mais la bouffe est bonne, en général. Et la qualité des alcools mérite qu'on doive se fringuer pour l'occasion.

Ma tirade lui arrache un sourire qui sonne comme une première victoire, et je me sens un peu mieux.

— Dit comme ça, ça fait rêver.

Je ne sais pas vraiment s'il est ironique ou sincère. Beaucoup de gens rêveraient d'être à une place telle que la mienne, de faire partie de l'Élite. Mais je ne crois pas que ce soit son cas. Ian est un gars simple, qui n'aspire qu'à exercer sa passion au plus haut niveau.

— Alors, tu en es ?

Il plisse les yeux et ne répond rien pendant une interminable minute, comme s'il pesait le pour et le contre.

— Et pourquoi tu tiens tant à ce que je t'accompagne ?

Parce que je veux me faire pardonner. Parce que ça m'emmerde que nous soyons en froid depuis quelque temps. Parce que c'est le seul type de ma fraternité avec qui je m'entends vraiment bien, et que j'ai l'impression d'avoir tout gâché.

— Parce qu'il y a de grandes chances que Kane soit là…

De très grandes chances.

— Et que je me suis dit que je pourrais te le présenter.

Ian ouvre des yeux ronds comme des soucoupes et j'ai peur qu'il ne fasse une syncope.

— T'es sérieux ? T'es vraiment sérieux ?

Son sourire est si grand qu'il m'éblouirait, et je comprends que je viens de me faire pardonner. Je lui souris en retour et accepte son accolade un peu trop brutale tandis qu'il ne cesse de me remercier.

Je ricane et lui tapote le dos.

De mon côté, je ne sais pas vraiment comment je vais réagir en revoyant Kane après plus d'un mois sans nouvelles, plus d'un mois après notre dernier baiser échangé. Je préfère ne pas me poser de questions. J'aviserai. D'ailleurs, je suis heureux d'avoir l'occasion de le croiser de nouveau, même si j'ai peur d'un malaise éventuel. Nous sommes des adultes, je suis certain que tout se passera bien, que nous pourrons discuter sans laisser planer ces ombres au-dessus de nous. Ce sera sympa, peut-être empreint de nostalgie, mais de l'eau a coulé sous les ponts depuis. Je ne pense pratiquement plus à lui, pas même quand je me branle ni quand ma trique retombe alors qu'une fille attend que je la comble.

Ouais, je crois que je gère plutôt bien son absence.

CHAPITRE 34
- Kane -

Je ne gère rien du tout. En toute honnêteté, je n'aurais jamais pensé que le retour à la réalité serait aussi... brutal. Je n'aurais jamais pensé qu'une présence masculine au quotidien me manquerait autant. Toucher quelqu'un, l'embrasser, sans vraiment y songer, sans avoir peur qu'on nous découvre, à l'abri du monde, me manque. Cooper me manque, plus que je n'aurais voulu l'admettre.

Heureusement, j'ai largement de quoi meubler mon temps pour que mes souvenirs me foutent la paix plusieurs heures d'affilée.

— Tournez légèrement la tête vers la gauche.

J'obéis au photographe qui me mitraille depuis le début de la matinée. J'ai l'impression que ça fait des heures que je suis debout, presque à poil, au milieu d'une nuée de personnes qui n'arrêtent pas de s'agiter.

La seule qui se tient tranquille, à m'observer avec un sourire en coin, est Beth. Comme toujours, j'ai insisté pour qu'elle m'accompagne au shooting. J'aime qu'elle soit avec moi dans ces moments-là. Je crois que ça me rassure. Nous formons une bonne équipe, nous nous soutenons, et je me demande souvent ce que je deviendrais si elle n'était pas là. C'est étrange, parce qu'elle ne fait pas partie intégrante de ma vie depuis si longtemps. Oui, nous avons toujours été amis, de très bons amis, depuis l'époque du lycée. Nous ne nous sommes jamais vraiment perdus de vue, même lorsqu'elle s'est mariée, Même alors que ma carrière me tendait les bras et que je n'avais plus le temps pour autre chose que le hockey.

Pourtant, à présent, je crois que je me sentirais un peu paumé si elle venait à s'en aller.

— Amenez le tabouret. Monsieur Ackermann, pouvez-vous passer au modèle suivant ?

Je hoche la tête et quitte le plateau photo. Une assistante me tend aussitôt un peignoir pour m'enrouler dedans. Je ne sais pas si elle a peur que je prenne froid ou si elle estime que me balader en sous-vêtements dans le studio serait malvenu. Personnellement, je n'ai jamais été quelqu'un de pudique. Même si je l'avais été, les heures passées à poil dans les vestiaires, sans aucune intimité, m'auraient obligé à changer. Et surtout, je suis fier de mon corps. J'ai beaucoup bossé pour entretenir ce physique. Bien que je me sois un peu laissé aller durant les vacances, dès que je suis rentré à New York, je me suis remis au sport à fond – notamment en prévision de ce shooting.

— Tu vas bien ? me demande Beth que je rejoins le temps d'avaler un verre d'eau.

— Oui, pourquoi ?

— Je ne sais pas, tu ne sembles pas t'amuser autant que d'habitude.

C'est vrai. Est-ce que je deviens blasé ? Plus jeune, j'adorais poser. Toute occasion était bonne à prendre pour montrer ma belle gueule, à tel point que mon agent devait souvent intervenir pour m'empêcher d'accepter n'importe quel contrat, quel que soit le montant à la clé.

— Je crois que je suis juste un peu fatigué.

Je caresse furtivement sa joue avant d'y déposer un baiser.

— Tu peux demander une pause.

— Non, ça va. Plus vite j'y retourne, plus vite on en aura terminé.

— Et plus vite toutes ces femmes arrêteront de te regarder comme un bout de viande.

J'éclate de rire à sa remarque. Je sais qu'elle n'éprouve aucune jalousie, plutôt de l'amusement.

— C'est moche, de ne pas vouloir les laisser profiter de la vue.

Elle secoue la tête et me tapote la joue tandis que la maquilleuse décide de m'agresser avec ses pinceaux.

— Vous pouvez vous asseoir, s'il vous plaît ?

J'acquiesce et m'installe sur une chaise pendant que Beth s'éloigne et décroche son téléphone qui vient de sonner.

Quelques retouches, un paravent derrière lequel j'échange un boxer pour un autre, et je suis de retour sur le plateau, reprenant mon rôle de pantin, suivant docilement les indications du photographe sous les projecteurs qui m'éblouissent et réchauffent ma peau.

La nouvelle collection printemps-été de la marque pour laquelle j'ai signé ce contrat ne devrait pas tarder à envahir les magazines, et moi avec. Ce que j'aime dans cette idée, c'est de garder une certaine notoriété. J'ai conscience de ma vanité, de mon ego, mais je suis honnête. Retomber dans l'anonymat me terrifie. Même si cela signifierait vivre ma vie comme je l'entends, ne plus avoir à cacher qui je suis, je ne suis pas prêt à redevenir un inconnu. J'ai grandi en étant adulé, je n'ai pas envie d'être oublié.

— Josh, passe le palet bon sang ! T'es pas tout seul !

Je jure que ce gosse va finir par me rendre fou. Il est doué, mais joue trop individuel. Il doit apprendre à faire davantage confiance à ses coéquipiers. Sans compter qu'avec le nombre de fautes qu'il fait, il passe plus de temps en prison que sur le terrain.

L'entraînement bat son plein et, dans l'ensemble, je trouve qu'ils progressent bien. Ils donnent tout ce qu'ils ont et ce sont des gagnants. Je me retrouve en eux. Dans leur désir de se surpasser, de briller, d'être les meilleurs. À travers eux, je me revois, à leur âge, avec ma rage de vaincre et de tout déchirer. Je me revois, à vouloir atteindre le sommet, à vouloir bouffer le monde, le mettre à mes pieds. À me relever chaque fois que je tombais.

Une bagarre éclate entre deux attaquants et je me retrouve à devoir les séparer.

— Ça suffit les conneries, sinon j'en prends un pour taper sur l'autre.

Ils manquent encore de maturité, c'est souvent ce que je leur reproche. Ils doivent apprendre à se montrer plus professionnels.

Même s'ils ne finiront pas tous en NHL, la plupart ont de grandes chances d'y parvenir. Ils en rêvent tous, mais certains vont se casser la gueule. Ça me fait mal à l'idée d'y penser, d'imaginer l'immense déception qu'ils vont éprouver. J'en ai le cœur brisé d'avance pour eux.

J'observe Julian fendre la glace et se diriger vers le but adverse. Ce gosse a une vitesse de pointe incroyable, et une agilité que beaucoup lui envient. C'est comme s'il était né avec des patins aux pieds. Il tire et le gardien arrête le palet. Puis il rejoint le banc, l'air déçu.

— C'était une belle action. Bravo.

Son visage s'éclaire et il hoche la tête, attendant de pouvoir repartir sur la glace.

Le reste du match d'entraînement se déroule sans

encombre. Je dois encore reprendre Josh qui n'a pas fait de pause depuis près d'une minute trente, ce qui a le don de m'agacer. Il voit bien pourtant qu'il commence à faiblir. Quarante-cinq secondes. C'est le temps moyen où ils sont censés rester sur la glace avant de perdre de leurs capacités, mais certains ont plus de mal que d'autres à respecter ces directives. Au moment où je suis sur le point de gueuler qu'il a intérêt à ramener son cul sur le banc, Josh se pointe pour échanger.

— Je sais, désolé Coach, dit-il avant que je n'aie le temps de parler.

— Tu le sais, mais tu ne le fais pas. On en a déjà discuté.

J'aimerais qu'il écoute davantage son corps. Il a un mental d'acier, mais le hockey est un sport de rapidité, dans lequel on donne tout, le temps d'une action, et Josh a encore du mal avec ça.

Malgré tout, j'éprouve une certaine affection pour ce gosse. « Je veux être comme vous » m'a-t-il avoué un jour que je le prenais à part pour lui remettre les pendules à l'heure. « Je veux être un champion ». Ces mots m'ont fait frissonner. Je sais que la plupart de ces gamins m'estiment, mais Josh me regarde sans arrêt avec cette admiration dans les yeux qui me fait plaisir autant qu'elle m'effraie. Parce que je pressens que s'il n'arrive pas à intégrer la NHL, il ne s'en remettra pas. Je connais les conséquences d'un rêve brisé, je l'ai vu avec mon père, qui n'est jamais parvenu à faire carrière. C'est aussi pour lui que j'ai tant voulu réussir. Il fondait ses espoirs sur moi, me soutenait chaque seconde, ne loupait aucun de mes matchs à domicile et se déplaçait dès qu'il en avait l'opportunité. Je me souviendrai toujours de son regard quand je lui ai annoncé que j'avais été choisi pour intégrer les Avalanches lors du repêchage d'entrée. Il m'avait serré dans ses bras jusqu'à m'étouffer et avait pleuré. Je crois que j'avais pleuré aussi. Parce que déceler cette fierté dans ses yeux, y lire qu'à travers moi, il pouvait vivre son rêve, c'est une chose pour laquelle je me suis battu toute ma vie, une force qui me poussait sans cesse en avant, qui m'aidait à devenir chaque jour meilleur pour aller toucher les étoiles. J'y suis arrivé. J'espère que la plupart de ces gosses les toucheront aussi. Ce sera principalement grâce à eux, mais j'espère un peu grâce à moi. Ainsi, je n'éprouverai aucun regret d'avoir dû mentir et dissimuler ma vie privée.

CHAPITRE 35
- Cooper -

Ça fait trente minutes que Ian essaie mes fringues. J'ai l'impression de me retrouver dans une de ces émissions télé ou ces films où l'on nous montre les essayages de l'héroïne qui doit se rendre à une soirée. On ne s'en sortira jamais. Lorsque je l'ai ramené chez moi, il a passé un temps infini à s'extasier sur le mobilier, la décoration. C'est marrant, parce que de mon côté, je n'y ai jamais prêté trop d'attention. C'est dans ces moments-là que je ressens nos différences de conditions. Je baigne dans le luxe depuis que je suis né. C'est quelque chose d'acquis, même si je me rends compte de ma chance. Mes parents m'ont appris à connaître la valeur de l'argent, à ne pas devenir un enfant pourri gâté. Ce n'est pas son cas, et tandis qu'il observait l'appartement avec ce regard émerveillé, je me suis demandé comment j'aurais grandi, dans une vie où je n'aurais pas eu autant de facilité, autant de chance.

— Je ne peux pas porter ça ! Imagine que je le tache ! s'exclame-t-il après avoir enfilé une chemise Dior anthracite.

Elle appartient à mon père, dont la carrure est plus proche de celle de Ian que de la mienne. Il n'arrête pas de toucher le tissu, comme s'il n'arrivait pas à croire qu'il puisse porter un vêtement de cette facture.

— Il y a un truc qui s'appelle un pressing, c'est hyper pratique.

Il me lance un regard noir avant de reporter son attention sur le miroir. Il s'observe sous toutes les coutures et je lui tends une veste pour qu'il l'enfile par-dessus.

— Tu es sûr que ça ne dérange pas ton père ?

Je ne peux m'empêcher de sourire à sa question. Honnêtement, mon père a tant de fringues que même si certaines venaient à disparaître, il ne le remarquerait pas. D'ailleurs, je pense proposer à Ian de les garder. Avoir quelques vêtements de ce genre dans son armoire peut toujours être utile.

— Non, t'inquiète pas, et puis ça te va mieux qu'à lui, je réponds en lui lançant un clin d'œil.

Il rougit légèrement.

— J'ai la classe, pas vrai ?

J'éclate de rire et lisse la veste de costume sur ses épaules.

— Ouais.

Nos regards se croisent dans le miroir, emplis de complicité, et je suis content de voir que tout est définitivement arrangé.

Lorsque nous sortons du taxi devant l'hôtel qui accueille la soirée, je peux sentir la nervosité de Ian. Je pensais que ce serait moi, le plus fébrile de nous deux. Parce que je le suis malgré tout, à l'idée de revoir Kane, après plus d'un mois et demi sans aucune nouvelle. Pourtant, je plaque un sourire sur mon visage et nous traversons la rue détrempée pour nous engouffrer dans le hall. Les voix feutrées se font de plus en plus nettes à mesure que nous avançons vers notre destination. Nous pénétrons dans l'immense pièce dont le lustre en cristal déverse sa lumière sur l'ensemble des invités. De nouveau, Ian écarquille les yeux devant la majesté de l'endroit. Il tourne la tête vers moi pour me parler lorsque son attention est attirée par un point au-dessus de mon épaule. Je pivote et mon regard rencontre aussitôt celui de Kane.

Je cesse de respirer. L'espace d'un instant, j'oublie tout ce qui m'entoure pour me concentrer uniquement sur lui, sur ses iris verts qui me scrutent sans me lâcher. Un frisson parcourt mon échine et c'est à cet instant que je réalise combien il m'a manqué. Combien j'ai envie de le retrouver, de le toucher, de l'embrasser. Merde. Je ne m'attendais pas à un tel choc. Je ne m'attendais pas à tous ces souvenirs, toutes ces sensations, ces émotions qui remontent d'un coup à la surface et me submergent.

— Cooper ? Ça va ?

La main de Ian sur mon bras me ramène à la réalité. Je secoue la tête et m'arrache au regard de Kane.

— Ça va.

— Il est là ! Ackermann est là ! chuchote-t-il d'une voix vibrante d'excitation.

Ouais, je sais. J'ai bien trop conscience de sa présence qui écrase toutes les autres. Il continue de discuter avec un homme, mais je peux sentir son regard sur moi.

— Viens, allons le saluer.

— Tu en es sûr ?

Non, je ne suis sûr de rien. Je m'écouterais, je partirais en courant pour me planquer, pour tenter de faire reprendre un rythme normal à mon cœur qui s'est emballé.

Je me racle la gorge et hoche la tête, puis avance d'un pas décidé. Tout va bien se passer.

Parvenu à la hauteur de Kane, je l'entends s'excuser auprès de son interlocuteur pour nous rejoindre.

— Bonsoir, Cooper.

Son accent. Sa voix. Sa putain de voix grave m'a tellement manqué. Il me tend la main et lorsque sa peau touche la mienne, chaude et si familière, que son contact dure un peu plus longtemps que la normale, je dois me faire violence pour ne pas l'attirer contre moi. Mon esprit s'égare et je me retrouve au chalet, collé contre son corps ferme et dur, à gémir sous ses baisers.

— Bonsoir, Kane.

Ian gesticule à côté de moi, me rappelant sa présence. Ouais, durant quelques minutes, il m'est complètement sorti de l'esprit, tout comme l'endroit où nous nous trouvons.

— Je te présente Ian Simons, il fait partie de l'équipe de...

— L'université de New York. Je sais, je t'ai déjà vu jouer, déclare Kane en se tournant vers mon pote pour lui serrer la main. Ailier droit, c'est bien ça ?

Le visage de Ian se décompose et j'ai peur qu'il s'évanouisse sur place. Il observe Kane, bouche entrouverte, comme s'il n'arrivait pas à assimiler ses paroles.

— Oui, monsieur, parvient-il finalement à répondre, sa voix montant dans les aigus.

Je me mords les lèvres pour m'empêcher d'éclater de rire.

— Je vais nous chercher à boire, je déclare avant de m'éloigner.

Je tiens à les laisser discuter. J'ai envie que Ian puisse enfin faire plus ample connaissance avec son idole de toujours, mais surtout, j'ai besoin de me ressaisir et la proximité de Kane me fait trop d'effet.

Tandis que le serveur verse du champagne dans deux

coupes, je ne peux m'empêcher d'observer Ian et Kane du coin de l'œil. Ils sont en pleine conversation, Ian a les joues rouges et sourit comme un idiot. Une bouffée d'affection pour ce type s'empare de moi. Je suis content de lui avoir offert cette opportunité, et même d'ici, je peux remarquer comme il est heureux. Kane lui sourit doucement en hochant la tête, mais ne cesse de me jeter des petits coups d'œil. Je devrais me détourner, arrêter de le fixer, mais chaque fois que ses yeux rencontrent les miens, mon cœur s'accélère, une bouffée de chaleur s'empare de moi. Je me demande alors comment j'ai pu ignorer jusqu'à ce soir à quel point ces quelques jours avec lui m'ont marqué.

Je récupère nos boissons, les rejoints, et ils m'intègrent aussitôt à la conversation. Bientôt, je parviens à reprendre contenance et à me détendre, même si j'ai toujours conscience de la proximité du corps de Kane près du mien.

Plus la soirée avance, plus je me demande ce que Kane ressent. Nous n'avons pas cessé de nous regarder, mais je ne peux m'empêcher de m'interroger sur son état d'esprit. Lorsque nous étions à Aspen, nous n'avons jamais évoqué l'après, parce qu'il avait décidé qu'il n'y en aurait pas. Et franchement, ça m'allait. Ouais. Tant qu'il était loin de moi. Pendant des semaines, il est resté à la surface de mon esprit. Cependant, je parvenais sans mal à ne pas penser à lui. Mais le revoir ce soir, si proche, son odeur titillant mes narines, sa voix, son rire... C'est trop. Je crève de sa présence, de lui. Je veux revivre ces instants révolus, sentir ses lèvres sur moi et retrouver l'état dans lequel je me trouvais lorsqu'il n'était qu'à moi, que je n'étais qu'à lui.

Tout à coup, j'ai l'impression que rien ne va. La distance que nous avons instaurée, sans doute pour nous préserver, ne me convient plus. Malgré le fait qu'il se tienne près de moi, je le sens froid, comme il l'a toujours été auparavant. Est-ce qu'il s'en fout ? Est-ce que ma présence le laisse indifférent ? Est-ce que pour lui, le but était simplement de passer un moment sympa, de m'aider à explorer ma sexualité, de répondre à mes envies ?

J'espère me tromper. J'aimerais pouvoir dire que son regard exprime ce qu'il tait. Sauf que ce n'est pas le cas. Notre conversation est cordiale, bon enfant, et ce gouffre qui nous sépare me fait mal. Le pire, c'est que je ne peux rien dire, encore moins le montrer. Parce que nous sommes dans une pièce emplie de gens qui se toisent les uns les autres, à la recherche de la moindre occasion pour lancer des rumeurs. Ça, je l'ai appris il y a longtemps. Ils font peut-être partie de l'Élite, mais ils sont gorgés de venin et, sous couvert d'être des gens bien, les uns ne cherchent qu'à détruire les autres. Alors, pour éviter tout soupçon, pour ne pas mettre Kane en porte-à-faux, je bâillonne mes émotions et plaque un sourire sur mes lèvres. Un sourire franc à chaque fois que j'observe Ian et que je constate combien ce soir, je l'ai rendu heureux. Au moins, ça en fait un de nous deux. Je suppose que je vais me contenter de ça.

Il n'est pas loin de minuit lorsque nous décidons de nous en aller. Kane est parti il y a dix minutes, sans un regard en arrière quand il a quitté la pièce, et Ian n'a que son nom à la bouche. Je crois qu'il est sur le point d'ériger un autel à ma gloire tant il n'arrête pas de me remercier.

— Il m'a vu jouer ! Et il m'a trouvé doué !
— Tu l'es.

C'est sincère. J'ai assisté à la plupart de ses matchs et je suis persuadé que Ian finira dans une grande équipe. Il a le talent et les épaules. Et je n'ai pas de doute sur le fait qu'après sa soirée avec Kane, il est encore plus motivé que jamais.

— C'est carrément dingue. Ackermann me trouve doué, putain ! Tu te rends compte ?

Il sautille dans tous les sens, est tellement surexcité que j'ai du mal à le faire asseoir dans le taxi. L'entendre me parler de Kane ne m'aide pas à l'oublier. Je ne comprends pas vraiment ce qui m'arrive. J'allais bien. J'allais carrément bien avant de le revoir et qu'il foute tout en l'air. Avant d'être obligé d'admettre qu'en fait, je n'allais pas si bien que ça, mais que le croire m'aidait à mieux gérer.

Au moment d'entrer à mon tour dans le véhicule, je change d'avis.

— Ça ne t'ennuie pas de rentrer tout seul ? Je vais repasser chez moi, j'ai oublié quelques trucs.

— On peut y faire un saut, ça ne me dérange pas.

— Non, vas-y, ça risque de prendre un peu de temps.

— Comme tu veux, finit-il par dire en haussant les épaules.

Je file un billet au chauffeur, pour éviter à Ian de payer la course. Il sait que c'est inutile de protester, il a déjà suffisamment essayé. J'observe alors la voiture s'engouffrer dans la circulation. Les mains dans les poches de mon manteau, mon écharpe sur le nez, le vent fouettant mes cheveux, j'avance lentement sur l'avenue brillamment éclairée. Même à cette heure-ci, je croise de nombreux promeneurs. De la musique s'échappe des bars lorsque je passe devant, la fumée de cigarette des types amassés sur le trottoir m'agresse les narines. J'entends des bribes de conversation, des rires qui s'élèvent dans l'air froid et continue d'avancer, perdu dans mes pensées.

Je pèse le pour et le contre, tente de réfléchir, de me persuader que ce que je m'apprête à faire n'est pas une bonne idée, que je devrais laisser tomber et retourner sur le campus. Que ça vaut mieux comme ça, pour tous les deux. Que je ne ferais qu'empirer une situation déjà compliquée.

Je finis par m'arrêter pour héler un taxi.

Rentre. Ça ne sert à rien. Tu vas le regretter. Tu passeras pour un con, à rester sur le palier parce qu'il est tard et qu'il a d'autres choses à foutre que de supporter ta présence imposée.

Oui, j'ai conscience de ce qui risque d'arriver. Je pénètre dans la voiture et referme la portière derrière moi, appréciant la chaleur soudaine du chauffage qui sature l'habitacle.

— On va où?

Bonne question. Il est temps de prendre une décision.

CHAPITRE 36
- Kane -

— Comment s'est déroulé le gala ?

Je m'adosse contre le comptoir de la cuisine, téléphone vissé à l'oreille. Beth est de nouveau en Floride pour gérer la future ouverture de sa nouvelle salle de sport. Normalement, j'en aurais profité pour réclamer les services de Sean. C'est ce qui était prévu, d'ailleurs. Je lui avais donné rendez-vous à minuit pour nous éclater un peu, mais en rentrant, j'ai préféré annuler.

— Comme toujours, très guindé.

— Tu ne t'es pas amusé ?

— Bizarrement, si. Cooper est venu accompagné d'un joueur de l'équipe universitaire de NYU. On a passé la soirée à discuter hockey.

Elle rit et je l'imagine parfaitement, assise sur son lit, son ordinateur sur les genoux pendant qu'elle me parle au téléphone, ses cheveux roux nattés, un tee-shirt large couvrant son corps fin. Je n'aime pas quand elle est loin, c'est un fait, mais ces derniers temps, c'est pire. Parce que je déprime un peu, parce que mes pensées s'égarent trop vers un homme en particulier, et que plus les jours passent, plus j'ai l'impression de sombrer et elle n'est pas là pour me rattraper.

— Oh. Cooper était là. Il va bien ?

Je ne sais pas. Je crois. Ce que je sais en revanche, c'est que moi, ça ne va pas, et qu'il est la raison principale pour laquelle j'ai préféré abandonner l'idée de passer quelques heures avec Sean. Dès l'instant où je l'ai revu, j'ai compris qu'il m'était impossible de l'oublier, peu importe combien j'essayais.

— Pour être honnête, j'ai parlé plus avec son ami qu'avec lui.

Que j'ai beaucoup apprécié, d'ailleurs. Un type passionné, qui semble mature. J'ai constaté qu'il était pas mal intimidé au début, et normalement, je ne cherche pas vraiment à faire des efforts pour mettre les gens à l'aise, mais c'est un ami de Cooper, alors j'ai décidé que ça valait la peine d'arrêter d'agir comme un ours mal léché pour me montrer sociable. Honnêtement, je ne l'ai pas regretté. Certes, c'était peut-être une manière d'éviter Cooper, de ne pas me focaliser trop sur lui, même si je ne pouvais m'empêcher de le regarder dès que l'occasion se présentait. Comme si je voulais me gorger de chacun des traits de son visage, parce que j'ignorais quand j'aurai l'opportunité de le recroiser.

— Toi et tes fans. Je ne sais pas si tu pourrais t'en passer.

Non. C'est un fait. Elle me titille souvent à ce sujet, parce que ça l'amuse. Beth me connaît par cœur, et bien que nous n'ayons pas évolué au sein de la même sphère, que nous ne nous soyons pas vus durant un paquet d'années, j'ai l'impression que notre connexion ne s'est jamais tarie. Lorsque nous nous sommes retrouvés, rien n'avait changé ni notre amitié indéfectible ni notre amour, quoique n'étant pas celui auquel chacun s'attend.

— Il s'est remis de sa rupture avec Olivia ? me demande Beth, l'air inquiet.

Parce qu'elle est comme ça, à toujours vouloir que tout le monde soit heureux, alors qu'elle-même ne l'est pas totalement. J'en ai conscience, même si elle ne me le dit pas.

— Il ne m'en a pas parlé.

Et tant mieux, ce n'est pas vraiment un sujet que je tiens à aborder. Lorsque je l'ai appris, j'ai eu peur qu'il ait rompu pour de mauvaises raisons. Parce qu'il espérait davantage de moi que quelques jours ensemble. Mais vu que je n'ai eu aucune nouvelle depuis que nous avons quitté le chalet, - et que c'est Olivia qui a mis un terme à leur relation - j'en ai conclu que je m'étais fait des idées, et je ne suis toujours pas sûr de ce que je ressens à ce propos.

— Embrasse-le de ma part, la prochaine fois que tu le verras.

J'aimerais pouvoir l'embrasser tout court. Bordel, je n'ai pensé qu'à ça durant toute la soirée. Parfois, je me demande si Beth a des soupçons, si elle se doute de quelque chose, comment elle réagirait si je lui en parlais. Mais je repousse cette idée, préférant ne pas m'y m'attarder. C'est surtout un souvenir que je tente vainement d'oublier.

La sonnerie du téléphone interne retentit et je demande à Beth de patienter.

— Bonsoir, Monsieur. Vous avez de la visite.

Bordel, est-ce que Sean est venu quand même ? Non. Il n'est pas le genre à s'imposer.

— Qui est-ce ?

— Cooper Reid, Monsieur.

Je me fige en entendant son nom. Bordel de merde. Mon cœur rate un battement. Qu'est-ce qu'il fout ici ? Il n'a pas mis les pieds dans cet appartement depuis des mois, bien que, malgré moi, j'ai espéré le voir débarquer à plusieurs reprises. Un espoir jamais réalisé et sur lequel j'avais fini par tirer un trait.

— Monsieur ?

Je déglutis, la gorge sèche et réponds :

— Faites-le monter.

Je sens que je vais le regretter.

L'ascenseur s'ouvre pour laisser apparaître Cooper. Je ne suis pas prêt à l'affronter. Je ne suis pas prêt pour lui.

Il s'aventure dans l'appartement. Ses cheveux sont tout ébouriffés, comme s'il n'avait pas arrêté d'y passer les doigts. Je scrute son visage rougi par le froid et bordel, il est si beau. Je crève d'envie d'avancer, de le rejoindre, de le toucher et de le serrer contre moi pour retrouver la sensation de son corps contre le mien. Au lieu de quoi, je reste là comme un con, à ne pas trop savoir quoi faire de moi-même ni comment gérer sa présence à mon domicile.

Le temps semble s'étirer, le silence s'alourdir, la tension s'intensifier.

— Tu me manques. Tu me manques, putain.

Quelques mots murmurés d'une voix où perce la colère. Comme s'il m'en voulait, comme si j'étais responsable de son état. C'est le cas, tout comme il est responsable du mien. Je ne devrais pas ressentir cette bouffée de chaleur qui s'empare de moi. Je devrais lui demander de partir et de ne jamais remettre les pieds ici. Parce que c'est dur. C'est trop dur, bordel, et ça ne sert à rien d'autre que d'enfoncer le couteau dans la plaie béante qu'il a laissée quand il a quitté la voiture devant l'aéroport.

— Tu me manques et je ne m'étais pas rendu compte à quel point.

C'en est trop. Impossible de lutter plus longtemps. Ce soir, je décide de déposer les armes à ses pieds. Parce que j'ai besoin de lui, parce que son absence me rend fou et que je préfère profiter de quelques instants avec lui, prendre ce qu'il m'offrira, même si cela n'aura pour conséquence que d'accentuer la douleur lorsqu'il partira. Rien à foutre, ça vaut le coup. Rien que pour avoir la chance de le toucher une dernière fois.

J'avance d'un pas hésitant, d'un autre. J'ai l'impression que je ne vais jamais parvenir à le rejoindre. À tort, parce qu'il me rencontre à mi-chemin et que sa bouche s'écrase sur la mienne.

Notre étreinte est rude, brutale, affamée. Mes mains s'insinuent sous son manteau, sous sa chemise que je sors de son pantalon pour toucher sa peau, si chaude. C'est si bon. De le sentir de nouveau contre moi, ses lèvres s'écartant pour m'offrir l'accès.

Sa langue joue avec la mienne tandis que ses doigts agrippent fermement mes cheveux. Je ne cesse de me persuader que nous ferions mieux d'arrêter, que je devrais le repousser, mais sans succès. Parce que je crève de chaque contact, de chaque baiser. Son corps se colle contre le mien et je saisis son cul à pleines mains avant de me frotter contre lui. Il ne m'en faut pas plus pour m'exciter et découvrir qu'il en est de même pour lui. Il gémit contre ma bouche sans jamais rompre notre étreinte. Nos dents s'entrechoquent, nos nez s'écrasent l'un contre l'autre. C'est un baiser chargé de désespoir et d'urgence. C'est un baiser parfait.

Cooper ondule contre moi, sa queue de plus en plus dure et je voudrais le déshabiller. Je voudrais me débarrasser de nos fringues et parcourir chacune de ses courbes, chacun de ses muscles. Je voudrais agripper son membre et qu'il rue contre mon poing. Je voudrais le lécher jusqu'à ce qu'il jouisse et voir son sperme m'éclabousser. Je voudrais le jeter sur un lit et m'enfoncer en lui. Je voudrais lui faire tellement de choses que rien que d'y penser, je crains que mon cerveau ne menace d'exploser.

Ses dents mordent mes lèvres un peu trop violemment, mais je m'en moque. Qu'il continue. Qu'il me permette de tout oublier pour me perdre dans ce baiser.

Nous finissons par nous séparer, en manque d'air et haletants. Je croise son regard brillant et ne résiste pas à l'envie de lécher sa joue, de planter mes dents dans sa gorge pour sucer sa pomme d'Adam. Je ne serai jamais rassasié de lui, de son odeur, de ses râles et soupirs, de sa respiration erratique tandis que j'embrasse chaque parcelle de peau à ma portée.

Je niche mon nez contre son cou et inspire profondément.

— Qu'est-ce qu'on est en train de faire ? me demande-t-il tout à coup, la tête rejetée en arrière tandis que ma barbe frotte contre sa peau, laissant une empreinte rougie.

— Une grosse connerie.

J'aurais voulu mettre plus d'humour dans mon ton, mais je suis trop proche de la vérité. Parce que peu importe combien c'est bon, rien n'a changé, nous en sommes toujours au même point.

— Je pensais que j'allais bien. Que je parvenais à gérer. Et puis je t'ai revu et... merde, Kane. Qu'est-ce que tu m'as fait ?

Son ton légèrement paniqué m'oblige à lever la tête pour croiser son regard. Je caresse sa joue et embrasse de nouveau ses lèvres gonflées.

— Je suis désolé.

— Dis-moi qu'il y a une solution. Dis-moi que j'avais juste besoin de te revoir une dernière fois. Dis-moi que je peux m'en aller et que tout ira mieux. Que tu ne me manqueras pas.

Incapable de répondre, je pose mon front contre le sien et ferme les paupières. Il n'y en a pas. Nous le savons parfaitement tous les deux. Et cette détresse, ce désespoir, je les ressens dans chaque fibre de mon être. Mes yeux me piquent. Je suis le plus mature, je suis censé être la voix de la raison, mais ma raison se fait la malle dès qu'il se trouve près de moi.

J'oublie que nous ne répondons à aucune logique, que je ne devrais même pas être attiré par lui, que j'ai trop à perdre.

Je finis par pousser un profond soupir et recule d'un pas. Il est complètement débraillé et foutrement magnifique.

— Tu n'aurais pas dû venir ici.

— Je sais. Crois-moi, j'ai essayé de me convaincre de ne pas te rejoindre. Mais ta froideur de ce soir, comme si on se connaissait à peine, deux étrangers, comme si tu avais tiré un trait sur tout ce que nous avons vécu, c'était trop difficile à digérer. Je refusais d'accepter d'être le seul à m'être pris les souvenirs d'Aspen en pleine gueule quand je t'ai revu.

Je lui offre un sourire contrit.

— C'était un peu égoïste.

Il tend la main et la pose sur ma joue. Son pouce caresse mes lèvres avant de laisser retomber son bras.

— Peut-être, mais nécessaire.

— Tu te sens mieux maintenant que tu sais que tu n'es pas seul ? Que tu me manques aussi ? Que je crève d'envie de te toucher depuis la seconde où j'ai arrêté de poser mes mains sur toi ?

J'aimerais être en colère, lui en vouloir, de se pointer ici uniquement pour s'assurer que je suis dans le même état que lui.

— Oui.

Sa franchise à toute épreuve finira par me perdre. Je tends les bras et le laisse me serrer fort contre lui. Je dépose un baiser sur le sommet de sa tête et nous restons là, un temps infini, à profiter de la chaleur, de la proximité de l'autre. Parce que d'ici quelques minutes, il rentrera chez lui, que rien n'aura changé, si ce n'est que nous serons conscients que sans l'autre, nous aurons du mal à avancer, mais que nous devrons au moins essayer.

CHAPITRE 37
- Cooper -

Mars

J'adore être sous l'eau, la sensation d'euphorie, de liberté qui s'empare de moi chaque fois que je quitte la surface pour plonger. Rien ni personne n'existe, mon corps est léger, c'est à cet instant que j'en suis le plus conscient. C'est ce qui me manque le plus dans le fait d'avoir arrêté la compétition. Sentir la brûlure de mes muscles, l'effort intense, la fatigue, celle qui me dit que je me suis surpassé.

Ce soir, j'ai besoin de décompresser. J'ai un boulot de dingue et je ne m'en sors pas. Franchement, parfois, je regrette l'époque du lycée. Je cours dans tous les sens, ma tête est trop pleine, je dois la vider.

Je fais quelques longueurs dans la piscine quasi déserte de l'université. L'eau fouette ma peau à chacun de mes mouvements et plus je nage, plus je gagne en puissance et en rapidité.

J'aimerais avoir l'opportunité de venir ici plus souvent, parce que je me sens rarement plus serein que dans l'eau. D'ailleurs, ces derniers temps, j'ai augmenté la cadence, quitte à finir lessivé et à me coucher tôt. C'est ce que j'ai de mieux à faire à l'évidence. Toute excuse est bonne à prendre pour ne pas trop penser, pour éviter de ruminer.

Car depuis hier, j'ai l'impression de ne faire que ressasser. Mon père m'a appelé pour me dire que je devais rentrer à la maison ce week-end ; il a invité les Ackermann à dîner. Je suis resté tellement longtemps silencieux lorsqu'il m'a annoncé la nouvelle qu'il a cru que j'avais raccroché. Depuis, je tente de me préparer mentalement à ce repas en compagnie de Kane.

Nous ne nous sommes revus qu'une seule fois depuis que j'ai débarqué chez lui. Une soirée où nous sommes parvenus à nous échapper quelques minutes pour un baiser et quelques caresses volées. Nous étions d'accord sur le fait qu'il valait mieux ne pas tenter le diable et nous contenter de ces instants furtifs. C'est insupportable, je souhaiterais tant qu'il en soit autrement, mais je comprends. Soyons réaliste, à quoi bon ? Nous menons des vies à l'opposé, et je représente un risque qu'il n'est pas prêt à prendre. Pourtant, je sais que lorsque je me retrouverai devant lui, ce sera difficile de ne pas succomber. Peut-être aurai-je l'occasion de lui voler un baiser. Parce que lui et moi, j'ai l'impression que ce n'est que ça. Une attirance physique que nous sommes incapables de refouler, un besoin de contact lorsque nous sommes face à face que nous tentons d'effacer quand nous ne nous voyons pas. Même si ce n'est pas idéal, je suis prêt à accepter que nous ne soyons que ça. Deux hommes aimantés qui parviennent tant bien que mal à évoluer loin de l'autre, mais qui profitent de quelques instants à l'abri des regards. Comme si le jeu avait recommencé, un jeu du chat et de la souris dont nous connaissons tous les deux les règles et prenons notre pied à enfreindre au mépris de la souffrance qui risque de nous submerger, tôt ou tard, quand rien de tout ça ne suffira plus.

Alors depuis hier, l'anticipation, l'excitation, coulent dans mes veines à l'idée de le retrouver. Je frémis d'impatience et ai du mal à rester en place. D'où mon besoin de calme, de sérénité, pour ne pas que mon cerveau surchauffe.

Un sifflement strident me stoppe dans ma nage et je m'arrête en plein milieu du bassin. J'ôte les mèches de mes yeux pour découvrir Zane qui se tient au bord de l'eau, bras croisés.

— J'ai envie d'une pizza, crie-t-il à mon attention, et plusieurs têtes se tournent vers lui.

— Et tu étais obligé de venir jusque-là pour me l'annoncer en personne ? Je comprends qu'il s'agit d'une info capitale, mais bon...

— Haha. Je te l'aurais bien dit au téléphone, mais tu ne répondais pas.

— La prochaine fois, je penserai à le prendre avec moi pour nager.

Il plisse les yeux pour me montrer que je ne l'amuse pas du tout.

— Arrête de faire le malin, sors ton joli petit cul musclé de cette piscine et viens avec moi. J'ai la dalle.

Je lève les yeux au ciel. Je n'arrive pas à croire qu'il se soit pointé ici uniquement pour satisfaire son caprice de la soirée.

— Merci pour le compliment, mais jusqu'à preuve du contraire, tu n'as pas besoin de moi pour manger.

— J'en ai marre de bouffer tout seul. Et je n'ai personne à emmerder à part toi, alors sois sympa et accepte d'être une victime consentante, ça me fera gagner du temps.

Zane reste Zane, je ne sais pas pourquoi je continue de lui obéir et d'entrer dans son jeu. Sans doute parce que je comprends sa solitude et que j'aime pouvoir l'en sortir de temps en temps. Peut-être aussi parce que s'il ne se gêne jamais pour se foutre de ma gueule, c'est agréable d'avoir quelqu'un à qui parler sans filtre. Justement, ce soir, je crois que tous les allers-retours dans le bassin ne suffiront pas. Alors finalement – et je ne pensais pas dire ça un jour – heureusement que Zane est là.

— Avoue que c'est quand même assez casse-gueule, ton histoire, déclare Zane, la bouche pleine.

Nous sommes installés sur mon lit, la boîte de pizza entre nous deux.

— Je sais, mais qu'est-ce que tu veux que je fasse ? Je n'ai pas le choix.

— On a toujours le choix.

Je fronce les sourcils devant cette phrase toute faite.

— Ça ne m'aide pas.

— Écoute, il refuse de faire son coming-out, ce que je peux comprendre, vu sa situation.

— Ce n'est pas ce que je demande. J'ai juste envie de profiter des quelques moments qu'il veut bien m'accorder.

— Tu aimes te faire du mal. En fait, vous aimez ça tous les deux. Si tu veux, je peux te filer l'adresse d'un super club BDSM à Manhattan...

— Ferme-la.

— Tu sais que j'ai raison, affirme-t-il en pointant sa part de pizza vers moi. Tu devrais tirer un trait sur cette aventure, te trouver une meuf, ou un mec, pour ce que j'en sais, et l'oublier.

— Ça n'arrivera pas.

— Écoute, j'ai conscience de ne pas être le meilleur conseiller. Mais il est dans le placard, il est marié et rien ne changera. Combien de temps vous allez tenir, hein ? À vous faire plus de mal que de bien ?

Je déteste qu'il se montre si raisonnable.

— Tu t'es battu pour être avec Jude, non ?

— Ma relation avec Jude a été un ensemble de mauvaises décisions. Il a souffert à cause de moi et je ne sais pas si j'arriverai à me pardonner totalement un jour. Mais c'était différent. Je l'aimais. Et malgré ça, il est resté un second choix. C'est lui qui s'est tapé tout le boulot. Moi, je me suis contenté de me pointer et de tout essayer pour qu'il me donne une seconde chance.

C'est dingue le naturel avec lequel il est capable d'évoquer sa relation avec Jude et le mal qu'il lui a fait. Parfois, je suis étonné par sa maturité.

Encore une fois, c'est lui qui a raison. Je ne suis pas amoureux de Kane. Peut-être est-ce pour cela que la situation me convient. Oui, je crève de chaque instant passé avec lui. Oui, je ressens un putain de manque pendant quelque temps lorsque je ne le vois pas, mais je parviens toujours à rebondir. Pour autant, je crois que je pourrais difficilement me passer de lui totalement, me faire à l'idée de ne plus nous voir, tirer un trait sur ce que nous partageons, sur ces instants de complicité, ces moments hors du temps, ce désir qui embrase mon corps à chaque fois que son regard croise le mien.

Je suis prêt à me contenter des miettes pour continuer à profiter d'une étreinte furtive, pour sentir sa bouche contre la mienne et sa barbe frotter contre ma peau. Pour l'entendre gémir et soupirer, pour ressentir ce sentiment de toute-puissance, de félicité, quand son grand corps s'écrase contre le mien.

— Toi, tu as construit cette espèce de non-relation sur un fantasme. Celui de l'homme que tu as toujours admiré, du champion de hockey. Tu le sais. Un jour, tu reviendras à la réalité. Et tu vas te casser la gueule si violemment que je ne suis pas certain que tu parviendras à te relever.

Les paroles de Zane ne quittent pas mon esprit tout le temps du trajet jusqu'à chez mon père. Il est tôt et il n'est pas encore rentré. Par contre, l'équipe chargée du dîner a envahi la cuisine et tous me saluent lorsque je pénètre dans la pièce. Je les connais, mon père s'adresse toujours à la même société de traiteur à domicile. C'est plus simple et depuis le temps, ils ont pris leurs marques. Je profite d'être seul pour me doucher et me changer. En m'habillant pour l'occasion, l'excitation commence à me gagner. Pourtant, je sais que je ne vais être que frustration. D'être avec Kane sans pouvoir le toucher. Nous allons avoir du mal à trouver un moment pour être seuls, et je suis déjà en train d'établir des scénarios dans ma tête pour tenter de voler quelques minutes d'intimité.

Ouais, je crois que c'est mal barré.

Décidant d'arrêter de ressasser, je me rends dans la cuisine, pris d'une idée subite. Peut-être que nous ne trouverons aucun moyen d'échanger quelques baisers, mais j'ai imaginé une façon de lui montrer que je ne l'oublie pas, ni ce que nous avons vécu ensemble.

Les cuisiniers me dévisagent avec un air interloqué en me voyant sortir tout un tas d'aliments ainsi que des emporte-pièces en forme de bonhomme. Ils me laissent préparer ma pâte et fabriquer les biscuits, mais je sens leurs regards sur moi.

— Excusez-moi, finit par déclarer l'un d'eux. Mais nous avons également prévu le dessert.

Je lève la tête et rencontre sa mise surprise.

— Oh, oui, ne vous inquiétez pas. Je le sais.

Je lui offre un sourire et reprends ma préparation comme si de rien n'était.

— Pourquoi est-ce que ça sent la cannelle ? Ce n'est pas ce qui était prévu !

Mon père vient de faire irruption dans la cuisine et me découvre en train de placer les biscuits dans un plat. Il éclate de rire en me voyant et secoue la tête.

— Je sais que tu es fier de cette recette, mais on est en mars, ce n'est pas de saison, dit-il d'un ton amusé en ébouriffant mes cheveux. En plus, tu es couvert de farine.

Je hausse les épaules et termine ma disposition avant de le prendre dans mes bras.

— C'est juste un clin d'œil, papa.

Il ne renchérit pas, se contente de me dévisager sans se départir de son sourire, l'air de dire « après tout, pourquoi pas ».

Je quitte la cuisine et ai à peine le temps de me montrer de nouveau présentable que l'interphone sonne. J'inspire profondément, intime à mon cœur de se calmer et me poste dans le salon, à attendre nos invités.

Aussitôt qu'elle apparaît, Elizabeth me prend dans ses bras en me disant qu'elle est heureuse de me voir. Un élan de culpabilité me traverse en entendant ses mots. J'apprécie cette femme, et j'ai conscience que la relation épisodique que j'entretiens avec son mari est un manque de respect. Le problème, c'est que cette culpabilité est balayée aussitôt que mon regard rencontre celui de Kane. Il porte un jean noir qui entoure ses cuisses musclées, et un pull vert qui fait ressortir celui de ses yeux. Il offre une accolade à mon père et agit de même avec moi. C'est la première fois qu'il ose autant de proximité à mon encontre alors que nous ne sommes pas seuls.

Son parfum envahit mes narines et j'entends parfaitement le « tu m'as manqué » murmuré à mon oreille avant qu'il ne me relâche, me laissant fébrile et le ventre serré. Putain, je ne vais pas survivre à cette soirée.

Et en effet, c'est aussi dur que je l'avais envisagé. Voire pire. Sentir sans cesse son regard sur moi ne m'aide pas à rester concentré. Contrairement à lui. Il est vraiment doué. Capable d'entretenir une conversation animée tout en me jetant de petits coups d'œil appuyés. De mon côté, je suis en train de me liquéfier. Je fixe sa bouche, sa mâchoire, ses mains qui entourent son verre de vin, et je rêve de les sentir sur moi. Je finis par me faire à l'idée que ça n'arrivera pas lorsqu'il se lève pour se rendre à la salle de bains. C'est ma chance. Notre chance. J'extirpe mon téléphone de ma poche et fais mine de décrocher.

— Cooper, nous sommes à table, me rabroue mon père.

— Désolé, j'en ai pour quelques instants, je réponds en me levant pour m'échapper.

Aussitôt hors de vue, je range mon portable et rejoins Kane qui s'est arrêté devant la porte de la salle de bains. Il a dû deviner ma présence parce qu'il se retourne pour me faire face. Je ne lui laisse pas le temps de parler, pas le temps de me rejeter, et l'attire vers moi, l'emprisonnant entre le mur et mon corps.

Chaque baiser fait naître de nouvelles sensations au creux de mon ventre. Qu'ils soient tendres ou sauvages. Doux ou profonds. Lents ou fougueux. Il m'attrape par la nuque et nos lèvres glissent les unes contre les autres. Il a le goût de vin lorsque je les lèche.

— Cooper... Pas ici.

— Si, ici. Je m'en fous. Je suis en train de devenir dingue.

Il secoue la tête et reprend ma bouche, incapable de ne pas céder, toute prudence envolée. Parce que nous deux, ça surpasse la raison, qui nous échappe dès que nos corps entrent en collision.

— J'ai envie de toi, Kane. Ça fait trop longtemps.

Trop longtemps que je dois me contenter de ses baisers alors que je crève de tellement plus. Je veux le sentir nu contre moi, onduler et haleter, je veux sa bouche autour de ma queue et la friction de nos peaux enflammées.

— Je ne compte pas te sucer dans ce couloir, si c'est ce que tu espères.

Je ricane devant sa réplique, surtout pour tenter de calmer mon érection naissante.

— Une nuit, j'ai besoin d'une nuit. N'importe où, pourvu que je la passe avec toi.

— Non.

— Kane... s'il te plaît.

— Arrête de faire l'enfant. Tu sais bien que c'est impossible. Pourquoi tu dois toujours rendre les choses si compliquées ?

— Je ne...

Il effleure mes lèvres des siennes pour me faire taire.

— Non, ne réponds pas à cette question.

Il prend ma main et dépose un baiser sur ma paume, comme pour adoucir ses mots, puis il entrelace ses doigts aux miens et ne me lâche pas.

— Viens, on devrait rejoindre les autres avant de se faire choper.

Je hoche la tête et lui vole un dernier baiser. Encore un. Un troisième. Si bien qu'il est obligé de poser sa main libre sur mon torse et me pousser légèrement pour m'arrêter.

Je ricane et me tourne pour revenir sur mes pas. M'immobilise. Mon cœur tressaute et je cesse de respirer. Devant nous, le visage fermé, les bras croisés, se tient mon père, qui m'observe comme si je venais de le trahir de la pire des manières.

CHAPITRE 38
- Cooper -

— Papa...

Il m'arrête d'un geste de la main.

— Plus tard, Cooper. Le dîner n'est pas terminé.

— Steve..., tente Kane à son tour, mais tout ce qu'il récolte, c'est un regard assassin.

— Je ne veux entendre aucun de vous deux. Revenez à table. Le Chef attend pour servir les crêpes flambées.

Ce n'est qu'au moment où Kane libère ma main que je réalise que même alors que nous venions d'être pris en flag, aucun de nous n'a eu la présence d'esprit de lâcher l'autre.

Je pousse un soupir et refoule les larmes qui sont en train d'envahir mes yeux. Mon père nous tourne le dos et s'éloigne, mais Kane le suit trop rapidement pour me laisser le temps de parler. De toute façon, il n'y a rien à dire. Bordel, je ne me suis jamais senti aussi mal de ma vie. Je voudrais disparaître et me cacher dans un trou de souris.

Elizabeth nous observe d'un air perplexe en nous voyant apparaître tous les trois.

— Qu'est-ce qui se passe ?

— Rien, tout va bien, la rassure Kane en lui caressant furtivement les cheveux.

Là, tout de suite, j'ai envie de gerber. Elle n'est pas stupide, elle se rend bien compte que tout ne va pas bien, mais a suffisamment de classe pour ne pas insister.

— Tu ne vas pas chercher tes biscuits ? m'interroge mon père, et je me demande à quoi il joue.

Franchement, je les avais complètement oubliés, et à présent, le cœur n'y est plus. J'ai juste envie de les jeter.

— Ils sont ratés. Laisse tomber.

Je n'ose pas croiser son regard, préférant me concentrer sur la nappe blanche. Et je n'ouvre plus la bouche de tout le reste du dîner.

Kane et Elizabeth ne s'attardent pas. À quoi bon ? L'ambiance est retombée. La soirée est gâchée. Par ma faute. Parce que j'ai cédé à mes envies sans prendre en considération les conséquences, parce que je me suis montré égoïste et que mon besoin de Kane, comme toujours, a supplanté tout le reste. Kane qui ne me touche même pas lorsqu'il me souhaite une bonne nuit, restant à distance respectueuse. C'est préférable. Elizabeth, de son côté, m'enlace rapidement. Si elle a un quelconque doute, elle est sacrément douée pour ne pas le montrer.

Alors qu'ils sont sur le point de partir, mon père leur demande de patienter. Il revient à peine une minute plus tard, une boîte dans les mains, qu'il tend à Kane.

— Je crois qu'il les a faits pour toi, pour vous.

Il vient de lui donner mes biscuits en pain d'épices. Cette fois, je ne peux retenir mes larmes. Je tourne les talons et m'enfuis, me réfugiant dans ma chambre. Là, au milieu de la pièce plongée dans l'obscurité, je tente de ravaler les sanglots qui entravent ma gorge. C'est ridicule, je ne suis plus un bébé, je ne devrais pas chialer. Sauf que je suis incapable de le refouler, alors je les laisse couler librement le long de mes joues.

Je suis si enfoncé dans ma honte et ma tristesse que je n'ai pas entendu mon père rentrer dans ma chambre. Mais lorsqu'il allume la lumière, pose sa main sur mon dos et le caresse légèrement, mes larmes redoublent.

— Je suis désolé. Je suis tellement désolé.

J'ignore s'il comprend un traître mot de ce que je baragouine.

— Cooper...

— Je suis désolé...

— Cooper, regarde-moi.

Je secoue négativement la tête.

— S'il te plaît. Regarde-moi.

Sa voix est si douce, si tendre. Je mérite son mépris, je mérite de l'entendre hurler sa déception. Je ne mérite pas ses doigts qui caressent mes cheveux dans une tentative pour me réconforter.

Je sanglote sans pouvoir m'arrêter et plus il cherche à m'apaiser, plus je pleure. C'est ridicule, mais je me sens tellement mal. Je n'ose même pas imaginer ce qu'il pense en cet instant. Est-ce qu'il ressent du dégoût, de la honte ? D'avoir découvert que son fils avait viré pédé ? Qu'il se tapait un de ses meilleurs potes ? Le pire, c'est que je crois que je le comprendrais, même si ça me tuerait.

Mon père me dépasse pour m'obliger à lui faire face. Il agrippe fermement mon menton, n'acceptant pas que j'ignore sa demande. Mes yeux gorgés d'eau rencontrent les siens et je les ferme aussitôt, incapable de l'affronter, incapable de soutenir la douleur qui transparaît dans son regard.

— Depuis quand est-ce que ça dure ? Depuis quand tu préfères les hommes ?

Son ton est dur, mais je n'ai pas le sentiment qu'il est en colère. C'est le pire. De le deviner si blessé par mes actes qu'il ne s'énerve même pas.

J'ignore comment répondre à sa question. Parce que ce ne sont pas « les hommes ». C'est un homme. Kane. Est-ce que je viens en plus de gâcher leur amitié ?

— Je suis désolé, je répète, encore et encore, bien que j'aie conscience d'à quel point c'est insuffisant.

— Pourquoi ?

D'un geste rageur, je tente d'effacer les larmes qui maculent mes joues et mouillent mes lèvres. Je renifle fort et prends quelques profondes inspirations dans l'espoir de me calmer. Je finis par rouvrir mes paupières gonflées.

— Parce que je t'ai déçu. Je t'ai déçu et je m'en veux, je murmure faiblement.

Toute ma vie, j'ai fait de mon mieux pour être un fils dont il serait fier. Mes parents m'ont tout donné, mon père ne m'a jamais lâché, il a continué à m'élever lorsque ma mère nous a quittés. Il a toujours été là, il m'a toujours soutenu, toujours écouté quand ça n'allait pas. Et aujourd'hui, j'ai tout gâché. J'ai brisé une confiance que je pensais inaltérable, et j'ai honte. Tellement honte.

— Fiston...

— Je suis désolé.

J'ignore quoi dire d'autre. Parce que je suis sincère. Je l'ai déçu et ça me tue.

Sa main est de nouveau dans mes cheveux, ôtant les mèches qui tombent sur mon visage. Nous restons un moment en silence, et lorsque je croise son regard qui brille, je constate avec stupeur qu'il n'est pas loin de craquer à son tour. Je n'ai jamais vu mon père pleurer. Jamais. Et qu'il soit sur le point de verser des larmes à cause de moi est plus que je ne peux en supporter.

— Je ne suis pas déçu, Cooper. Ne pense pas ça. Jamais. Je t'aime et je suis fier de toi. Mais je suis... triste. Que tu ne m'aies jamais parlé de ça. De Kane et toi... De ta sexualité.

La douleur dans sa voix est palpable, et mon estomac se serre. Je ne dis rien, parce que, vraiment, même moi j'en ai marre de tourner en boucle à force de m'excuser.

— Pour être honnête, je ne sais pas vraiment quoi te dire, comment gérer.

Tu m'étonnes. Je me rends compte du choc qu'il a dû ressentir quand il nous a découverts dans ce putain de couloir. Les interrogations qui ont dû fuser.

— Je suis désolé.

Tu parles d'un foutu disque rayé.

— Je... Je veux que tu saches que cette époque me manque, me confie-t-il sans arrêter de jouer avec mes cheveux. L'époque où tu me racontais tout, où tu me demandais conseil. Où on discutait à cœur ouvert. L'époque où tu n'aurais pas hésité à me parler d'une telle relation.

Je me mords les lèvres pour éviter de chialer de nouveau.

— J'ai peur, papa. Je suis terrifié.

C'est la vérité. Je me suis obstiné à ne pas le voir avant cet instant, mais oui, je flippe. Parce qu'après la catastrophe de ce soir, tout risque de s'arrêter entre Kane et moi. Et je ne pourrais pas l'encaisser.

— Tu sais que ça m'est égal, si tu préfères les hommes. J'ai du mal à comprendre, mais tu pourrais m'expliquer... Je suis là, Cooper, je suis là pour toi, toujours.

Oui, je le sais. Tout comme je sais que mon père est un type tolérant. Pourtant, combien de fois est-ce arrivé que des gens s'affirment ouverts d'esprit jusqu'à ce que ça touche leur famille ?

— Est-ce que tu l'aurais accepté ? Si je t'en avais parlé ?

D'un côté, j'aimerais qu'il me dise non. Je me sentirais sûrement moins merdique, d'avoir une bonne raison de lui avoir caché.

— Écoute, je ne vais pas te dire que cette histoire avec Kane m'enchante. Il pourrait être ton père.

Je souris malgré moi, même si ce n'est vraiment pas marrant.

— Ouais. Mais j'ai déjà un père, et je ne le changerais pour rien au monde.

Il me rend mon sourire, bienveillant malgré ses yeux brillants, et m'attire contre lui. Il me serre fort et je m'accroche à lui comme à une bouée de sauvetage. Ce qu'il est. Ce qu'il a toujours été.

— Ne lui en veux pas, s'il te plaît. C'est compliqué pour lui aussi.

Il ne répond rien et me berce entre ses bras. Nous restons un long moment enlacés puis il recule pour poser un baiser sur mon front.

— Je sais que tu n'es plus un enfant, mais tu en seras toujours un à mes yeux. Je sais que je pourrais être un meilleur père, que je pourrais être plus présent, mais...

— Tu l'es, papa. Tu es le meilleur des pères. Et moi aussi je t'aime.

— Je vais avoir besoin de temps pour me faire à l'idée. Toi et Ackermann, c'est...

— Pas grand-chose en vérité, je l'interromps avant qu'il n'aille plus loin. On est adultes, on sait gérer. Ce n'est rien de sérieux.

Le dire à voix haute me tord l'estomac, mais c'est la vérité.

— S'il te fait du mal, je lui casse la gueule, me prévient-il d'un ton hargneux.

J'éclate de rire et opine du chef. Je me demande la tête que Kane va faire quand je lui raconterai... Du moins, si toute cette histoire ne l'a pas décidé à me fuir définitivement. Rien qu'à cette idée, je commence de nouveau à flipper. Reste à voir comment notre prochaine rencontre va se dérouler.

CHAPITRE 39
- Kane -

Ce soir, c'était la fois de trop. J'ai carrément déconné. J'aurais dû l'arrêter, j'aurais dû me montrer plus ferme, le repousser plus durement. Au lieu de quoi, comme toujours avec Cooper, je l'ai laissé m'entraîner. Parce que j'en avais envie. Pire, j'en éprouvais le besoin. Un besoin qui n'a ni conscience ni raison. Un besoin douloureux qui me fait constamment oublier que nous jouons avec le feu. Et est arrivé ce qui devait arriver. Nous avons fini par nous brûler.

Je ferme brièvement les yeux avant de reporter mon regard sur la route. Il pleut, la lumière des lampadaires se reflète sur le bitume trempé et Beth, installée sur le siège passager, ne cesse de me dévisager.

— Kane...

Troisième fois qu'elle prononce mon prénom dans une tentative pour instaurer un dialogue.

— Pas ce soir, s'il te plaît.

Elle a beau essayer, je refuse de lui parler. Pas maintenant, pas comme ça, dans cette foutue bagnole, en chemin pour rentrer. Pas alors que j'ai l'esprit en vrac et le cœur au bord des lèvres, que le regard que Steve m'a jeté me file la chair de poule. J'ai tout gâché. J'ai tout gâché. Putain. Mes doigts agrippent si fort le volant que mes phalanges blanchissent. Je serre les dents pour m'empêcher de hurler.

Le bruit des essuie-glaces chassant les gouttes de pluie est l'unique son qui perce le lourd silence de l'habitacle. Alors que nous habitons non loin de chez les Reid, j'ai l'impression que le trajet n'en finit pas.

— Tu trembles.

Je sais. Un mélange de colère, de panique et de frustration. J'ai laissé Cooper gérer cette merde tout seul, je me suis comporté comme un putain de lâche. J'aurais dû tenir tête à Steve, lui dire que tout était de ma faute. C'est vrai. Si je n'avais pas instauré ce jeu, si je n'avais pas montré d'intérêt envers Cooper, nous n'aurions pas eu à affronter ce désastre.

Je tends le bras pour glisser ma main dans celle de Beth qui l'étreint doucement. Elle voit bien que je suis bouleversé, et je comprends son envie d'en discuter, mais ce n'est pas le moment. Je me refuse encore à admettre la vérité. À admettre que ce que j'ai toujours redouté a fini par arriver. J'ai été découvert, le masque est tombé. Et je me sens dépassé, chamboulé.

Nous pénétrons enfin dans le parking souterrain de l'immeuble et c'est sans échanger le moindre mot que nous empruntons l'ascenseur qui mène à l'appartement.

Une fois dans le couloir, nous nous débarrassons de nos manteaux, et nous déchaussons, dos à dos. Cette ambiance me tue. Je n'ai jamais connu ça avec Beth. Nous nous sommes toujours très bien entendus, et je peux compter sur les doigts d'une main les fois où nous nous sommes disputés – et le sujet était toujours Olivia. Cette distance soudaine entre nous, je ne la supporte pas. J'ai conscience que c'est à mon tour de faire un pas vers elle, mais je n'y parviens pas.

— Je suppose que tu ne viens pas te coucher.

Je souris, parce qu'elle me connaît par cœur. Elle devine mon besoin de solitude, de me retrancher à l'abri, pour réfléchir, pour me poser.

— J'ai quelques mails en retard dont je veux m'occuper.

Pas tout à fait un mensonge, pas vraiment une vérité. Elle s'approche de moi et me tend la boîte que Steve nous a donnée avant de partir.

— Je serai là, tu sais. Quand tu seras prêt.

Je me penche vers elle et dépose un baiser sur sa tempe.

— Je sais.

— Je t'aime, Kane, murmure-t-elle en caressant ma joue.

— Je t'aime aussi.

Je l'aime tellement que je crois que c'est également la raison pour laquelle je flippe autant. Ce soir, nous avons franchi une ligne invisible, dont nous n'avions même pas conscience. Ce soir, tout est chamboulé, et nous le savons aussi bien l'un que l'autre.

Elle s'éloigne et je reste debout, immobile, la boîte dans les mains. Par réflexe, je décide de l'ouvrir. Je me fous bien de ce qui se trouve à l'intérieur, du moment que ce n'est pas une bombe confectionnée par Steve à mon attention. Je ricane. Non, il serait plus du genre à me prendre par les couilles et à les serrer jusqu'à ce qu'elles deviennent bleues. Ce qui risque fort d'arriver, après la scène dont il a été témoin.

Une odeur de cannelle flotte jusqu'à mes narines et lorsque je pose le regard sur un tas de bonshommes en pain d'épices, mon cœur rate un battement. Ma gorge se serre douloureusement et mes yeux me piquent. Merde, voilà que j'ai envie de chialer.

Cela fait plus d'une heure que toute l'équipe me lance des regards assassins. Ils sont en nage, les joues rouges, les cheveux collés, et n'arrêtent pas de râler.

— Vous feriez mieux de garder vos forces pour le reste de l'entraînement. Allez, c'est parti pour trois séries de six sprints en aller-retour.

Des cris de protestation s'élèvent et je leur offre mon plus beau sourire sadique pour toute réponse. Je sais que la plupart d'entre eux ne sont pas fans des entraînements hors glace, mais ils sont indispensables. Aujourd'hui, je leur en fais baver : abdominaux, vitesse, renforcement musculaire, tout y passe. Je vois à leurs regards leur envie de m'étrangler, pourtant ils devraient savoir que plus ils se montrent réticents, plus je prends plaisir à les malmener. Cela dit, je ne me contente pas de les observer, je participe un maximum, pour les encourager, pour leur prouver que si j'en suis capable, eux aussi. J'ai couru avec eux durant le parcours d'endurance, les ai accompagnés en effectuant le même nombre de pompes. Leur servir de modèle semble indispensable pour les aider à donner toujours le meilleur d'eux-mêmes. Aujourd'hui, encore plus que d'habitude, j'ai besoin de dépenser toute cette énergie qui bouillonne. Besoin de sentir la sueur couler le long de mes tempes et de mon dos, mes muscles tirer, de cette dose d'endorphines. Besoin de me concentrer sur les joueurs, de me focaliser sur mon boulot, pour ne pas avoir l'occasion de laisser mon esprit s'égarer.

Et ça fonctionne. Durant tout l'entraînement, mon mental est totalement dédié à tous ces gamins qui se donnent à fond, même si certains y mettent de la mauvaise volonté. Si ça ne tenait qu'à moi, je resterais ici toute la nuit, à m'entraîner. Si rudement que chaque partie de mon corps serait douloureuse, si intensément que je finirais par gerber, si longtemps que j'en tomberais d'épuisement.

Sauf que malheureusement, la séance s'arrête bien trop tôt. Je n'ai pas vu le temps défiler qu'il est déjà l'heure de rentrer.

Après mon discours usuel de fin d'entraînement, ponctué de pas mal de critiques et de quelques compliments, j'abandonne l'équipe pour aller me doucher.

L'eau tiède délasse mes muscles tendus par l'effort, et je profite d'un peu d'intimité pour souffler. Inévitablement, les pensées que j'étais parvenu à bloquer se déversent de nouveau dans ma tête, avec tant de force que je me sens vaciller. Je pose mon front sur la faïence, ferme les yeux, laissant l'eau frapper mon dos tout en respirant profondément, essayant de les annihiler. En vain. Mes mains se crispent et je dois me retenir pour ne pas cogner dans le mur, rien que pour me défouler. Ça ne servirait qu'à terminer avec une fracture. Pas très malin.

C'est toujours aussi frustré que je sors de la douche, puis du complexe sportif. C'est un état constant depuis hier, ce qui commence à me taper sur les nerfs. Toute la journée, je n'ai pas cessé de jeter des coups d'œil à mon portable, pour vérifier si j'avais des nouvelles de Reid. Redoutant celles du père, espérant celles du fils.

Nous n'avons jamais échangé nos numéros, mais ce ne serait pas compliqué de se le procurer.

Je suis pathétique. Foutrement pathétique. Ces mots, je me les répète en boucle tout au long du chemin qui me ramène à l'appartement. *Et complètement détraqué.*

Qu'est-ce qu'il m'a fait, bordel ? Qu'est-ce que Cooper a de si différent pour me faire autant perdre la tête ? Pour m'empêcher de penser de manière rationnelle ?

— Monsieur Ackermann ?

Je tourne la tête en entendant mon nom. À quelques pas de moi, devant les marches menant au hall de mon immeuble, se tient un homme apprêté. Un costume sombre sous un manteau noir, un visage bronzé et rasé de frais, des cheveux poivre et sel parfaitement peignés. Est-ce un nouveau propriétaire ? Je ne crois pas l'avoir déjà vu avant.

Je l'observe, les yeux légèrement plissés tandis qu'il s'avance vers moi et me tend la main que je serre. Sa poigne est ferme, peut-être un peu trop, comme s'il tenait à s'imposer.

— Je me présente, Roberto Vasquez.

J'ai beau réfléchir, son nom ne me dit rien. Je continue de le fixer, attendant de découvrir ce qu'il me veut. La réponse ne tarde pas.

— Je n'irai pas par quatre chemins. Je suis ici pour vous demander de divorcer.

Je cligne des yeux, interloqué par cette annonce sortie de nulle part.

— J'ignorais que nous étions mariés. Encore une soirée à Vegas qui a mal tourné, hein ? Pourtant, je ne me souviens pas d'y avoir mis les pieds depuis un paquet de temps.

Vasquez m'offre un sourire poli, parce qu'il semble comprendre aussi bien que moi que je commence à flipper, que l'humour est ma seule défense en cet instant et qu'il souhaite se montrer indulgent.

— Vous m'avez parfaitement entendu. Je désire épouser Elizabeth, ce que je ne peux faire tant que vous êtes encore mariés.

Ou pas. Pour l'indulgence, on repassera.

Je crois que ma mâchoire vient de se décrocher.

CHAPITRE 40
- Kane -

Avril

À peine les portes vitrées de l'aéroport Pearson franchies, je prends une profonde inspiration et ferme les yeux. Putain, ça fait du bien de rentrer à la maison. Il fait froid et gris, pourtant le sourire qui naît sur mes lèvres est sincère. Je suis chez moi. Enfin.

Mon sac sur l'épaule, je me dirige vers l'agence de location pour récupérer une voiture. Mes parents auraient pu venir me chercher, mais j'ai tenu à leur faire une surprise. Je les avais prévenus que je devrais bientôt tourner un spot de pub à Toronto et que j'en profiterais pour leur rendre visite, mais je n'avais rien précisé de plus. Je crois que ma mère va avoir un choc, ça fait des mois que je ne suis pas revenu dans le coin.

Un peu plus d'une heure plus tard, je me gare devant le pavillon. Il est plus petit que dans mon souvenir, peut-être à cause de mon habitude des buildings immenses de Manhattan. Je leur ai plusieurs fois proposé de déménager, de trouver une maison plus grande. « Elle est bien assez grande pour ton père et moi, Kaney. Nous n'avons pas besoin de plus ». Ils ont toujours été des gens simples, et m'ont aidé à garder les pieds sur terre pendant toute ma carrière.

Je frappe à la porte et patiente le temps que l'un d'eux se décide à venir m'ouvrir.

Le visage de mon père apparaît dans l'entrebâillement et son regard surpris est immédiatement remplacé par un immense sourire. Je le prends dans mes bras et l'étreins. Il est plus petit que moi, mais tout aussi costaud. Son parfum Old Spice titille mes narines et la nostalgie s'empare de moi. Il recule et m'observe quelques instants. Peut-être pour vérifier si j'ai changé depuis la dernière fois. Ce n'est pas le cas, mais peut-être ai-je écopé de quelques rides en plus à cause de ces dernières semaines.

— Natty, viens voir un peu qui est là, crie-t-il par-dessus son épaule.

Je pose mon sac sur le sol de l'entrée, ôte mon blouson ainsi que mon écharpe et avance de quelques pas pour découvrir ma mère qui s'est immobilisée à ma vue, yeux écarquillés, bouche ouverte.

— Salut, maman.

Elle ne bouge toujours pas, alors je la rejoins et l'attire contre moi. Elle sent la chaleur et le réconfort, elle sent la vanille et l'amour absolu.

Ses bras potelés se referment autour de ma taille et je la serre fort, mon nez enfoui dans ses cheveux bruns et pas vraiment coiffés. Elle m'agrippe comme si elle ne voulait plus jamais me lâcher, comme si elle voulait s'assurer que je ne repartirai plus.

Elle embrasse ma joue, et comme toujours, les premiers mots qui sortent de sa bouche sont :

— Tu ne t'es toujours pas décidé à raser cette affreuse barbe.

J'éclate de rire et, même sans le voir, je devine que mon père lève les yeux au ciel.

Elle n'a jamais trop apprécié ce look, a bataillé pour que je m'en débarrasse tout en sachant qu'elle ne gagnerait jamais. Soudain, je pense à Cooper, à ses paroles lorsque j'ai effleuré les rougeurs qu'elle avait causées. «J'aime ta barbe. J'aime les marques qu'elle laisse sur ma peau. Comme une preuve que je ne rêve pas.»

Mon estomac se contracte d'un coup. Je n'ai pas eu de nouvelles de lui depuis que son père nous a surpris. Je ne sais pas trop quoi en penser, je me demande si cette scène a mis un terme définitif à notre histoire, même si nous ne pouvons pas vraiment la qualifier ainsi.

— Tu veux un café ? m'interroge-t-elle lorsqu'elle me relâche enfin.

— Laisse, je vais m'en occuper.

Elle ne renchérit pas, elle sait que ça me fait plaisir. De reprendre mes habitudes, de retrouver mes marques. À chaque fois que je reviens leur rendre visite, je suis content qu'ils aient finalement décidé de ne pas déménager. J'ai grandi ici, la maison est pleine de souvenirs, pour la plupart heureux, d'odeurs familières, de photos de notre famille, de quelques trophées. Ma maison, mon foyer.

Nous passons l'heure suivante à rattraper le temps perdu, à discuter. Je leur annonce que je nous ai pris trois places pour le match de ce soir. La saison régulière est terminée, et les

play-off[10] ont commencé. C'est maintenant que tout se joue.
— J'espère qu'ils vont passer le quart de finale cette fois, réplique mon père. Trois années de suite contre les Bruins. Ils ont pas intérêt à déconner. Il serait temps qu'on les écrase.
Ouais. J'aurais envie de dire jamais deux sans trois, mais croise les doigts pour que cette théorie ne se vérifie pas. Les Leafs n'ont pas eu l'occasion de gagner la Stanley Cup depuis 1967, mais cette saison, j'ai envie d'y croire. Et vaincre l'équipe de Détroit lors des séries éliminatoires est à notre portée.
— Quand doit se dérouler le tournage pour ta publicité?
— Demain. Et je reprends l'avion très tôt après-demain.
— C'est court, se plaint ma mère.
— Je sais, j'aurais aimé rester plus longtemps, mais j'ai une équipe à entraîner. Et puis, rien ne vous empêche de venir passer quelques jours à New York.

Mes parents ne sont pas fans de cette ville où tout est trop immense, trop intense. Ils apprécient le calme et la tranquillité.

— Peut-être, oui. Ce serait l'occasion de voir Elizabeth.

Mon cœur s'emballe à l'évocation de son prénom. Il est grand temps d'arrêter de repousser cette réalité. J'ai essayé pourtant. Depuis le jour où ce Roberto a débarqué. Et autant dire que ça a été un putain d'uppercut en pleine gueule. Je ne m'y attendais pas. Et comment aurais-je pu, moi qui n'ai eu de cesse de nier l'évidence, de la repousser loin, profondément en moi.

Les mots de Roberto hantent mon esprit depuis, bien que j'aie tout fait pour les ignorer. « Réfléchissez-y. Elle mérite d'être heureuse. Je peux la rendre heureuse ». Moi aussi, ai-je voulu répliquer. Moi aussi. Mais c'était un mensonge. Un de plus. Beth n'est pas heureuse. Pas vraiment. Peut-être est-il

---

10   Dans le sport, une « série éliminatoire » ou barrage (en anglais « playoffs ») est un type de compétition qui se déroule généralement après une saison ou série régulière.

temps d'arrêter de me voiler la face. Peut-être est-il temps de lui permettre de retrouver sa liberté.

— Je crois qu'elle souhaite divorcer, je les informe, la gorge soudain serrée.

Un silence de plomb accueille cette nouvelle. Je les dévisage tour à tour. Ma mère se mord les lèvres et mon père baisse les yeux vers sa tasse de café, refusant de croiser mon regard. Ils sont au courant de la situation, et n'ont jamais approuvé cette idée, cette mascarade qui dure depuis des années, même s'ils adorent tous les deux Beth. Comment ne pas l'aimer ? Sa douceur, son soutien, son amitié ont été une ancre au quotidien, un pilier, me permettant d'avancer, de ne pas sombrer.

— Et toi ? finit par demander ma mère.

— Je n'en sais rien. J'ai l'impression que plus rien n'a de sens en ce moment. J'ai l'impression que ma vie est un bordel sans nom. Entre son amant qui débarque sur le pas de ma porte, mon attirance pour Cooper que je n'arrive pas à contrôler, j'ai le sentiment de me noyer.

— Cooper ? Qui est Cooper ?

Bon sang. J'ai parlé de lui sans réfléchir, parce qu'il est constamment dans ma tête et refuse de s'en aller.

— C'est... merde. C'est compliqué.

— Vraiment ? Ou est-ce toi qui as décidé de tout rendre compliqué ?

Ma mère me connaît trop bien. J'ignore quoi leur répondre, j'ignore quoi leur dire à son sujet. Je meurs d'envie de leur parler de lui. De son sourire, de sa fraîcheur, de sa voix, de son foutu accent new-yorkais, de sa curiosité, de sa passion, de ses putain de bonshommes en pain d'épices. De la manière dont je me sens lorsqu'il est là. De nos soirées au chalet, moi en train de lire, lui d'étudier, du sentiment de paix que je ressens quand il est près de moi, me donnant l'impression d'être à ma place. Mais tout ça n'a pas d'importance, parce que la seule réponse qui me vient à l'esprit est :

— C'est un type d'à peine vingt ans qui a débarqué et a tout foutu sens dessus dessous.

Est-ce qu'ils vont me prendre pour un malade ? Un pervers ? Est-ce qu'ils vont être choqués ? Honnêtement, je préfère ne pas le découvrir, alors je garde la tête baissée, mes mains soudain moites agrippées au tissu de mon jean.

Je ne me rends compte que ma mère a bougé que lorsqu'elle s'assoit sur le bras de mon fauteuil.

— Mais encore ?

— Mais encore quoi ?

Putain, mais elle ne m'a pas entendu ?

— Je suppose qu'il est davantage que ça, pour toi.

Je frotte mes paumes sur mon jean, incapable de répondre. Ouais, il est bien davantage. En dehors de mes parents, il est l'unique personne auprès de laquelle je peux être moi-même, complètement, sans faux-semblants.

— Il est... Tout.

Tout ce que j'ai toujours recherché. À la fois doux et passionné, sérieux et spontané. Il me fait rire et réfléchir, il me fait voir les choses différemment. Et c'est tout le problème. Il me fait miroiter une vie que je rêve d'expérimenter, tout en étant trop effrayé pour me lancer. Il est jeune et pourtant plus mature que je ne l'aurais pensé.

Ma mère glisse une main dans mes cheveux et m'oblige à tourner la tête pour la regarder.

— Je sais que tu as peur. Que tu es persuadé que ta vie va s'arrêter si tu dévoiles ton homosexualité. Mais peut-être que tu te trompes. Peut-être que tu devrais avoir davantage confiance dans la nature humaine.

— Tout le monde n'est pas comme vous. Tout le monde n'acceptera pas. Ce n'est pas pour rien que jamais un joueur de NHL n'a fait son coming-out. Merde, je ne peux pas être le seul à être gay.

— Justement. Tu pourrais montrer l'exemple.

— Et risquer de tout perdre ? Perdre mon poste, mon statut, tout ce pour quoi je me suis battu ?

J'ai l'impression qu'elle ne comprend pas. Qu'elle ne voit pas que ce monde, c'est tout pour moi. Elle sait pourtant à quel point le milieu du sport peut être homophobe. Pourquoi je refuse de me dévoiler.

— Est-ce que Beth est au courant, pour Cooper ?

Je secoue négativement la tête.

— Non, mais je pense qu'elle s'en doute, même si nous n'en avons jamais parlé.

Par ma faute, parce que j'ai préféré rester aveugle et muet, parce que je préfère laisser traîner les choses, que je suis terrifié à l'idée qu'elle me quitte.

— Elle ne sait même pas que son mec est venu me voir. Il m'a donné une chance d'en parler avec elle. Il a conscience qu'elle risque de ne pas apprécier sa démarche, mais il en a marre d'attendre qu'elle se décide.

Je crois qu'elle attend désespérément que le choix vienne de moi. Parce que c'est Beth, patiente et altruiste, et qu'elle ne veut pas m'abandonner. Elle se sent redevable, je le sais, alors que le plus redevable des deux, c'est moi.

— Je ne t'ai pas élevé pour être un lâche, Kane.

Les mots sévères de mon père claquent dans l'air et je frissonne. C'est la première fois qu'il ouvre la bouche depuis tout à l'heure, et on peut dire qu'il sait ménager son effet. Je me sens si mal tout à coup. Parce que oui, c'est ce que je suis, un putain de lâche.

Ma mère continue de me caresser les cheveux, comme pour minimiser la dureté des paroles de son époux.

— Tu as passé trop de temps dans le noir, enfermé dans ton placard. Il est temps d'en sortir et d'assumer. Il est temps d'être heureux.

— Je suis heureux.

— Tu l'as été, je le sais. Quand tu étais un joueur de

hockey. Parce que tu avais ta passion pour combler les autres manques. Mais tu ne l'es plus, Kaney, et Beth ne l'est pas non plus. Laisse-la s'en aller. Laisse-la vivre la vie qu'elle mérite.

Je le sais. Je le sais putain, et pourtant, l'entendre de la bouche de ma mère n'en est que plus douloureux. J'ai toujours été égoïste, je n'ai pensé qu'à moi dans l'équation, espérant que la vie que je lui offrais, cet argent, ce luxe, cette chance de reprendre de zéro, seraient suffisants pour la garder indéfiniment à mes côtés. Je m'étais convaincu que nous étions d'accord dès le départ, pourtant, je réalise que tout ce que j'ai fait, c'est de profiter d'elle pour m'assurer de ne pas perdre cette vie que j'ai plus que tout désirée.

— Je ne sais pas ce que je vais faire quand elle ne sera plus là, je murmure.

— Peut-être accepter que toi aussi, tu mérites de vivre une belle histoire d'amour.

Ça paraît tellement simple, énoncé comme ça. Simple et futile, en réalité. L'amour n'a jamais fait partie de mes priorités. Je l'ai compris lorsque j'ai dû choisir entre ça et ma passion. Je crois que même Nicholas ne m'aurait jamais fait changer d'avis. Et puis Cooper a débarqué, il a tout chamboulé. Il a rendu ce besoin plus fort que jamais. Mais c'est ridicule, je ne peux pas envisager de construire une relation avec lui. Pour tout un tas de raisons.

— Mais pas avec Cooper, je finis par déclarer, essayant de formuler mes pensées.

— Pourquoi pas ? demande ma mère en fronçant les sourcils.

Je hausse les épaules. C'est tellement évident.

— Parce qu'il est plus jeune que toi ? Ton père aussi, et je n'en fais pas toute une histoire.

Je ne sais pas si je dois rire ou être exaspéré.

— Vous avez à peine deux ans de différence, ce n'est rien. Ça ne compte pas.

— Et ? Tu as quarante-deux ans. Tu n'es pas un vieillard, loin de là. Tu es encore jeune. Peu importe si cet homme a vingt ans de moins que...

— Vingt-trois. Vingt-trois ans, putain. Il pourrait être mon fils.

— Mais il ne l'est pas. Alors qu'est-ce que ça peut bien faire ? Est-ce que tu comptes passer à côté d'une belle histoire pour une broutille ?

Voyant que je me mure dans le silence, ma mère renchérit :

— La vie est ce qu'on en fait, Kane. Et même si ça me brise le cœur de te savoir malheureux et de me sentir si impuissante, toi seul es apte à prendre une décision.

J'en suis conscient. Et c'est bien ce dont j'ai peur. Faire un choix. Affronter Beth, Cooper, ma sexualité. Rien que d'y penser, la panique monte en moi. Je ne suis pas prêt, je ne suis pas prêt et je doute de l'être un jour. Alors peut-être que c'est ça dont j'ai besoin. Me retrouver au pied du mur, et réfléchir à ce que je désire vraiment, quitte à me casser les dents.

CHAPITRE 41
- Kane -

— Ouais, putain, avale ma queue.

Merde, c'est foutrement bon de sentir la bouche de Sean me sucer si profondément, de m'enfoncer dans sa gorge et de le baiser à fond. Je ferme les yeux et le laisse me faire du bien, espérant qu'il me permettra de tout oublier. De m'abandonner dans le plaisir et de ne plus penser à rien. Quelques heures, rien que quelques heures...

Je l'attrape par les cheveux pour lui intimer la cadence qui me convient. Plus brutale, plus violente. Je veux qu'il s'étouffe sur ma queue, je veux qu'il me prouve que je n'ai besoin de rien de plus que lui, qu'il me suffit. Que rien d'autre ne m'importe que le sexe pur et bestial. C'est tout ce que je cherche, la seule chose que j'attends.

De la salive coule à la commissure de ses lèvres et je suis sur le point de jouir. Mais pas avant de l'avoir baisé.

D'un mouvement du bassin, je l'oblige à me lâcher.

— Grimpe sur ce canapé.

Il obéit, comme toujours. Avec le sourire en coin de celui qui sait que je vais le prendre à fond, et qui n'attend que ça. Je lui balance le pot de lubrifiant après en avoir appliqué sur la capote entourant mon sexe.

— Prépare-toi.

Il dépose une bonne dose de gel sur ses doigts, se cambre, et les enfonce dans son cul. Je me branle en le matant, pour maintenir mon érection. J'observe le mouvement de son majeur et de son index, souris en écoutant les petits gémissements qu'il pousse.

— Ouais, continue.

Un troisième doigt rejoint les autres et je laisse échapper un grognement. Voir son anneau de muscles les aspirer, si loin... Bordel, c'est jouissif. La tête tournée sur le côté, il m'observe, les yeux brillants. Lorsqu'il finit par arrêter de se toucher et qu'il écarte ses fesses pour me présenter son entrée, je sais qu'il est prêt.

Je ne perds pas de temps. Je pose un genou sur le canapé et le pénètre d'un coup. Putain de merde. J'avais oublié combien ça pouvait être bon, la sensation de ses muscles qui forment un étau autour de moi. Je gifle son cul avant d'enfoncer mes ongles dans la peau de ses hanches.

— Défonce-moi, Kane.

Ouais, j'en ai bien l'intention, putain.

Prouve-moi que je n'ai besoin de rien de plus que toi. De ma queue en toi. Montre-moi qu'il n'y a rien de meilleur que ça. Que je ne devrais pas crever d'envie de plus. Que je ne devrais pas penser à un autre homme que toi. Je t'en supplie, montre-moi que les fantasmes que je nourris sont ridicules, et ne me combleront pas. Que j'ai besoin de tes mots crus, de ta bouche sur ma queue, de ton cul offert à mes coups de reins...

Alors je le baise, je lui impose toute ma violence, je refoule mon besoin de plus, je tente de me convaincre que Cooper est insignifiant, qu'il ne pourra jamais m'offrir tout ça, que je n'attends rien d'autre d'un homme, rien de lui, m'enlisant toujours plus profondément dans le puits sans fin de mon mensonge.

— Tu m'as manqué...

Je m'immobilise en entendant ces mots. Les premiers que Sean sort une fois que nous nous sommes nettoyés et rhabillés. Nous parlons peu d'habitude, il part rapidement. Mais pas ce soir, apparemment.

— Moi ? je ricane. Ou mon fric ?

Je n'avais pas fait appel à ses services depuis... Depuis Aspen. Je n'avais pas la tête à ça, et ma main me convenait, j'avais suffisamment de souvenirs avec Cooper pour durer une éternité, à condition de les repasser en boucle. Mais ce soir, alors que je venais de rentrer de Toronto, en retrouvant l'appartement vide et plongé dans l'obscurité, Beth de nouveau partie pour la Floride, je n'ai pas hésité. Je voulais me sortir de la tête les conneries de ma mère, la graine d'espoir qu'elle avait plantée et qui ne demandait qu'à germer.

— Je n'ai pas besoin de ton argent pour gagner ma vie. Et tu sais que je viendrais même si tu ne me payais pas. Il suffit de me le demander.

Sa réponse me surprend. Pourquoi ? Attend-il autre chose de moi ? Putain, il ne manquerait plus que ça. J'ai conscience d'être un bon parti, je ne me voile pas la face à ce propos, mais je suis sérieusement en train de me demander si Sean ne commence pas à me considérer autrement que comme un client. Seigneur, pourvu que ce ne soit pas le cas. Mais après tout, est-ce que ce serait mal, d'en profiter un peu ?

— Tu resterais ? Ce soir ? Tu passerais la nuit ici ? Avec moi ?

Alors que je lui pose la question, je ne sais pas trop si je préférerais qu'il accepte ou refuse. Pourtant, quand il hoche la tête en signe d'assentiment, je me dis que ça vaut le coup d'essayer. Serait-ce ce dont j'ai besoin, d'un type dans mon lit, quel qu'il soit? Un corps, rien qu'un corps, pour réchauffer mes nuits. Un homme à étreindre, à embrasser... peut-être. N'importe qui pour remplacer la place bientôt libre de Beth à mes côtés.

Sean s'est endormi tandis que, les yeux grands ouverts, je fixe le plafond de la chambre d'amis.
Non. Ça ne va pas. Rien ne va. Ce n'est pas ce que je veux, ce n'est pas ce que j'attends. J'ai essayé. J'ai vraiment essayé. De l'embrasser, de le caresser, de laisser mes mains courir sur ses bras, le long de son dos. J'ai foutrement essayé. De retrouver ce bien-être, cette plénitude qui m'a envahi la nuit où j'ai rejoint Cooper dans son lit.
Mais au final, ça n'a pas de sens, rien n'a de sens. Je me fiche de Sean, je m'en moque s'il disparaît sans laisser de traces au petit matin. Au contraire, je voudrais le réveiller et lui ordonner de partir, de quitter mon appartement, mais même moi, je ne suis pas si salaud que ça. Alors je le laisse dormir, la tête enfoncée dans l'oreiller, me lève et sors de la pièce sans un regard en arrière.

J'aurais dû réaliser que je n'étais pas assez discret. Parce qu'à peine ai-je posé mon cul sur le canapé du salon que Sean me rejoint.
— Tu ne dors pas? me demande-t-il en s'avançant.
Il ne porte rien pour cacher sa peau nue et je ne peux m'empêcher de le détailler. Il est beau, inutile de le nier. Son

corps élancé, son torse musclé. Il est beau, mais je ne ressens rien quand je le regarde, si ce n'est une soudaine irritation lorsqu'il se colle à moi et pose sa main sur ma cuisse.

Il la laisse remonter jusqu'au tissu de mon boxer, plaque sa paume sur mon entrejambe et se penche pour lécher mon épaule.

— Tu veux me baiser ?

Putain, il n'y est pas du tout. Il ne comprend pas. Et c'est peut-être mieux comme ça. Peu importe combien j'ai tenté de me persuader que seul le sexe compte, je dois arrêter de mentir. Oui, le sexe compte, mais pas autant que la personne avec qui j'ai envie de partager cette intimité.

Plus Sean me touche, plus je me dégoûte.

— Tu n'as qu'à le demander, murmure-t-il d'une voix suave à mon oreille.

— Stop.

Il se redresse, surpris par la dureté de mon ton.

— Tu devrais retourner te coucher.

— Uniquement si tu viens avec moi, répond-il avec un sourire coquin.

Je ne tourne même pas la tête pour le regarder.

— Je préfère dormir sur le canapé.

En fait, je préférerais qu'il me laisse seul et m'enfiler un verre de whisky, mais bon...

— Tu te fous de moi ?

Je ne suis pas étonné par la soudaine rage qui s'empare de lui. Je l'ai méritée.

— Je suis désolé.

— Désolé ? Je suis resté parce que tu me l'as demandé, parce que je pensais que peut-être... peut-être que j'étais autre chose pour toi qu'une pute.

Je voudrais le rassurer, lui dire que c'est le cas, mais ajouter un mensonge à la pile déjà conséquente ne m'aiderait pas, tout comme lui donner de faux espoirs.

— Sean, je...

— Non, laisse tomber. Je me casse, crache-t-il en se relevant pour se diriger vers la chambre, sans doute pour récupérer ses vêtements.

Il fait encore un peu trop froid pour se balader à poil dans les rues de Manhattan. Je prends le parti de rire de cette situation pour m'empêcher de déprimer. Je me lève et avance jusqu'au bar pour me servir un verre. Il attend sûrement que je le retienne, que je le supplie de rester, mais hors de question, j'en ai déjà suffisamment fait pour la soirée.

— Tu sais, dit-il en revenant dans le salon moins d'une minute plus tard, sa ceinture toujours défaite et ses boots délacées, j'y ai vraiment cru. Quand tu m'as demandé de rester, j'ai sincèrement cru que tu avais fini par admettre que toi et moi, c'était plus que de la baise. J'ai cru que peut-être, toi aussi, tu étais tombé amou...

— Tais-toi !

J'ai hurlé, la main serrant si fort le verre que j'ai craint qu'il ne se brise. Je refuse d'entendre ça. Je refuse ces mots, cet aveu. Merde, il a tout gâché. Nous avons tout gâché. Moi en ayant imaginé qu'il aurait pu être un substitut, lui en ayant espéré davantage que ce que j'avais l'habitude de lui apporter.

Il m'observe, le visage fermé. Encore une personne blessée à cause de moi, un dommage collatéral de ma vie, de ma sexualité refoulée. Combien d'autres en feront les frais ? Quand est-ce qu'arrivera l'électrochoc ? Celui dont j'ai besoin pour lâcher prise et me lancer ?

CHAPITRE 42
- Cooper -

— Je me couche.

Avery laisse tomber ses cartes sur la table, agacé. Cela fait trois parties qu'il n'arrive pas à passer le deuxième tour et son *stack* s'amenuise. Au moins, il n'a pas tout perdu, contrairement à Jude.

— Je relance de cinq cents, déclare Zane en balançant ses jetons.

Lui a une pile conséquente devant lui, comme toujours. J'ignore pourquoi on s'emmerde à jouer au poker avec ce type. On sait déjà qu'il va gagner. C'est un pro, il a passé des heures face à son écran d'ordinateur, à affronter des mecs de très haut niveau.

Je jette un œil sur le flop. Il est temps de tenter un petit coup de bluff.

— Je suis.

Jude pose la carte suivante sur la table. Vu que tous ses

jetons sont à présent en possession de son mec, il est devenu notre *dealer*, histoire de l'occuper. Un huit de pique. Ouais, bon, je crois que ça ne sert à rien de s'acharner.

J'observe les gars autour de la table, Zane et son visage neutre, Avery et son air désespéré, Win et son petit sourire en coin.

Ça fait du bien de les retrouver. D'avoir l'impression d'être de nouveau au lycée, lorsque nous passions des soirées ensemble, Zane en plus.

Je me couche au tour suivant et, sans surprise, c'est toujours le même qui remporte cette nouvelle manche.

— Je vais fumer, déclare Win en glissant une cigarette entre ses lèvres avant de se lever. Ne bouffez pas sans moi.

Je quitte la table à mon tour pour me servir un verre. Jude arrive près de moi et me serre l'épaule.

— Alors ? Comment ça se passe avec... tu sais.

— Celui dont on ne doit pas prononcer le nom, renchérit Zane qui nous rejoint.

Je lève les yeux au ciel, il n'arrêtera jamais avec ça.

— C'est... compliqué. Je ne l'ai pas revu depuis que mon père nous a surpris...

En effet. Aucune nouvelle. Silence radio. J'espérais le croiser lors du dernier dîner de charité, mais il ne s'est pas montré. Je me demande s'il me fuit ou s'il avait un réel empêchement. Je crois que je préfère ne pas le découvrir. Je comprends qu'il ait flippé ce soir-là, mais j'aurais aimé... je ne sais pas. Le rassurer ? Lui dire que tout allait bien ? Même si en réalité, rien ne va. Qu'il me manque chaque jour davantage que la veille, que je me sens stupide et pathétique et que je me demande comment j'en suis arrivé là. Éprouver des sentiments pour un homme n'était pas prévu au programme, et pourtant... ouais.

Jude ouvre des yeux ronds et est à deux doigts de recracher sa gorgée de whisky.

— Tu déconnes! Dis-moi que tu n'étais pas à genoux en train de le sucer...!

— Non! Non, on s'embrassait.

On s'embrassait, et c'était bon. Foutrement bon. Et ça me manque. Il me manque. Je pense à lui sans arrêt, c'est dingue. Quelques jours dans un chalet, quelques instants volés, ont été suffisants pour créer une dépendance dont je ne parviens pas à me débarrasser. Peu importe à quel point j'essaie, peu importe le nombre de filles que je baise.

— De sucer qui?

Merde, voilà qu'Avery s'incruste dans la conversation.

— Personne! je m'écris.

— Voldemort, apparemment, déclare Jude au même moment.

Mais bordel, c'est quoi leur problème, à tous?

Avery nous dévisage, confus, avant de sourire.

— Je ne savais pas que tu t'étais mis aux mecs, Coop. C'est grâce à moi, hein?

Ils vont me rendre dingue, tous autant qu'ils sont. Tellement curieux, tellement intrusifs.

— Ce n'est... tu n'as... merde.

Mon visage vire au cramoisi et j'ai bien trop chaud tout à coup. Je sais qu'ici, tout le monde s'en fout. Que je suis en sécurité, que je peux parler librement de ma sexualité.

— Tu en as trop dit ou pas assez, Reid, insiste Avery. Qui est-ce que tu as sucé?

— Je n'ai sucé personne! je m'écrie au moment où Win réapparaît dans la pièce.

Son regard se rive directement au mien et il éclate de rire.

— Bon, les gars, je crois qu'on va laisser tomber le poker pour l'instant, Cooper a des trucs à nous raconter...

Avec des amis pareils, pas besoin d'ennemis.

Les pizzas sont terminées, et j'y ai à peine touché. Trop occupé à subir un interrogatoire sans fin. De toute façon, je n'ai pas d'appétit. Parler de Kane, évoquer les souvenirs de ces quelques jours ensemble, cela commence sérieusement à me miner le moral. Je n'ai pas lâché son nom, et ni Avery ni Win ne me l'ont demandé. J'apprécie qu'ils respectent ça. Qu'ils comprennent que ce n'est pas à moi de le dévoiler. En revanche, ils se vengent en me demandant des tonnes de détails, sexuels principalement, c'est tout ce qui semble les intéresser.

— Il t'a baisé ? finit par m'interroger Win, curieux.

Parfois, j'oublie que de toutes les personnes présentes, il est le seul qui soit hétéro. Avant, nous n'avions qu'Avery pour nous raconter ses soirées de débauche gay. Les temps ont bien changé.

— Personne n'a baisé personne, je grommelle.

Je me souviens de la langue de Kane entre mes fesses et je me pose la question de savoir si je devrais leur en parler. Si je devrais leur demander quel effet ça ferait de le sentir s'enfoncer en moi. Je grimace à cette pensée. Non, ça semble crade. Et douloureux. Peu importe ce que tentent de nous faire croire les vidéos porno.

— Tu ne sais pas ce que tu perds, soupire Zane en jetant un coup d'œil à Jude, qui rougit.

— Je ne sais pas... sucer des queues, c'est foutrement génial aussi, renchérit Avery.

— Mais c'est la mienne que tu préfères, hein, mon lapin ? ajoute Win en serrant la cuisse de son pote.

Incroyable, ces gars n'ont aucun filtre. Avery repousse la main de Win en soupirant. Personne ne se pose plus de question sur leur étrange relation. Nous sommes habitués, depuis le temps. Win, l'hétéro qui adore se faire sucer par son meilleur ami quand l'occasion se présente. Le pire, c'est qu'il n'y a aucune ambiguïté entre eux. Je ne sais pas vraiment quoi en penser, mais du moment que ça leur convient... Ce sont leurs affaires, après tout.

— Pour avoir largué une bombe comme Olivia, ce type doit être un putain de canon. Ou un sacré bon coup, ricane Win.

Il l'a toujours trouvée à son goût, ce n'est pas la première fois qu'il me fait la réflexion.

— Il est les deux, je réponds en souriant malgré moi.

Il est beau, féroce et doux. Il est tendre et passionné, et il me retourne le cerveau. Et quand il m'embrasse, qu'il me caresse, qu'il me prend entre ses lèvres, que ses yeux verts chargés de sensualité croisent les miens, je deviens fou.

— Tu comptes nous le présenter, un jour? demande Avery.

Je ne peux m'empêcher de sourire. Un sourire doux amer. Parce que je suis chanceux d'avoir des amis tels qu'eux, qui se foutent bien des conventions, et triste de me dire que j'ai érigé cette histoire au rang de fantasme et que je risque sérieusement de me casser la gueule.

— J'espère...

Oui, j'espère, même si j'ai conscience que c'est en vain. Même si je ne sais pas où nous en sommes. J'adorerais qu'il m'accompagne dans ce genre de soirées, même si je ne suis pas sûr qu'il s'y plairait - lui tenir la main et l'embrasser devant les autres. Je regarde Jude et Zane, et la profondeur de leurs sentiments perceptibles, même s'ils ne s'en rendent pas compte. Et je réalise que j'aimerais vivre ça. Avec Kane. Tu parles d'une galère.

Nous sommes sur le point de reprendre la partie lorsque mon téléphone sonne. Je l'extirpe de ma poche et découvre un numéro inconnu. J'hésite à répondre, mais finis par décrocher.

— Allo?

— Bonsoir, Cooper. C'est Elizabeth.

Je l'avais reconnue. Une boule se forme dans ma gorge.
— Qu'est-ce qui se passe ? Kane va bien ?
Les têtes se tournent d'un coup vers moi. Je viens de me trahir, que ce soit auprès de mes potes – s'ils font le rapprochement – et d'Elizabeth, qui n'est pas stupide. Mais rien à foutre. Si elle m'appelle, c'est qu'il y a une raison.
— Est-ce que tu pourrais venir à l'appartement ?
Je m'immobilise, sous le choc. Elle sait. Elle sait. Merde. Est-ce qu'elle veut en discuter ? Est-ce qu'elle veut me confronter ? Pourtant, elle ne semble pas en colère. Elle semble surtout... triste ?
Je me sens fébrile tout à coup.
— Maintenant ?
— Oui.
Je ne suis pas prêt. Je ne suis pas prêt pour cette conversation. Pour cette réalité. Devant mon silence, elle reprend.
— Il ne l'admet toujours pas. Mais il a besoin de toi.
Mon estomac se serre et mon cœur s'emballe. « Il a besoin de toi. Il a besoin de toi. »
— J'arrive.

CHAPITRE 43
- Kane -

J'y ai réfléchi toute la journée. Je n'ai pas arrêté de ressasser. J'ai préparé un discours dans ma tête, mais aucun mot ne semblait convenir. Vides de sens. Insuffisants. C'est étrange, parce que j'ai toujours su que ce jour finirait par arriver. Que tôt ou tard, je devrais faire face à qui je suis vraiment et prendre les bonnes décisions. Je pensais simplement que j'aurais plus de temps. J'aurais aimé plus de temps, mais j'ai suffisamment gâché celui de Beth.

Je suis installé sur le canapé, un verre de whisky à la main, les yeux dans le vague, le cerveau tournant à plein régime, lorsque Beth arrive. J'entends le bruit des clés déposées sur le meuble ainsi que le froissement de ses vêtements. Je n'ai pas besoin de la regarder pour deviner chacun de ses gestes, dont j'ai été témoin des milliers de fois. Des gestes faits sans y penser, et que je ne verrai sans doute plus jamais.

À cette simple idée, mon cœur se serre. Je passe une main dans mes cheveux et prends une profonde inspiration. *Allez, c'est le moment. Arrête d'hésiter. C'est reculer pour mieux sauter. Et dans tous les cas, la chute sera douloureuse.*

— Salut, lance-t-elle en parvenant à ma hauteur.

Son regard s'attarde sur la bouteille de vin ainsi que le verre vide que j'ai préparé pour elle. Elle sourit et se sert avant de me rejoindre sur le canapé. Elle doit bien se douter que je ne suis pas dans mon état normal, pourtant, elle glisse ses jambes sous elle et se colle contre moi. Je respire l'odeur de son shampoing, comme pour me donner du courage, pour me dire que je ne crains rien, qu'elle et moi, ce ne sera jamais vraiment terminé, que même si notre couple devait se briser, nous ne nous éloignerons jamais.

Je dépose un baiser sur sa tempe et la serre contre moi. Nous restons ainsi un bon moment, en silence, puisant du réconfort dans la présence de l'autre, comme nous l'avons toujours fait.

Et parce qu'il faut bien que je me jette à l'eau, mais que j'ignore comment me lancer, je pousse un soupir et dis :

— J'ai rencontré Roberto.

Oui, voilà, commencer par foutre un autre homme dans la merde, superbe idée. Je la sens se tendre, mais contrairement à moi, elle ne se cache pas, elle choisit de m'affronter. Je ne lis aucune surprise dans ses yeux, comme si elle avait déjà deviné.

— Je suis désolée. Tu aurais dû l'apprendre de moi.

— Oui. Pourquoi tu ne m'as pas avoué que tu voulais divorcer ?

— Pourquoi tu ne m'as pas avoué que tu étais tombé amoureux de Cooper ?

Touché.

— Je...

Putain, elle vient de me sécher sur place. Je reste là, comme un con, bouche ouverte. Je ne m'attendais vraiment pas à ça. À ce que Cooper débarque aussi rapidement sur le tapis. Au final, ça ne me surprend pas. Ce qui me surprend, ce sont les mots qu'elle a choisis.

— Je ne suis pas amoureux de lui !

Je ne suis pas amoureux de lui. C'est ridicule. Comment peut-elle ne serait-ce qu'y songer ?

Elle rit, d'un rire doux et triste, et caresse ma joue.

— Un mensonge de plus dont tu essaies de te convaincre ? Comment ça a fonctionné pour toi jusque-là, Kane ?

— Suffisamment bien. Parce que tu étais là. Et que ça ne va plus être le cas.

Ça ne va plus être le cas. Je suis vraiment en train de le réaliser. Comment ma vie si bien réglée a pu partir en vrille à ce point-là ?

— Tu savais que ça ne pourrait pas durer. Qu'un jour ou l'autre, tout allait se terminer.

Oui, j'en étais conscient. Beth m'a apporté une certaine stabilité, un alibi. L'avoir à mes côtés a empêché les curieux de vouloir fouiller dans ma vie privée. Et surtout, elle n'a jamais révélé mon secret. Elle a été la première personne à qui j'ai dévoilé mon homosexualité. La personne dans les bras de qui j'ai pleuré quand, à seize ans, je me suis rendu compte de la réalité, des répercussions que cela pourrait avoir. Elle est la meilleure amie que j'ai jamais eue, et la plus belle personne que je connaisse.

— Ouais. Mais ça fait mal, putain. De te perdre.

Elle emprisonne mon visage entre ses mains et dépose un baiser sur mes lèvres.

— Je t'aime, Kane. Je t'ai toujours aimé. Et je te suis infiniment reconnaissante pour tout ce que tu m'as offert. Grâce à toi, j'ai une vie dont je n'aurais pu rêver. Grâce à toi, Olivia a intégré une des meilleures universités. Et honnêtement, je pense que j'aurais pu continuer longtemps comme ça, parce que tu es un homme incroyable.

Oui, je sais que je l'ai aidée à s'en tirer. À éponger les dettes d'un mari décédé, à l'intégrer dans les hautes sphères de l'élite de Manhattan. Je lui ai permis d'entreprendre, de devenir une femme d'affaires. Mais je suis certain qu'elle s'en serait sortie sans moi. C'est une battante, tout comme moi. Je crois que c'est aussi pour ça, que nous nous sommes toujours si bien entendus, si bien compris. Nous sommes faits du même moule, tous les deux.

— Foutu Vasquez, qui t'enlève à moi.

Elle rit et caresse ma joue.

— Je pourrais dire la même chose de Cooper. Je suis contente que vous vous soyez trouvés, vous vous méritez.

Elle se trompe. Je ne le mérite pas. Il a besoin de quelqu'un de solide, il a besoin d'une relation épanouissante. Ou peut-être que pour le moment, tout ce dont il a besoin, c'est de s'éclater, de tester, d'apprendre à se connaître, de mieux appréhender sa sexualité. Je suis déjà surpris que son histoire avec Olivia ait autant duré. Quoi qu'il en soit, je doute qu'un type dans le placard soit un choix judicieux. Peut-être que j'ai l'aidé à comprendre ses désirs, à assouvir une certaine curiosité, à découvrir des plaisirs qu'il ignorait. Mais franchement, qui voudrait d'une relation avec un homme qui ne parvient même pas à s'assumer ?

Je ne réponds pas, et nous restons ainsi, collés l'un à l'autre, avec pour seul bruit celui de notre respiration. Je n'ai pas envie que cet instant prenne fin, je n'ai pas envie d'affronter cette nouvelle réalité qui s'impose à moi. Je voudrais m'enfoncer dans le déni et oublier toute cette conversation.

— Est-ce que je t'ai rendue heureuse ? je murmure, la voix mal assurée. Au moins un peu ?

Je l'entends renifler contre moi et les larmes me piquent les yeux.

Elle bouge et s'installe à genoux à côté de moi.

— Kane, regarde-moi.

J'obéis, même si c'est dur de la voir si triste. J'aurais aimé la protéger, j'aurais voulu ne jamais la faire pleurer.

— Si j'avais été malheureuse, je ne serais pas restée. Tu ne te rends pas compte combien tu es important pour moi. Tu as toujours fait partie de ma vie, tu m'as aidée à faire le deuil de mon mari, tu m'as relevée quand je suis tombée. Tu dois me croire quand je te dis que tu es un type en or, Kane. Arrête de te montrer si inflexible envers toi-même. Oui, oui j'ai été heureuse. Même si certains jours étaient plus compliqués que d'autres, même si parfois je me demandais si tout, si nous, c'était une bonne idée. Je ne regrette rien. Si c'était à refaire, j'agirais exactement de la même manière.

Mes doigts s'égarent sur sa joue, son nez, sa bouche. Je retrace les courbes de son visage comme si je craignais de les oublier.

— Je ne sais pas vraiment comment je vais réussir à avancer sans toi.

Beth attrape mon poignet et embrasse le dos de ma main.

— Je serai toujours là. C'est un au revoir, pas un adieu. Tu ne te débarrasseras pas de moi si facilement !

J'éclate de rire et l'enlace. Je la serre fort, si fort, comme si je cherchais à me fondre en elle.

— Tu vas tellement me manquer.

— Ça passera. Tu verras. Ça passera.

Elle est partie. Elle est vraiment partie. Elle a préféré ne pas rester cette nuit, parce que ça aurait été trop difficile après tout ce que nous nous sommes dit. Je l'ai raccompagnée jusqu'à l'ascenseur en lui souhaitant une bonne soirée, la gorge serrée. C'est stupide. Dès demain, elle reviendra récupérer ses affaires. Et puis, certes, notre histoire est terminée, quelques jours et les papiers du divorce seront signés, mais nous ne cesserons jamais d'être amis.

J'avale une lampée de whisky, toujours installé sur le canapé. Là, tout de suite, je ne sais pas vraiment quoi faire de moi-même. Mes pensées s'entremêlent et j'ai du mal à réaliser que tout est fini.

Le bruit feutré des portes de l'ascenseur qui s'ouvrent me sort de ma torpeur. Je relève la tête, prêt à découvrir Beth. Sauf que ce n'est pas le cas. C'est Cooper. Là, à quelques mètres de moi. Mon cœur fait un bond dans ma poitrine et ma réaction a le don de m'agacer.

Cette scène me semble bien trop familière.

— Qu'est-ce que tu fous ici ?

Je me montre cassant, mais honnêtement, je n'ai envie de voir personne. Surtout pas lui. Surtout pas après les déductions de Beth le concernant. Est-ce que je suis vraiment obligé de tout me prendre dans la gueule la même soirée ? Est-ce que je n'ai pas mérité un peu de tranquillité ?

— Ta femme m'a appelé, m'informe-t-il en s'approchant doucement, comme si j'étais un animal apeuré qu'il craignait de faire fuir.

OK. Ça explique comment il a pu monter directement. Je suppose que le concierge était au courant. Qu'est-ce qui lui est passé par la tête, bon sang ? Comment a-t-elle pu imaginer que demander à Cooper de venir serait une bonne idée.

— Ex-femme.

Parce que, ouais, il est temps de l'admettre, je crois.

Cooper écarquille les yeux.

— Quoi ?

— C'est terminé. Elle m'a quitté.

Je pousse un soupir et dépose mon verre sur la table, histoire de me donner une contenance, de ne pas rester immobile comme un con.

Il s'assoit sur le canapé, pas trop près, par peur d'un rejet, je suppose.

— Tu veux en parler ?

Il est là, si calme, si serein. Je me tourne vers lui et nos regards se croisent. Aucun signe de pitié. Il se contente de m'observer. Je secoue la tête négativement pour toute réponse.

C'est alors qu'il me sourit, un sourire franc et chaleureux qui me tord l'estomac et me fait plus de bien que je ne souhaite l'avouer. Il tend la main vers moi et caresse mon bras. Je suis son mouvement, un peu surpris.

— J'ai besoin de te toucher, m'explique-t-il comme s'il cherchait à s'excuser pour son geste.

Comment résister ? Comment le repousser ? Je n'en ai pas la force. Parce que moi aussi, plus que tout, ce soir, j'ai besoin de le toucher. Partout. De le sentir, de le ressentir. Alors je cède.

— Viens là.

Il ne se fait pas prier et se précipite vers moi. Il enroule ses bras autour de ma taille et enfouit son visage contre mon cou. Bordel, ce qu'il m'a manqué. Le poids de son corps contre le mien, la fermeté de ses muscles, son odeur, sa peau, sa voix. Tout. Tout.

— Tu es sûr que tu ne veux pas en discuter ? Ça ne me dérange pas, répète-t-il en se redressant.

Je secoue de nouveau la tête, amusé. Mon pouce caresse ses lèvres, sa joue, sa pommette.

Ouais, bien trop manqué.

— Tout ce que je veux, ce soir, c'est toi.

La douceur des draps. La chaleur de sa présence. Si bon. Exquis.

Un entrelacs de membres. Un embrasement des sens. Nos peaux qui glissent l'une contre l'autre. Nos souffles erratiques. Nos corps qui s'enchaînent. Mon cœur qui résonne. Qui bat fort, si fort. Jusque dans mes tempes. Nos gémissements, nos soupirs, nos mains qui se perdent, s'accrochent, s'agrippent. Nos muscles fermes et tendus, nos bouches qui se dévorent.

« J'ai besoin de toi. J'ai besoin de toi. »

Ma barbe qui laisse des empreintes sur sa peau nue. Sa chair brûlante contre la mienne. Une ondulation, des coups de reins. Des ongles qui s'enfoncent dans mes hanches.

« Encore. Encore. Ne t'arrête pas. »

Une voix, désespérée. Un sanglot impossible à refouler.

« Ne me lâche pas. »

Des lèvres contre les miennes. Fermes et douces à la fois. Une langue sur ma mâchoire. Des dents qui s'enfoncent dans ma gorge.

« Retiens-moi ».

La friction, divine, de son sexe contre le mien. Nos peaux moites qui fusionnent. Des frissons, des tremblements. L'extase.

« Laisse-moi me perdre en toi ».

Le désir qui grimpe, grimpe encore, explose dans un tonnerre de râles et de gémissements. Des muscles qui se relâchent. Notre jouissance qui nous imprègne et nous lie l'un à l'autre.

La béatitude absolue.

« Et demain ? Est-ce que tout ça existera encore demain ? »

« Je ne peux pas. C'est trop pour moi. Je ne peux pas. »

De l'eau salée que j'aspire entre mes lèvres. Un bonheur retrouvé sur le point de s'éteindre.

« Ne pleure pas. »

Des mains dans mes cheveux, un nez dans mon cou. Des reniflements. Un cœur qui se brise. Le mien. J'entends les morceaux s'éparpiller.

«J'ai peur»

«Moi aussi. Moi aussi.»

Des yeux qui se ferment. Une douce respiration. Le regret qui m'enserre la poitrine. *Je t'aime. Je t'aime et je ne suis pas prêt.*

Le soleil qui perce à travers les rideaux ouverts, chassant la nuit. La fin d'une histoire. De notre histoire.

CHAPITRE 44
- Cooper -

Parfois, aucun mot ne suffit pour exprimer ce qu'on ressent, aucun mot ne peut décrire ce vide soudain et immense. Ce puits sans fond où l'on ne distingue que les abysses, ce sanglot dans la gorge qu'on refuse de laisser sortir. Ce cri qu'on aimerait pousser, pour annihiler la douleur qui nous ronge. Un cri bestial qui nous déchirerait de l'intérieur, qui aurait un effet salvateur. Et là, alors que le taxi démarre, je ferme les paupières et refoule mes larmes. Mes yeux sont rouges de n'avoir pas pu pleurer, d'avoir tenu à me montrer fort tandis que je m'en allais... pour de bon, cette fois.

Je n'ai envie de rien sinon dormir, dormir encore. Je veux qu'on me laisse seul, moi et mon trou dans la poitrine. Je veux qu'on me débarrasse des souvenirs qui encombrent mon esprit. Les souvenirs d'un sourire, d'un rire rauque, d'un râle, d'odeur de sexe et de lui, du goût du whisky récolté sur des lèvres fermes, d'une barbe irritant ma peau, laissant une empreinte trop rapidement effacée.

Parfois, aucun mot n'est assez puissant pour hurler notre peine et notre cœur abîmé.

Parfois, tout ce qu'on souhaite, c'est se rouler en boule et oublier. Tout oublier.

Se calfeutrer au plus profond de nous-même et ne plus rien ressentir.

Pour ne plus avoir mal. Pour ne plus souffrir.

CHAPITRE 45
- Kane -

Mai

Les rumeurs. Elles poussent comme du chiendent. Partout où se portent mes yeux, je les vois chuchoter entre eux. Je sens leurs regards inquisiteurs sur moi, le souffle de leurs mots murmurés.

On ne peut pas échapper à l'Élite, à ces gens bien-pensants hypocrites. J'ai l'impression d'être une marchandise dont on chercherait à évaluer la qualité. On tente de comprendre pourquoi Beth a souhaité divorcer. La tête haute, les muscles tendus, mon regard empli de défi, je ne me laisse pas impressionner.

Les femmes tournent autour de moi, essayant d'en découvrir toujours plus. Le froissement de leurs robes de soirée hors de prix agresse mes oreilles. À travers leurs moues empruntes de pitié, à travers leur « je suis désolée d'apprendre cette nouvelle » dont elles ne pensent pas un mot. « Que s'est-il passé ? Vous formiez un si joli couple. » Allez tous vous faire foutre, voilà ce que j'aimerais hurler. Allez tous vous faire foutre, vous et vos préjugés. Tous, ils en sont pétris. J'accepterais, si seulement ils ne blâmaient que moi. Me traitaient de mauvais mari. Mais non, la plus visée par des accusations infondées, par cet opprobre jeté par des femmes qui prétendaient être des amies, c'est Beth.

Les rumeurs. Je voudrais les annihiler. Les enfermer dans mon poing et les écraser.

« J'ai toujours su qu'elle n'était qu'une croqueuse de diamants. À présent qu'elle a trouvé un meilleur parti, elle s'empresse de divorcer. »

Fermez-là ! Fermez-là !

Bienvenue parmi les hyènes de la haute société. Elles se feront un plaisir d'enfoncer leurs crocs dans votre peau jusqu'à ce que vous saigniez.

C'est dingue, ils n'ont pas perdu de temps pour se renseigner et faire circuler des informations croustillantes.

« Roberto Vasquez, un *self made man*, une entreprise cotée en bourse. Et loin d'être désagréable à regarder ».

Je ne peux pas les laisser dire ça, les laisser croire ça. Croire que Beth ne m'a épousé que pour le confort financier. Même si elle ne compte pas rester à New York, même si rapidement, elle sera installée en Floride, ça ne change rien. Parce que nous faisons partie d'un microcosme qui s'étend bien plus loin que Manhattan. Parce que des individus tels qu'eux, des putain d'enflures capables de bousiller la vie d'autrui d'une seule parole, d'un claquement de doigts, en répandant leur fiel, il en existe dans toutes les hautes sphères.

Je me sens si impuissant, face à eux.

Pour eux, tout ça n'est qu'un jeu. Un moyen pervers, malsain, de s'amuser, d'apporter un peu de piquant dans leurs vies monotones.

Je ne peux pas les laisser faire. Je refuse que Beth se retrouve acculée, devienne une paria à cause de moi. Par égard pour tout ce qu'elle a fait, par amour pour elle, peut-être par besoin de me libérer, je dois révéler la vérité.

Il est tard lorsque je débarque à l'appartement de Steve. Je n'ai même pas pris le temps de me changer, je suis venu directement après ce foutu gala de charité. Mon sang bout dans mes veines, mais je suis prêt. Impossible de reculer.

Il était sur la route pour rentrer chez lui lorsque je l'ai appelé. Nous ne nous sommes pas vus depuis des semaines, depuis qu'il nous a surpris, son fils et moi...

Je secoue la tête, refusant d'y songer. Refusant que Cooper s'immisce dans mes pensées. J'ai suffisamment de mal à l'oublier, à tirer un trait sur ce que nous avons partagé. Si je commence à lui laisser l'occasion de s'infiltrer en moi, je vais encore broyer du noir et m'apitoyer. Aujourd'hui, j'ai besoin d'avoir les idées claires, d'être fort, déterminé.

— Est-ce que je peux te voir, ce soir ?

Une question murmurée alors que je me tenais dans un coin de la salle de bal du Carlyle, les vautours évoluant autour de moi, feignant de m'ignorer. Je n'ai pas pu patienter une seconde de plus, au risque de paniquer, d'abandonner cette idée. J'étais au pied du mur, et l'heure était venue de l'escalader.

— Je suis chez moi dans moins d'une heure. Je t'attendrai.

Rien d'autre. Aucune allusion, aucune colère. Juste un ami, présent, lorsqu'on a besoin de lui. J'ai commencé à respirer de nouveau.

J'avance de quelques pas dans l'entrée et Steve se tient là, devant moi, à m'observer. Je n'avais jamais remarqué jusqu'à présent combien son fils lui ressemble. Même regard, même sourire en coin. Ça fait mal, bordel.

Mais toujours moins que son poing qui s'écrase sur mon visage et que je n'avais pas vu arriver.

— Putain !

Sonné, je cligne des yeux et porte ma main à ma mâchoire. Bordel, il n'a pas retenu son coup. Je reporte mon attention sur lui et le vois grimacer.

— J'ai cru sentir mes os craquer, grommelle-t-il en se tenant la main.

J'éclate de rire et secoue la tête.

— Je suppose que je l'ai mérité.

Il sourit en retour, l'air satisfait. Au moins, il a pu se défouler.

— Je confirme. Et ça m'a fait un bien fou. Je lui avais promis que je te casserais la gueule si tu venais à le blesser.

Il m'invite à le suivre dans la cuisine et me tend une poche de glace que j'applique sur ma mâchoire tuméfiée.

— Comment va-t-il ?

J'aurais voulu ne pas poser cette question, j'aurais voulu me convaincre que je m'en foutais, mais putain, j'ai trop besoin de savoir.

— Il est dévasté.

Mon cœur se serre. J'aimerais m'excuser, lui dire que je suis désolé, mais ça ne changerait rien. Je suis dans le même état que lui, et peut-être que d'un côté, ça me réconforte, de savoir que je ne suis pas le seul à en chier.

— Et toi ?

Il hausse les épaules.

— Pour être honnête, je suis soulagé.

Je suppose que c'est ça aussi, l'amitié. Quelques mots suffisent pour se comprendre. Pas besoin de longs discours, d'explications qui n'en finissent pas. Il n'évoque même pas sa surprise face à mon homosexualité, et je réalise que ça n'a pas d'importance pour lui. Qu'il se fout bien de qui je baise... enfin, excepté son fils. Je grimace à cette pensée. J'ai conscience qu'il ait eu du mal à avaler notre relation, qu'il ne l'ait pas vraiment acceptée, mais je lui suis reconnaissant qu'il ne cherche pas d'explications, qu'il ne remette pas cette histoire sur le tapis, qu'il ne me blâme pas. Je crois qu'aucun de nous n'a envie de s'attarder sur le sujet. Pourtant, je ne peux m'empêcher d'ajouter :

— Il me manque.

— Tu lui manques aussi. Mais ce n'est pas pour lui que tu es là, si ?

Je secoue la tête et lui emboîte le pas jusqu'au salon. Il sort une bouteille de bourbon qu'il verse dans deux verres en cristal.

— Alors pourquoi ?

J'avale une lampée de liquide ambré, laissant la chaleur de l'alcool se répandre dans ma gorge.

— Parce que tu es la seule personne à qui je peux demander ça, parce que j'ai confiance en toi.

Il me fixe, perplexe, mais hoche la tête, m'incitant à continuer.

Je passe une main dans mes cheveux. Ferme brièvement les yeux. Pousse un profond soupir. C'est maintenant. Impossible de reculer.

— Je veux faire mon coming-out.

CHAPITRE 46
- Cooper -

Serviette autour de la taille, toujours humide de ma douche, je suis en train de fouiller dans mon armoire à la recherche d'un tee-shirt lorsque Ian débarque comme une tornade dans ma chambre, sans prendre la peine de frapper.

— Te gêne pas surtout. Je suis encore à poil, je te signale.

Je ne crois pas qu'il m'ait entendu. En fait, je ne suis même pas certain qu'il ait remarqué ma tenue. J'enfile rapidement un tee-shirt et un short pour me débarrasser de ma serviette mouillée.

— Il est gay! s'exclame-t-il.
— Hein?

Mais qu'est-ce qui lui prend tout à coup?

— Ackermann. Il est gay!

Et sur ces paroles, il me tend un magazine.

Pas n'importe quel magazine.

Quelques secondes sont nécessaires pour que je réalise ce que je lis. J'avance de quelques pas et m'affale sur le lit, sans quitter du regard la couverture de GQ.

Là, sur le papier glacé, le visage de Kane. Son air solennel, sa barbe taillée. Ses yeux. Si verts. Si intenses. J'en frissonne. Je chasse les souvenirs qui m'assaillent aussitôt pour porter mon attention sur le titre. Et je cesse de respirer.

Kane Ackermann.
OUT & PROUD
Les confessions d'une légende du hockey.

Bordel de merde. Impossible ! La revue entre les mains, je reste fixé sur les mots imprimés. Il l'a fait. Il l'a fait. Il l'a avoué. Je tourne les pages pour arriver à l'article qui m'intéresse. Sur la droite, des clichés de lui plus jeune, en plein match, arborant le maillot des Leafs, puis celui de l'équipe du Canada à l'occasion des Jeux olympiques. Un autre plus récent, en costume pour une séance photo. Un autre, de Beth et lui, qui se regardent en riant. Je me retiens de poser ma main sur le papier pour le toucher. Je ferme brièvement les yeux, tente de ne pas montrer mon trouble à Ian qui n'a pas ouvert la bouche depuis qu'il m'a filé le magazine. Je m'arrache tant bien que mal à ma contemplation pour découvrir le contenu de l'article.

« Kane Ackermann sort du placard et ébranle le monde de la NHL. »
Propos recueillis par Steve Reid.

Je le savais. Dès que j'ai vu de quel magazine il s'agissait, j'ai compris que c'était à mon père qu'il s'était confié. Mon père. Parce que même si ce n'est plus son boulot depuis longtemps, de se coltiner des interviews, il était le seul envers qui Kane avait suffisamment confiance pour se raconter.

J'ai du mal à croire que mon père me l'ait caché. Peut-être que Kane lui a demandé ? Ou peut-être qu'après avoir passé plusieurs jours à être témoin de la douleur que notre rupture avait provoquée, il s'est dit que Kane était un sujet que je préférais ne pas aborder ?
— Tu le savais ? m'interroge soudain Ian.
Je reste immobile, incapable de croiser son regard. Incapable de répondre.
— Tu le savais !
Pas une question cette fois.
— Bordel de merde.
Son exclamation me fait lever la tête. Ses yeux sont tout écarquillés et il affiche un air choqué.
— C'est pour ça, n'est-ce pas ? Tes recherches sur le sexe gay ? Putain ! Tu t'es tapé Acker...
Je bondis du lit et me précipite vers lui pour poser sa main sur sa bouche et l'empêcher de terminer sa phrase.
Je l'observe, ses yeux toujours grands ouverts. Il secoue doucement la tête comme pour m'assurer qu'il a compris et j'ôte ma main avant de revenir m'asseoir sur le lit. Mes jambes sont faibles, je ne suis pas sûr qu'elles puissent me porter et je n'ai pas envie de m'écrouler. Ce que j'ai failli faire plusieurs fois ces derniers temps.
— Alors c'est vrai ? Toi et lui, vous...
— Ouais, nous...
Je me tais, la gorge serrée.
Nous... nous avons été tant de choses en si peu de temps. Des amants, principalement, mais tellement plus que ça. Nous nous sommes découverts, nous nous sommes rapprochés et, je crois que nous nous sommes aimés. Parce que cette plaie béante dans la poitrine, cette impression d'avoir du mal à respirer depuis que je l'ai quitté ce matin d'avril, ses mots qui m'ont déchiré... Ça ne pouvait être que ça. De l'amour. Enfin, je crois. Parce que pour être honnête, avant Kane, je n'avais

jamais ressenti ça. Pas avec autant d'intensité. Ces émotions, mon cœur mis à nu, la douleur de son absence... Non jamais. Et franchement, j'aurais préféré ne pas découvrir à quel point ça peut faire mal, d'être rejeté.

— Bordel de merde, répète Ian.

— Ouais.

Il vient s'asseoir à mes côtés, son épaule touchant la mienne, comme s'il avait compris combien j'étais en vrac, et qu'il souhaitait m'offrir une présence, du réconfort.

— Vu ton humeur de ces dernières semaines, j'imagine que c'est terminé.

Les larmes me piquent les yeux quand je repense à ses paroles, ce matin-là, juste avant que je ne quitte son lit. Que je le quitte, lui. Définitivement.

«Qu'est-ce qui nous empêche d'être ensemble?»

Un soupir. La résignation.

«Tu le sais.»

«Arrête. Tu as peur, c'est tout. Et moi aussi, je flippe. Mais ça vaut le coup.»

La colère dans ma voix. L'incompréhension.

«C'est trop risqué.»

«Prendre des risques, ça fait partie de la vie. On sera discrets. Personne n'en saura rien.»

«Je ne suis pas prêt pour ça.»

Pas prêt pour moi. Pas prêt pour s'embarquer dans une relation avec un homme tel que moi. Un homme bien trop jeune avec qui il n'a rien en commun, si ce n'est le hockey. Un type encore à l'université, qui mène une vie si différente de la sienne.

«J'aimerais te convaincre que ce n'est pas un problème.»

«Je préférerais que tu ne le fasses pas».

Parce qu'il savait qu'il ne pourrait faire le poids face à mes arguments.

«Je ne te savais pas si lâche.»

Un ricanement suintant la tristesse. L'abandon.
« Tu ne me connais pas. »
Mon cœur qui se fracasse contre le sol. La reddition.

Je raconte tout à Ian. Tout. Même ce que je n'ai pas dit à Jude ni à personne d'autre. Je ne sais pas pourquoi. Peut-être que j'ai moins peur de son jugement. Peut-être que parce qu'il n'est pas encore tout à fait un ami, je me permets de me confier davantage.

— Bordel de merde.

Je ris malgré mes yeux gonflés. Je crois que ça m'a fait du bien, finalement, de tout lâcher. De nous raconter. Surtout que plus rien ne m'en empêche à présent que le monde sait que Kane est gay.

Mais il refuse toujours toute sorte de relation avec toi.

J'ai beau me retourner le cerveau dans tous les sens, je ne comprends pas pourquoi. Surtout maintenant, surtout après avoir dévoilé qui il est vraiment.

— Dire que je fantasme sur ce type depuis des années. Et c'est toi qui finis par te le taper. La vie est une chienne.

C'est à mon tour de le fixer les yeux comme deux ronds de flanc. Ai-je bien entendu ? Est-ce qu'il est… ?

Il éclate de rire face à mon regard ahuri.

— Ouais, Reid. Je suis gay, moi aussi. Mais je tiens à ce que ça reste un secret. Même si Ackermann a clairement brisé les tabous et nous a ouvert la voie. Ma carrière est en jeu, je n'ai pas envie de gâcher mes chances.

Oui, Kane a fait tomber une barrière. Le premier joueur de toute l'histoire de NHL à avouer son homosexualité. Tu parles d'un truc.

Pourtant, même si je suis heureux pour lui, je ne parviens

pas à en être soulagé. Parce qu'il a beau être sorti du placard, il n'est toujours pas avec moi. Et à présent, il pourra se taper tous les mecs de la Terre au grand jour. Des mecs qui savent qui ils sont, qui n'ont pas peur d'oser, qui n'ont aucun tabou, aucune barrière, en ce qui concerne le sexe. Et peut-être que Kane finira par s'attacher à l'un d'eux pour s'engager dans une véritable relation, du genre longue durée. Alors il m'oubliera, m'effacera de sa mémoire, définitivement.

Je crois que finalement, je préférais quand il se cachait, parce que j'avais l'impression d'avoir une chance. Une chance qui s'est envolée en même temps qu'il a recouvré sa liberté.

CHAPITRE 47
- Kane -

«Es-tu sûr d'être prêt pour ça?»

La question de Steve, avant, pendant, après l'interview, alors que je me raconte, que j'hésite, que j'essaie de me montrer le plus honnête possible dans mon témoignage. Un témoignage qui me semble durer des heures, duquel nous sortons tous les deux lessivés. Parce que pour quelques questions choisies pour un magazine, Steve et moi en profitons pour discuter longuement. Nous abordons le sujet de Beth, et je lui relate toute l'histoire. Notre amitié au lycée, sa rencontre avec Mike et son départ aux États-Unis, le lien que nous avons toujours conservé, la douleur insoutenable lorsque son époux est mort. Notre mariage, mis en scène, où chacun y trouvait son compte, même si nous nous aimions profondément. «C'est une femme formidable» conclut Steve.

Nous discutons longuement, mais il y a tout de même des sujets que nous évitons. La seule mention de Cooper intervient lorsque Steve me demande «est-ce que tu le fais pour lui?» J'aurais aimé lui répondre oui, parce qu'il y a partiellement contribué. Même si mon divorce a été le réel déclencheur, l'arrivée de Cooper dans ma vie, sa vision bien à lui, notre conversation ce soir-là, au chalet, m'ont fait réaliser que c'était peut-être le moment d'avancer.

«Non. Parce que ça ne changera rien entre nous. Je le fais pour Beth, et surtout pour moi». Parce qu'il est temps que je me libère de ce secret qui me pèse depuis beaucoup trop longtemps.

«Es-tu sûr d'être prêt pour ça?»

La question de Charles, mon avocat, quand il nous a rejoints ce soir-là. Alors que, un verre de bourbon à la main, nous évoquons les conséquences que cela pourrait engendrer, ils m'apportent tous deux leur soutien, leur amitié, et je leur en suis reconnaissant. «C'est une grande première dans le monde de la NHL, et je suis fier de toi», me dit Charles en me tapotant le bras.

«Es-tu sûr d'être prêt pour ça?»

La question de mon agent quand je lui annonce vouloir sortir du placard. «Un petit pas pour l'homme, un grand pas pour le monde du hockey» s'esclaffe-t-il avant de secouer la tête et de déclarer : «je sens que les prochains jours vont être chargés».

«Es-tu sûr d'être prêt pour ça?»

La question des dirigeants de l'équipe des Sound Tigers quand je pénètre dans leur bureau, les mains moites, le cœur battant, l'estomac au bord des lèvres. J'ai l'impression que ma cravate va m'étouffer et mon pantalon de costume craquer face à mes muscles bien trop tendus.

Je crois n'avoir jamais eu autant la trouille de ma vie. Je n'arrête pas de me demander ce qu'il se passerait s'ils n'acceptent pas. S'ils décident de me virer. J'ai conscience des enjeux, des sponsors, des investisseurs, du risque qu'ils encourent. Mais les dés sont jetés, et je ne veux pas reculer.

« Et vous ? L'êtes-vous ? »

Ils m'offrent un sourire légèrement crispé. Puis nous discutons. Depuis plusieurs années, la NHL lutte contre l'homophobie dans le milieu du sport, certains joueurs se sont même pris des amandes pour insultes homophobes. Mais je sais qu'il y a une différence entre défendre une cause et devoir affronter les retombées possibles qu'un type comme moi fasse son coming-out. Étonnement, ils ne se démontent pas. Ils hochent la tête et me confirment qu'ils ne comptent pas mettre un terme à mon contrat simplement à cause de ma sexualité. De toute façon, dans cette éventualité, je n'aurais pas hésité à faire entrer en scène mon avocat.

Par contre, je ne suis pas certain qu'ils me soutiendraient s'ils savaient que j'étais tombé amoureux d'un type de l'âge des joueurs que je coache. Raison de plus pour considérer toute forme de relation avec Cooper morte et enterrée.

« Je sais que tu es prêt »

Les mots de Beth lorsque je l'appelle le lendemain de ma soirée confession avec Steve et Charles. J'ai mal au crâne d'avoir trop bu la veille, mais je suis heureux, légèrement euphorique, un peu fier aussi, et surtout apaisé. D'admettre que c'est la meilleure chose à faire, d'enfin parvenir à me libérer. Je ne veux plus me cacher, cette époque est révolue.

Je croyais savoir où je mettais les pieds. Honnêtement, je devinais que cette déclaration provoquerait un raz de marée. Qu'elle allait faire couler beaucoup d'encre. J'avais conscience de ma place dans le monde du hockey. Et je pensais savoir à quoi m'attendre. Aux répercussions, aux détracteurs, aux fans…

En fait, je me rends compte que j'étais loin de la vérité.

Tout va vite. Trop vite. À tel point que j'en ai le tournis et ne sais plus comment gérer. Au début, j'ai trouvé ça grisant, de manière tout à fait narcissique, d'être aussi demandé, aussi convoité. Tout le monde se disputait ma présence, et j'avais l'impression de revivre mes plus belles années en tant que joueur phare des Leafs. Des interviews à la pelle, ma gueule sur ESPN, plusieurs Unes de journaux, de magazines, allant de Sport Illustrated à Esquire. Je courais partout et j'adorais ça, j'adorais pouvoir être moi et susciter autant d'intérêt, d'admiration. J'adorais le soutien que je recevais de la part de fans, j'adorais avoir des nouvelles de certains de mes anciens coéquipiers pour me féliciter. C'est étrange en y repensant. Ouais, je me suis lancé, j'ai osé, mais je ne comprends pas vraiment en quoi c'est si important. En quoi cela a tant d'impact auprès de la société. Mon métier n'a jamais rien eu à voir avec ma sexualité. Quand j'affrontais mes adversaires, je ne pensais à rien d'autre qu'au jeu. Quand j'étais dans les vestiaires, je n'en profitais pas pour mater les queues de mes coéquipiers. Ça me dépasse, même si j'en ai toujours eu conscience, c'est d'ailleurs une des raisons pour lesquelles je me suis toujours caché. À cause de la haine et des préjugés.

C'était incroyable, cette spirale, cette exaltation qui embrasait mes veines, qui me donnait des ailes.

Et puis rapidement, l'euphorie est retombée pour être remplacée par l'agacement.

À chaque début, à chaque fin d'entraînement, je suis harcelé par les journalistes. Ils se pointent avec leurs caméras et leurs micros, à me poser invariablement les mêmes questions.

Le pire, ce sont les paparazzi, ceux qui tentent de s'immiscer dans ma vie privée. Qui me demandent si j'ai quelqu'un dans ma vie, un compagnon, si je compte le dévoiler. Ils me suivent constamment, font le planton devant chez moi en attendant de voir qui osera se pointer.

C'est là que je me dis que Sean est sorti de ma vie au

moment idéal. Peut-être est-ce aussi son départ qui m'a poussé? Je n'en sais rien, peut-être que ça a joué.

Une chose est sûre, et dont j'aimerais me féliciter, c'est combien j'ai eu raison de couper les ponts avec Cooper. Que serait-il arrivé s'il avait été pris dans cette tornade avec moi? Rien de bon. Ni pour lui ni pour moi.

Il me manque, un vide qui m'enserre la poitrine. Pourtant, c'était la meilleure chose à faire, de mettre un terme définitif à ce que nous vivions. Je me demande ce qu'il pense de tout ça, quelle a été sa réaction quand il a découvert que j'avais enfin sauté le pas. J'ai envie de croire que je l'ai rendu fier, lui aussi.

Même s'il a conscience que ça ne change rien pour lui et moi. Je ne lui ai pas totalement menti. Oui, son âge est un obstacle, j'ai toujours peur pour mon boulot parce que j'entraîne des types de sa génération. Oui, notre relation ne serait pas bien vue dans le monde dans lequel nous évoluons.

Mais la vérité est tout autre. Parce qu'à chaque fois que je le regardais, à chaque fois que nous étions ensemble, que je le touchais et l'embrassais, qu'il me souriait et m'enlaçait, à chaque fois que nous discutions, que nous riions, je devenais de plus en plus dépendant de lui, j'éprouvais des sentiments que je ne pouvais réfréner, et j'aurais fini par me casser la gueule.

Quand il a proposé que l'on continue à se voir, à l'abri des regards, j'ai failli capituler, parce que j'en crevais d'envie. Mais ce n'était pas une bonne idée. Plus le temps passait, plus je m'enfonçais dans mes sentiments, et j'ai préféré limiter les dégâts, limiter la douleur. Parce que, certes, nous étions bien, pour le moment. Mais dans six mois? Dans un an? Cinq?

J'ai perdu suffisamment de temps, je n'ai pas l'intention de continuer à en gaspiller. J'ai envie d'une vie de couple, épanouissante. Une relation sincère et vraie. Cooper est trop jeune pour se projeter, pour parler d'avenir, pour s'enfermer dans une relation, pour savoir ce qu'il souhaite réellement. Je ne lui en veux pas, à son âge, quoi de plus normal ? Mais je dois tirer un trait sur mes espoirs avec lui. Sans compter que je suis le seul homme qu'il ait expérimenté, et tôt ou tard, une fois qu'il aurait suffisamment exploré sa sexualité, je pense qu'il se serait lassé.

— Il vous va très bien.

Une voix féminine me sort de mon introspection.

Je lève les yeux vers la photographe et lui souris.

Oui, je dois dire que je suis assez fier de le porter. Fier que le projet You Can Play[11] m'ait proposé de poser avec un tee-shirt Pride de l'équipe des Leafs pour ajouter une pierre à leur édifice. Je n'ai pas demandé à être un porte-parole de la cause LGBT, mais si je peux aider, à mon niveau, les joueurs, actuels et futurs, à oser, à ne plus avoir peur, à arrêter de se cacher, je serais satisfait.

Sur la table non loin, j'entends mon portable vibrer. J'aurais aimé que Beth soit là, comme elle l'a toujours été quand je devais jouer au mannequin – même si c'est pour la bonne cause, cette fois.

Je l'ai quasiment tous les jours au téléphone, nous parlons longuement, et je suis soulagé de savoir que sa fille semble bien accepter la situation. Je n'en ai jamais douté, je pense qu'elle est heureuse d'être enfin débarrassée de moi.

Je me raccroche comme je peux à Beth, à sa voix. Et même si elle parvient toujours à m'apaiser, j'aurais préféré l'avoir à mes côtés.

J'ai du mal à faire le deuil de notre histoire, j'ai du mal à continuer d'avancer sans trébucher. J'ai du mal à suivre ses

---

11   Organisme ayant pour objectif d'assurer l'égalité, le respect et la sécurité de tous les athlètes sans égard à leur orientation sexuelle. Le groupe veut offrir un environnement dans lequel les lesbiennes, gais, bisexuels et transsexuels se sentiront les bienvenus, et ce, autant dans les vestiaires que dans les gradins.

conseils chaque fois que je lui parle et qu'elle devine que je ressens ce manque en moi. Le manque de notre vie, oui, mais surtout le manque de lui.

«Appelle-le. Arrête de laisser tes peurs te bouffer. Appelle-le.»

Je ne peux pas, j'en suis incapable. Je crois qu'elle ne comprend pas. Elle voudrait que je sois aussi heureux qu'elle avec Roberto, que moi aussi, je trouve enfin «l'homme parfait pour moi». Mais le seul auquel je peux penser, mieux vaut le laisser à l'abri de tout ça, loin de moi.

C'est foutrement ironique quand on y réfléchit. Je n'ai jamais été aussi entouré, et pourtant, je ne me suis jamais senti aussi seul.

CHAPITRE 48
- Cooper -

Contre toute attente, j'ai survécu à cette année. Mes examens terminés, je me permets enfin de souffler. Je me demande comment je suis parvenu à me concentrer suffisamment pour donner le meilleur de moi-même. Parce que ces derniers temps, et plus que jamais, Kane n'a pas quitté mes pensées. Comment aurait-ce pu être possible alors que j'avais l'impression de le voir partout? OK, j'ai peut-être cherché la moindre information à son sujet, récemment. Ses interviews télévisées, les articles dans les journaux et magazines. J'apercevais son visage et mon cœur semblait éclater toujours un peu plus. Pourtant, je ne pouvais m'empêcher de rester à l'affût. De lire chaque page, chaque encart.

J'ai bien dû lire une dizaine de fois l'interview exclusive qu'il a accordée à mon père. Sa relation avec Elizabeth et le secret qu'ils ont partagé durant des années. Nicholas, son premier amour, pour qui j'ai éprouvé une pointe de jalousie.

Sa carrière, pour laquelle il a tout sacrifié, jusqu'à sa vie privée.

J'étais si fier. Fier de lui, du chemin qu'il avait parcouru. Fier qu'il ait osé.

Fier et amer.

Je m'étais senti privilégié de connaître son secret, même si je l'avais découvert par un concours de circonstances. Privilégié de partager des moments intimes avec lui, d'être celui avec qui il pouvait révéler sa véritable personnalité.

Peut-être n'est-ce pas uniquement la curiosité qui m'a motivé à fouiller tous les articles parus. Peut-être que je cherchais quelque chose, n'importe quoi. Une allusion, une mention, un espoir auquel me raccrocher. Une preuve que j'avais compté. Au moins un peu.

Plus je lisais, plus mon ventre se serrait, plus le trou dans ma poitrine se creusait. Rien. Le néant. J'avais beau essayer de lire entre les lignes, au final, je me faisais plus de mal que de bien.

C'est dur, de s'avouer que nous sommes passés à côté de ce qui aurait pu être une belle histoire. D'avoir voulu y croire, si fort... De se casser la gueule si brutalement.

— Tu es prêt ?

Je lève les yeux de mon ordinateur pour les poser sur Ian. Il sourit doucement en me regardant. Il sait que je ne vais pas très bien en ce moment, même si je refuse d'en discuter. Dès que je ramène une fille à la fraternité, dès que je découche pour aller m'éclater, j'ai droit à ses regards qui parlent pour lui. « Ça n'arrangera rien. Ça ne t'aidera pas à avancer. À oublier ».

Mais il le faut. Et je n'ai pas encore trouvé de meilleure solution.

Je pose mon portable au pied du lit, hoche la tête et me lève.

— Tu vas te pointer à la soirée comme ça ? me demande-t-il en avisant mon jean troué et mon vieux tee-shirt délavé.

Je hausse les épaules pour toute réponse. Qu'est-ce que ça peut bien faire ? Ce n'est pas comme si Win allait me refouler à l'entrée. Ian lui, s'est carrément bien sapé. J'ai eu beau lui dire que c'était une fête entre nous, pour célébrer la fin de l'année, je crois qu'il tient à faire bonne impression devant mes potes. Je trouve dommage qu'il complexe parce qu'il n'a pas les mêmes moyens que tous les invités qu'il va croiser ce soir, mais j'espère qu'il va vite se rendre compte que tout ça n'a pas d'importance. La seule chose qui en a, c'est de tous se retrouver, de s'éclater.

Évidemment, parmi toutes les personnes présentes – et nous sommes nombreux, Win ne fait jamais rien à moitié – il fallait que je tombe sur Olivia. Accompagnée de son nouveau mec, qui plus est.

— Salut, souffle-t-elle en me découvrant devant elle.

— Salut.

Je l'étreins rapidement sans même jeter un œil au type qui se tient à côté d'elle. C'est bizarre, nous avons partagé tellement de choses ensemble durant les mois de notre relation, comment est-il possible que nous soyons redevenus de tels étrangers ? Si mal à l'aise en présence de l'autre ? Sans rien à se dire après avoir passé des heures à échanger, à rire ? Est-ce que ce sera pareil, avec Kane ? Quand je finirai par le recroiser ? Cette simple pensée me noue la gorge. Il me manque, putain. Son absence me tue chaque jour un peu plus.

Olivia et moi discutons brièvement, des examens, du soulagement d'avoir vaincu cette première année de fac.

— Tu pars quelque part cet été ?

Elle m'observe quelques instants avant de lâcher :

— Je vais aider ma mère à déménager.

— Ah ? J'ignorais qu'elle comptait quitter New York. Même si j'imagine que plus rien ne la retient en ville à présent qu'elle est divorcée.

Olivia ricane d'un air agacé.

— Tu n'es pas au courant qu'elle a divorcé parce que son putain de mari est gay ?

Sa véhémence me fait frissonner. Merde, si elle savait...

— Si, mais...

— Elle part en Floride, avec Roberto. Il m'a proposé de les accompagner. Ça me permettra d'apprendre à le connaître, et de passer un peu de temps avec elle.

C'est marrant. Elizabeth a été unie à Kane durant des années, et elle n'a jamais fait le moindre effort pour « apprendre à le connaître » ni l'apprécier.

— C'est sympa de sa part, je suppose.

Elle hoche la tête et sourit. Ouais, apparemment, elle aussi est tombée sous le charme de son nouveau beau-père.

— Tu lui passeras le bonjour, je déclare, parce que je n'ai pas envie de m'attarder et que son mec semble du même avis.

Je suis sur le point de les abandonner à leur sort lorsqu'elle lance :

— J'ai toujours su que quelque chose clochait chez Kane. Tu n'arrêtais pas de me dire que je devais faire des efforts, que je ne devais pas lui en vouloir d'avoir remplacé mon père. Mais tu vois, j'avais raison. Depuis le début.

J'aurais aimé tourner les talons et ne pas répondre, mais c'est plus fort que moi. J'ai besoin de répliquer.

— Ça ne fait pas de lui quelqu'un de mauvais, Liv. Il avait juste peur, et voulait cacher son secret. On aurait tous fait pareil à sa place.

— C'est marrant. J'étais sûre que tu le défendrais. Ton admiration pour lui est indéfectible. Tu sais, je me demande si c'était vraiment moi qui t'intéressais, ou si tu voulais simplement te rapprocher de lui.

Sa réplique me laisse bouche bée. Bordel, elle est sérieuse, là ? Elle est réellement en train de m'accuser de m'être servi d'elle pour atteindre Kane ? Elle est malade.

Tu te trompes. Je t'ai aimée. Peut-être pas de la bonne manière, peut-être pas comme tu l'espérais. Mais je me suis toujours montré sincère. Je me tais, parce que ces mots, j'estime qu'elle ne les mérite pas.

— Crois que ce que tu veux, j'en ai plus rien à foutre, je réplique entre mes dents serrées, puis sans attendre de réponse, je me détourne dans l'intention de m'éloigner lorsque je croise le regard de Jude, qui semble avoir suivi notre altercation.

Il passe un bras autour de mes épaules et me file sa bière à moitié vide.

— Viens. Ce soir, je veux que tu arrêtes de broyer du noir, que tu fasses la fête et que tu oublies tes emmerdes.

Je hoche la tête et nous nous dirigeons vers la terrasse bondée. La musique résonne à travers les baies vitrées, les gens rient, crient et échangent des discussions animées.

Je me libère de l'étreinte de Jude, avance jusqu'à la balustrade et allume le joint que j'ai roulé avant de venir.

Je prends une taffe et observe la fumée s'élever dans l'air chaud de Manhattan. Je baisse les yeux et admire les lumières éclairer les rues bondées à des dizaines de mètres au-dessous de mes pieds. Les conversations s'atténuent lorsque je me réfugie dans mes pensées. La vérité, c'est que malgré tout, malgré la douleur, malgré le manque, je ne veux pas oublier.

CHAPITRE 49
- Kane -

Juillet

Les Hampton. C'est vraiment un endroit où je ne pensais jamais mettre les pieds. D'habitude, mon été est divisé entre le chalet à Aspen et la maison de mes parents. Mais cette année, Steve a insisté. Je sais que ce n'est pas innocent, même si je ne le comprends pas vraiment. Après tout, il m'a assuré être soulagé que tout soit définitivement terminé, entre son fils et moi.

Je tente de refouler mon appréhension lorsque la berline s'engage dans l'allée privée menant à la villa, et je crois que j'y parviens plutôt bien. Bordel, je n'ai jamais vu un endroit pareil. La maison est immense et l'eau de la piscine scintille sous le soleil. Pourtant, il n'y a personne dedans. Non, ils sont tous éparpillés sur la terrasse. Il n'y a pas grand monde, mais d'ici je peux apercevoir Charles et son fils, Windsor. Ils sont en pleine conversation avec Eleanor Manning, dont le bras est enroulé autour de celui de Zane. Le sénateur a-t-il été convié à cette petite sauterie ? Sans doute pas, compte tenu de leur histoire. Je me demande comment j'ai pu un jour prendre ce type pour un ami. C'était avant de découvrir sa véritable personnalité. J'aurais dû savoir qu'il faut toujours se méfier des hommes politiques.

Franchement, je n'ai peut-être pas été un mari exemplaire, mais je crois que Beth et moi ne nous en sommes pas trop mal sortis, comparé à certains.

— Ackermann ! m'interpelle Steve tandis que je m'extirpe du taxi.

Il me rejoint et m'étreint rapidement avant de me laisser récupérer mon sac du coffre du véhicule. Je comprends pourquoi il a estimé qu'il n'y avait « aucun problème » lorsque je lui ai demandé si ça ne le dérangeait vraiment pas que je crèche sous son toit. Il doit y avoir une dizaine de chambres dans cette foutue villa.

Je lui offre une tape dans le dos et lui emboîte le pas tandis que nous rejoignons les autres convives. Je serre des mains, dispense des sourires, quelques mots, quelques rires, mais mon regard ne s'arrête jamais vraiment sur aucun d'eux. Malgré moi, je ne peux m'empêcher de rechercher une présence bien particulière. Celle pour qui je suis venu, même si j'ai tenté de me convaincre que ce n'était pas le cas. Me convaincre que je n'étais pas là pour lui. À cause de mon besoin de le voir, ne serait-ce que quelques secondes. Pour m'assurer qu'il va bien. Ou qu'il va aussi mal que moi. Je me suis longtemps demandé ce qui n'allait pas chez moi, ce qu'il m'avait fait pour que je ne parvienne pas à me sevrer de lui. Deux mois. Deux putains de mois. J'aurais dû être guéri. J'aurais dû être passé à autre chose. Si seulement c'était aussi simple...

— Vous avez l'air perdu, vous cherchez quelqu'un ?

Je me tourne et découvre Zane qui m'observe, bras croisés, sourire en coin.

— On ne peut vraiment rien te cacher.
— Il est à l'étage. Il est parti se changer. C'est con. Vous avez loupé la meilleure partie.
— Comment ça ? je lui demande en fronçant les sourcils
— Celui où son corps quasiment nu a fendu l'eau de la piscine. Un super spectacle, si vous voulez mon avis.
— Sérieux, Zane. T'es vraiment pas sortable !

Jude vient de nous rejoindre et je souris devant son agacement. Ils sont si différents tous les deux, mais se complètent parfaitement. Son mec ne relève pas et se penche vers moi avec un air de conspirateur.

— Tout au fond à gauche des escaliers. Avec un peu de chance, il ne sera pas encore habillé, m'informe-t-il avec un clin d'œil… Aïe !

Jude vient de lui asséner une tape à l'arrière du crâne. Je secoue la tête, amusé malgré moi par ces deux-là. En fait, j'apprécie que Zane se foute bien des conventions et n'en fasse qu'à sa tête. C'est ce qui m'a le plus agacé lorsque j'ai décidé d'intégrer le cercle fermé de l'Élite new-yorkaise. Comme s'il fallait constamment marcher sur des œufs. Beth était tellement plus à l'aise que moi dans ce monde-là.

J'abandonne le duo improbable pour me diriger vers l'intérieur de la maison où Steve a disparu. Je voudrais monter les escaliers qui me séparent de Cooper au pas de course, mais je n'en ai pas la force. À quoi bon ? Ça ne servirait à rien, sinon à se faire davantage de mal. Pourtant, j'ai besoin de savoir. Besoin de comprendre ce que Steve a derrière la tête.

Je le retrouve dans la cuisine, au téléphone. Lorsqu'il m'aperçoit, il écourte sa conversation et abandonne son portable sur l'îlot central.

— Je sais ce que tu vas me demander, commence-t-il, mais je le coupe aussitôt.

— Pourquoi ?

Il pousse un soupir et s'adosse contre le comptoir de marbre.

— Il est malheureux. Et ça me bouffe de le voir comme ça. Je sais qu'entre vous, ça s'est terminé un peu... brutalement. Non. Au contraire. Jamais fin de relation n'a été plus belle, plus douce, plus intense que la nôtre. Je ferme rapidement les yeux, laissant les flashs de notre dernière nuit ensemble envahir ma rétine. Nos corps ondulant l'un contre l'autre, ses soupirs, mes gémissements, ses lèvres, son odeur, sa voix.

— Il a besoin de réponses, Kane. S'il veut avancer, s'il veut tirer un trait sur toi, il a besoin de comprendre.

— Je lui ai dit...

— Ça ne suffit pas. Une part de lui y croit encore et ça me rend dingue.

— Tu m'as fait venir uniquement dans le but de le faire davantage souffrir ?

— Non. Je t'ai fait venir parce que tu es le seul à pouvoir le guérir.

J'aurais dû partir. J'aurais dû attraper mon sac et me barrer de là. Putain, mais quel con. J'aurais surtout dû refuser la demande de Steve. Ouais. Alors, comment expliquer que je me retrouve devant une porte entrouverte, sans avoir la force de frapper ? Sans avoir les couilles de faire un pas de plus pour le rejoindre ?

Mon cœur bat dans mes tempes et je tremble à l'idée de le revoir. À l'idée de perdre toute force lorsque mon regard croisera le sien.

— Décidément, rester planté sur le seuil, c'est vraiment une manie chez toi.

Je sursaute au son de sa voix. J'ignore comment il a su que j'étais là, mais je ne peux empêcher un sourire d'ourler mes lèvres. J'avance d'un pas dans la pièce et referme la porte derrière moi.

Devant moi se tient Cooper, en short et tee-shirt, bras croisés sur son torse, qui me toise d'un regard mauvais.

— Salut, je souffle.

— J'arrive pas à croire que tu te sois pointé ici.

Je ne m'attendais pas à ça. Je ne m'attendais pas à cette colère froide. Je la mérite sûrement, mais ce n'est pas agréable pour autant.

— On peut parler ?

— On s'est tout dit.

Cette amertume dans sa voix, j'ai du mal à la supporter. J'ai du mal à supporter cette hostilité, ce regard qui suffit à me faire comprendre que je devrais tourner les talons et m'en aller. Peut-être serait-ce le mieux à faire, finalement. Mais je reste planté là comme un abruti, à observer ses muscles tendus et sa posture défensive, à réaliser qu'il ne m'a jamais autant manqué qu'en cet instant. Je voudrais fuir sans me retourner, je voudrais le rejoindre et l'embrasser.

Je déteste le voir comme ça. Je *me* hais de l'avoir mis dans cet état. Et je ne résiste pas. Je m'approche de lui et tends le bras pour poser ma main sur sa joue.

— Ne me touche pas, gronde-t-il en repoussant ma main avant qu'elle n'ait pu atteindre sa peau.

— Cooper...

— Arrête. Arrête, putain !

Il crache ces mots et je tressaille devant leur violence qui me percute de plein fouet.

— Tu ne comprends pas...

— Alors explique-moi ! Je n'attends que ça ! Et ne me sors pas tes conneries habituelles, parce que je vais vraiment finir par t'en coller une.

Je prends une profonde inspiration et décide de tout lui avouer. Il mérite que je me montre franc.

— La vérité, c'est que j'ai quarante-deux ans, que j'ai passé ma vie au fond d'un putain de placard, et que maintenant, je ne veux plus perdre mon temps.

— J'ai été une perte de temps ? T'es sérieux là ? gronde-t-il.

Je tente de rester calme, de ne pas m'énerver à mon tour, de ne pas répondre à son attaque, parce que ça ne servirait à rien d'autre que de le braquer davantage.

— Je veux une vraie relation. Je veux avoir une chance de refaire ma vie.

— Et je ne suis pas assez bien pour toi, c'est ça ? J'étais juste une distraction ?

— Ne me fais pas dire ce que je n'ai pas dit ! je m'emporte à mon tour.

Au temps pour mon calme. Il est finalement parvenu à me faire sortir de mes gonds.

— Toi et moi, ça ne peut pas durer. Tu as toute la vie devant toi. Et tôt ou tard, tu finiras par te lasser.

— Qu'est-ce que tu en sais ?

— Parce que tu es jeune et que...

— Mais arrête avec ça, putain ! Arrête avec cette excuse à la con !

— Non ! Non, je n'arrêterai pas ! Parce que tu sais aussi bien que moi comment ça se terminera. Qu'est-ce qui se passera si on reste ensemble ? Qu'est-ce qu'il restera de nous dans deux ans ? Dans cinq ?

— Alors quoi ? Tu veux une garantie ? Tu veux pouvoir être sûr que le mec que tu trouveras ne te lâchera pas ?

Je n'ai pas le temps de répliquer qu'il s'approche de moi et ancre son regard au mien. Il brille de colère, de tristesse aussi. Et bordel, c'est en train de me foutre en l'air.

— J'ai un scoop pour toi, Kane, crache-t-il entre ses dents. Ce que tu cherches, ça n'existe pas. Ce ne sont pas des choses que tu peux prévoir, des choses que tu peux contrôler. J'ai dix-neuf ans, et après ? Peut-être qu'on se cassera la gueule, ou peut-être pas. La vie réelle, c'est comme ça. Tu t'es interdit pendant si longtemps d'avoir une relation que je crois que tu ne sais plus comment on fait.

— Tu as raison. Mais je ne suis pas certain d'être prêt à prendre ce risque.

— Mais ouvre les yeux, putain ! La vie c'est ça ! C'est prendre des risques ! C'est se lancer. Je te l'ai déjà dit, j'en ai marre de me répéter. J'en ai marre d'essayer de te convaincre... De continuer à vouloir me battre pour toi, pour nous...

Cette fois, c'est à son tour de s'approcher de moi. Sans jamais lâcher mon regard, il se plante devant moi.

— Je suis prêt. Je saute si tu sautes. Mais si tu préfères rester sur le bord sans oser, alors je crois que oui, en effet, nous n'avons rien à faire ensemble. Arrête de te servir de mon putain d'âge comme excuse pour te justifier. Parce que tout ce que tu parviens à faire, c'est nous rendre malheureux tous les deux. Qu'est-ce qu'on fout ? Qu'est-ce qu'on fout à se déchirer alors qu'on pourrait être si bien si on tentait le coup ?

Ses mots me font l'effet d'un uppercut en pleine mâchoire. Je frissonne et secoue la tête.

— Si ça ne dure pas...

Sa voix est de nouveau emplie de rage lorsqu'il me répond.

— On n'en sait rien, putain ! Et ça n'a rien à voir avec mon âge. Franchement pour l'instant, j'ai l'impression d'être le plus adulte des deux. Trouve-toi une meilleure excuse. Parce que là, je n'y crois pas.

Je n'ai plus aucun argument et je ne sais pas trop ce que je ressens. Il est si déterminé, si mature, si incroyable.

— Qu'est-ce que tu attends de moi ?

— Tu veux vraiment le savoir ? gronde-t-il.

— Oui.

— Que tu arrêtes d'être un putain de lâche. Voilà ce que j'attends de toi. La vérité.

Mes poings se serrent. Mon corps se crispe. OK. Si c'est ce qu'il veut, alors parfait.

— La vérité ? La vérité, c'est que je suis terrifié !

Je ne contrôle plus ma voix ni la fureur qui s'est tout à coup emparée de moi. Je la laisse se déverser dans mes veines, espérant qu'elle suffira à me donner la force de continuer.

— Ça te va ? C'est ce que tu attendais ? Ouais, je suis un foutu lâche qui préfère se voiler la face. Mais tu sais quoi ? Je crois que ça vaut mieux comme ça.

— Mais pourquoi as-tu peur à ce point ?

C'en est trop, je refuse de lutter plus longtemps, de tenter de parer une fois de plus.

— Parce que je t'aime, putain !

J'ai crié si fort que j'ai l'impression de m'être déchiré la gorge.

Il ouvre la bouche pour renchérir, mais il semble tellement surpris qu'aucun mot ne passe le barrage de ses lèvres.

— Je t'aime et j'ai peur de ne pas gérer...

Son corps percute violemment le mien et sa bouche s'écrase sur la mienne, m'empêchant de terminer. Mais rien à foutre. Parce que le frisson qui parcourt ma peau et la chaleur qui embrase mes veines sous ses lèvres qui dévorent les miennes ne m'ont jamais paru aussi réels. Aussi vrais.

CHAPITRE 50
- Kane -

Il me pousse violemment sur le lit et s'effondre sur moi de tout son poids. Mon souffle se coupe et il ne me laisse pas le temps de respirer que sa bouche affamée dévore de nouveau la mienne. Ses mains glissent sous mon tee-shirt et je gémis lorsqu'il pince et tord mes tétons. Bordel.

Sans jamais cesser de m'embrasser, il commence à onduler contre moi, frottant nos érections naissantes l'une contre l'autre.

— Tu m'as tellement manqué, je murmure contre ses lèvres lorsqu'il me libère enfin.

Il me fixe de ses yeux brillants, le visage fermé, sans rien dire. Il est toujours en colère contre moi. Je le vois à la manière dont il me regarde, à la brutalité de ses caresses, à la force avec laquelle il s'appuie contre moi.

Puis il fond de nouveau sur ma bouche, mordant mes lèvres avant de les lécher. Ses dents se plantent dans ma mâchoire, dans la peau de ma gorge. Jamais ses doigts n'arrêtent de me malmener, enflammant mes reins, provoquant des pics de douleur et de plaisir mêlés. Je devine qu'il a besoin de prendre les commandes, de contrôler ce qui se passe. Je le laisse faire volontiers. J'admire son torse bronzé lorsqu'il ôte rapidement son tee-shirt avant de s'attaquer au mien. Je me délecte de son corps musclé lorsqu'il se redresse pour ouvrir la braguette de son short et baisser son boxer. Sa queue durcie en jaillit et je me lèche les lèvres, salivant à l'idée de l'engloutir. Je crève d'envie qu'il vienne sur moi et l'enfonce au fond de ma gorge, qu'il me baise la bouche avec brutalité. Sauf que ce n'est pas le cas. Il se débat avec les boutons de mon jean et grogne lorsqu'il ne parvient pas à s'en débarrasser.

— Laisse-moi faire..., je souffle.

Il me lance un regard noir avant de s'acharner de nouveau. Ses mains tremblent, d'excitation peut-être, de colère, sans aucun doute. Et lorsqu'il libère mon membre et se penche juste au-dessus, que je sens son souffle chaud caresser ma chair, mon cerveau se liquéfie.

Sa bouche plane quelques instants sur ma verge dressée.

Non... Il est vraiment sur le point de...? Merde.

Je voudrais lui dire qu'il n'est pas obligé, mais la vérité, c'est que s'il ne me touche pas dans la seconde qui suit, je vais péter un plomb. Je dois me faire violence pour demeurer immobile, pour tenter de calmer mon cœur qui bat frénétiquement. Ses yeux restent fixés sur ma queue et, lorsque son doigt en frôle toute la longueur, je crispe les poings pour m'obliger à ne pas me cambrer, pour ne pas venir à la rencontre de ses lèvres à quelques centimètres, pour ne pas le supplier de me sucer.

Et lorsque sa langue effleure mon gland, je cesse de respirer.

Combien de fois cette scène a-t-elle nourri mes fantasmes pendant que je me masturbais ? Et pourtant, je n'arrive pas à croire qu'il est sur le point de s'exécuter.

Il reporte son attention vers moi et je peux lire l'appréhension dans ses yeux. Je me demande ce qu'il attend, ce que je suis censé dire ou faire pour le rassurer.

— Ne... s'il te plaît. Ne t'arrête pas là.

Un sourire fugace éclaire son visage et il baisse de nouveau la tête. J'observe ses cheveux châtains ébouriffés et ne peux résister à l'envie de glisser ma main dedans. Je ne le force pas cependant, me contente de le caresser, de toucher la peau chaude de ses épaules et du haut de son dos. Sa main agrippe mes bourses et il me lèche sur toute la longueur.

— Bordel !

Mon cri semble le satisfaire, et il s'enhardit. Il embrasse ma chair, lèche ma peau, récolte sur sa langue le liquide qui suinte de mon gland. Il me rend complètement fou. Il me torture et j'en redemande.

Putain. Putain. Je serre les dents, pour m'empêcher de jurer à voix haute. Il l'a réellement fait. Il a osé. Et si je devais douter de ses sentiments, ils sont clairs à présent. Je soupçonne que c'est par cet acte qu'il essaie de me les montrer.

Je voudrais écarter les cuisses, mais mon jean m'en empêche. Je voudrais lui dire de glisser ses doigts jusqu'à mon cul pour me pénétrer, mais je n'ai pas envie de le faire flipper. Alors je me contente de gémir et d'onduler, de soupirer et de lui répéter combien c'est bon, combien il me fait bander.

Lorsqu'il referme ses lèvres autour de ma queue et m'aspire, mes doigts raffermissent leur prise sur ses cheveux. C'est dingue. Sa bouche chaude et humide autour de moi, ses va-et-vient maladroits et pourtant foutrement excitants.

Et c'est plus fort que moi. Je ne parviens plus à me retenir. Je rue contre lui, tout en essayant de me contenir pour ne pas lui faire de mal, pour ne pas l'obliger à me prendre plus profondément qu'il ne le souhaite. Il me suce de plus en plus vite, les joues creusées, libère ma queue humide de salive lorsque sa mâchoire ne tient plus le coup. Il me reprend, me lèche et me rend fou. Je suis sur le point de me consumer, je suis sur le point de lâcher prise. Je me retiens et le repousse doucement, pour éviter de me vider dans sa bouche. D'un geste, je l'incite à venir se coller contre moi. Il ne se fait pas prier, et rapidement, nous ondulons l'un contre l'autre, recherchant la friction, attendant la délivrance. Mes doigts laisseront sûrement des marques sur son dos, mais je n'y peux rien. Je me cramponne à lui désespérément, comme si j'avais peur de le lâcher, comme si j'avais peur qu'il s'en aille à nouveau.

Sa langue a le goût de mon excitation, ses lèvres sont gonflées, son souffle est saccadé et bordel, je ne l'ai jamais autant désiré.

Nos bouches glissent l'une contre l'autre et, alors que mon corps se tend, que l'orgasme grimpe avec une intensité presque douloureuse, il pose son front contre le mien et je ferme les yeux. Mon sperme s'écrase sur nos ventres, suivi de près par le sien. Il pousse un râle et s'effondre contre moi avant de nicher sa tête contre mon torse. Il semble écouter les battements de mon cœur, et je le laisse faire. Je l'entoure de mes bras, dépose un baiser sur son crâne et ferme les yeux, comblé.

Lorsque je me réveille et que je regarde par la fenêtre, la nuit est tombée. Personne n'est venu nous chercher. Tant mieux, parce que je n'ai pas envie de bouger. Cooper est contre moi, ses jambes enroulées autour des miennes, sa tête nichée au creux de mon épaule. Mon jean est ouvert, du sperme séché dans mes poils et sur mon ventre. Je devrais me nettoyer, mais je préfère rester collé contre Cooper. Je me demande s'il est toujours assoupi, mais obtiens ma réponse lorsqu'il souffle, d'une voix rauque de sommeil.

— J'ai tout lu, tu sais. Chaque ligne de chaque article. J'ai passé des heures à essayer d'en apprendre plus sur toi.

— Il suffit de me demander.

Je sens son sourire contre ma peau.

— Ouais. Ça me semblait compliqué.

Ma gorge se noue. OK. J'ai mal géré. J'ai flippé et j'ai déconné. Je pensais qu'on finirait par s'oublier, que la douleur disparaîtrait. Je me suis sérieusement planté.

— Je promets de me rattraper.

Il lève la tête et me sourit. Un sourire franc qui éclaire son visage et que je distingue parfaitement malgré la pénombre de la chambre. Sa bouche effleure la mienne dans un rapide baiser puis il frotte son nez contre le mien.

— Tu m'as manqué aussi, finit-il par m'avouer, et pour une raison ridicule, je sens mes yeux me piquer.

Nous ne disons rien pendant quelques instants, profitant simplement de la présence retrouvée l'un de l'autre.

— Je suis fier de toi, Kane. Fier que tu aies osé. Que tu aies décidé d'affronter toute la merde qui allait en découler.

Et moi, c'est de lui dont je suis fier. De n'avoir jamais laissé tomber. De m'avoir forcé à lâcher prise, même si tout n'est pas encore gagné.

Je caresse sa joue et il baisse la tête pour la caler de nouveau contre mon épaule.

— Cooper...

— Hum ?

Je devrais me taire, mais je lui dois de me montrer honnête, même si mon ventre se tord rien que d'envisager sa réaction.

— Je ne suis pas prêt à ce que les gens soient au courant pour nous.

Je ferme les yeux, paré pour affronter sa colère, mais c'est d'une voix douce et tranquille qu'il répond :

— Je sais.

— Et... ?

Il hausse les épaules.

— Je m'en fous. Pour vivre heureux, vivons cachés, pas vrai ? Si c'est le prix à payer pour que tu nous donnes une chance, je suis prêt à allonger les billets.

J'éclate de rire malgré moi et le serre dans mes bras.

— Merci.

Merci infiniment. D'accepter que je puisse ne pas être un type aussi courageux que tu le souhaiterais.

Une détonation de tous les diables me réveille en sursaut. Je n'ai pas le temps de réaliser ce qu'il se passe que Cooper a déjà sauté du lit.

— On est en train de louper les feux d'artifice ! s'exclame-t-il en enfilant son tee-shirt.

— Rien à foutre des feux d'artifice, je grommelle en fermant de nouveau les yeux.

— Mais c'est la tradition !

Lui et ses foutues traditions. Il en a combien, exactement ?

— Allez, viens !

Il me tire hors du lit et me laisse à peine le temps de me rhabiller avant de me prendre par le bras pour m'entraîner à sa suite sur la terrasse de sa chambre.

Au-dessous de nous, le dos tourné, tout le monde a les yeux rivés au ciel, à admirer les couleurs qui explosent, illuminant la nuit.

Je sens son corps frissonner contre le mien lorsque je l'enlace. Lui ne fait pas attention à moi, concentré sur la beauté des éclats colorés qui resplendissent. Je l'embrasse derrière l'oreille et resserre ma prise contre son corps. Ses bras s'enroulent autour des miens et il se laisse aller contre moi.

— J'ai besoin de toi, Cooper. J'ai tellement besoin de toi, je murmure contre son oreille.

Il tourne la tête vers moi, ses yeux brillent et mon cœur bat si frénétiquement que j'ai l'impression qu'il va finir par exploser.

— Je suis là. Je suis là, dit-il en emprisonnant mes joues de ses mains.

— Pour combien de temps ?

— Tant que tu voudras de moi.

J'ôte une mèche de cheveux de devant ses yeux et pose mes lèvres sur les siennes. Et, alors que le feu d'artifice bombarde le ciel, qu'il éclate autour de nous, je l'embrasse plus profondément.

Ce soir, pour la première fois depuis longtemps, je me sens enfin vivant.

ÉPILOGUE
- Kane -

Août

Le soleil. La plage. Le corps chaud et mouillé de Cooper contre le mien. Nous deux, coupés du monde. Le paradis. C'est tellement agréable, d'être loin. Loin de la ville, loin du quotidien. Rien que tous les deux dans une villa de rêve prêtée par Charles. Juste Cooper et moi, l'océan du Mexique à perte de vue, et l'occasion parfaite pour profiter l'un de l'autre.

Nous sommes partis sur un coup de tête, par besoin l'un de l'autre, par envie de nous retrouver seuls. Tout va tellement vite à New York. Jouer au chat et à la souris avec les photographes qui ne se sont pas encore lassés, être obligés de continuellement se cacher, d'imaginer des stratagèmes plus tordus les uns que les autres pour quelques heures ensemble, nous rend dingue. Je sais que Cooper en a marre, parfois, qu'il souhaiterait que tout soit plus facile, que nous puissions nous afficher.

J'aimerais pouvoir rester ici éternellement, pouvoir continuer à profiter de chaque jour pour le découvrir, pour nous découvrir. Pour passer des nuits entières, sa peau contre la mienne, le bruit de sa douce respiration près de mon oreille. Pour tomber plus profondément amoureux de lui.

Nous avons passé notre journée dans l'eau et bordel, ça fait du bien. De prendre le temps de se détendre complètement, de rire, de se chamailler. De vivre, tout simplement.

Cooper somnole, sur le ventre, tandis que je suis plongé dans mon bouquin, mais je n'arrive pas vraiment à me concentrer. Au moindre de ses mouvements, je ne peux empêcher mon regard de dévier sur sa peau bronzée couverte de grains de sable. C'est plus fort que moi, parce que je crois que je ne réalise toujours pas. Je continue de flipper, de me dire que nous deux, ça ne peut pas durer, qu'il finira par me quitter. Je n'ai jamais été si heureux, si apaisé de ma vie, et j'ai souvent du mal à intégrer que lui et moi, c'est pour de vrai. Malgré moi, je ne peux cesser de ressasser. De me dire « et après ? ». Comme si notre histoire n'était qu'un répit avant que tout se barre en couille.

Bizarrement, c'est également ce qui me pousse à me délecter de chaque instant en sa compagnie. Parce que si ce n'est qu'éphémère, au moins, je n'éprouverai aucun regret.

Je suis en train de l'observer lorsqu'il ouvre un œil.

— Encore en train de me mater, hein ? Ça aussi, c'est une habitude chez toi.

Je ris, me rappelant cette nuit-là, à Aspen, notre première nuit, et me penche pour déposer un baiser sur son épaule. Il a le goût de la sueur et du sel, ce qui a tendance à m'exciter.

— Une habitude dont je ne me lasserai jamais, je murmure contre sa peau.

C'est toi qui finiras par te lasser...

Des efforts, des compromis, qu'il est obligé de faire pour moi, pour nous. Mais l'heure n'est pas aux inquiétudes. À quoi bon perdre du temps à s'imaginer le futur alors que nous sommes si bien dans le présent ?

Il m'offre un sourire éblouissant et se redresse sur les coudes pour m'embrasser. Sa langue lèche mes lèvres avant de s'engouffrer dans ma bouche pour jouer avec la mienne. Je grogne contre lui et pose ma main sur son entrejambe pour la caresser. Il se pousse immédiatement contre moi en gémissant, quémandant davantage. Je garde le même rythme, le touchant à travers le tissu de son maillot. Je ne sais pas pourquoi nous prenons la peine de nous habiller, nous sommes sur une plage privée, personne n'est là pour nous déranger.

Je serre sa queue un peu plus fort au fur et à mesure que son excitation monte. Je baisse son maillot et lape le bout de son gland qui perle déjà. Chaque bruit qui s'échappe de sa gorge me rend complètement dingue, et je dois me réfréner pour ne pas le prendre profondément et lui intimer de baiser ma bouche jusqu'à ce qu'il jouisse.

Voyant que je ne compte pas aller plus loin, Cooper saisit son membre pour le glisser sur mes lèvres, espérant me les faire entrouvrir pour le sucer.

Au lieu de quoi, je ris et me redresse.

— Qu'est-ce que tu fous ? s'agace-t-il.

Je lui fais un clin d'œil et l'attrape par la main pour l'obliger à se remettre debout. Sans parler, je l'entraîne à ma suite jusqu'à la villa. Je pourrais m'arrêter sur la terrasse, mais là, tout de suite, pour ce que j'ai en tête, je préfère le lit. Après tout, nous avons encore tout le temps d'explorer chaque recoin de ce superbe endroit.

Il me suit jusqu'à la chambre en grognant dans sa barbe. C'est le bordel. Les draps sont défaits et nos fringues traînent un peu partout, et pourtant, à chaque fois que mon regard scanne la pièce, je ne peux retenir un sourire idiot. Parce que cette chambre nous représente, parce qu'elle charrie nos odeurs emmêlées, parce qu'elle est témoin de chaque instant passé ensemble depuis que nous avons atterri ici, dans ce paradis. Une preuve de plus que tout cela est réel. Que nous sommes réels.

Une fois au pied du lit, j'enroule mon bras autour de sa taille et l'embrasse profondément. Je me frotte contre lui, pour lui montrer combien il m'excite. Ses doigts agrippent mes cheveux lorsque notre baiser s'intensifie. Il soupire contre mes lèvres et rejette la tête en arrière pour m'offrir l'accès à sa gorge. Il arbore encore les traces que je lui ai infligées la veille, à moins que ce soit ce matin. Je ne sais plus, et je m'en fous. Nous passons tellement de temps à nous caresser, à nous rendre mutuellement dingues, que j'ai perdu la notion du temps.

— Déshabille-toi, je souffle contre ses lèvres.
— Déshabille-moi.

Je souris et me baisse pour ôter son short. En chemin, je laisse ma langue courir le long de son mollet, de sa cuisse dans laquelle je mords, de sa queue érigée que je lèche sur toute la longueur, sur son ventre plat dans lequel je plante mes dents, sur ses tétons que je mordille. J'attrape de nouveau sa bouche et mon baiser se fait violent, affamé.

J'empoigne ses fesses et le colle contre moi.

C'est haletants et au comble de l'excitation que nous finissons par nous séparer. Ses iris noisette brillent de luxure et d'envie. Bordel, j'espère qu'il est prêt, parce qu'à le voir comme ça, nu et magnifique devant moi, je n'ai plus la patience d'attendre davantage. Je me déshabille rapidement, m'allonge sur le lit, remonte les genoux et écarte les cuisses. Il m'observe sans rien dire, et sa main descend le long de son corps jusqu'à son érection pour se caresser. Je l'imite, et nous restons ainsi, nos yeux suivant chaque mouvement de l'autre, nos souffles erratiques pour seul bruit. C'est alors que je glisse deux doigts dans ma bouche et les suce rapidement avant de les plonger entre mes fesses et de me pénétrer.

Cooper écarquille les yeux sous ce spectacle. Je le vois déglutir, mais il ne quitte pas du regard mes doigts qui vont et viennent en moi.

— Dis-moi que tu es prêt, je souffle en serrant les dents sous le plaisir que je ressens.
Le silence me répond. Il se mord les lèvres.
— Pour quoi ? demande-t-il d'un ton hésitant.
— Pour me baiser.

— Cooper -

Respire. Respire. Tu t'es tapé des tas de filles, ça ne doit pas être si différent.

Ouais, en attendant, je n'en mène pas large. En fait, ce n'est pas que je ne suis pas prêt, que je ne pense pas y arriver. Non. J'ai peur de ne pas être à la hauteur.

— Viens, me dit Kane, voyant que je reste planté là comme un abruti.

Je pose un genou sur le lit et rampe jusqu'à lui. Il continue de faire jouer ses doigts en lui et le spectacle me fascine.

Doucement, mes mains caressent ses jambes et je sens ses poils se dresser à mon contact. J'adore ça. J'adore qu'il réagisse aussi intensément. Je me penche vers sa verge gonflée et la prends dans ma bouche. Au fil du temps, j'ai appris à aimer ça. Je suis toujours un peu surpris par son goût salé, mais voir le plaisir que je lui procure rien qu'avec ma langue, mes lèvres, ça me fait planer. Lui aussi ose davantage à présent. Il ne se gêne plus pour m'intimer la cadence qui lui convient. Il ne se montre jamais brusque, mais il ne se retient pas.

— Comme ça, ouais. Suce-moi plus fort.

Ses mots crus me font frissonner et je l'avale toujours plus loin. Eux aussi, j'ai appris à les aimer. Ils m'excitent et me prouvent combien je lui fais du bien. Ils m'encouragent et me poussent à continuer.

Je délaisse sa queue le temps d'attraper le gel abandonné sur la table de nuit depuis la veille, en prévision, puis sans attendre, je glisse rapidement mes doigts dans ma bouche pour les humidifier et ôte sa main d'entre ses jambes pour la remplacer par la mienne. Je laisse jouer mes doigts sur son anneau de muscles qui se contracte tandis qu'il gémit.

— Vas-y. Vas-y.

Je les enfonce en lui.

Un cri rauque s'échappe de sa gorge et il plante ses talons dans le matelas tandis que je le baise de mes doigts. De plus en plus vite, de plus en plus fort. Sa poitrine se soulève de plus en plus rapidement et je continue de lécher sa queue.

— Baise-moi, Cooper. Je veux te sentir en moi.

Je tressaille à ses paroles. Putain. Je me redresse et il écarte davantage les jambes pour m'offrir un meilleur accès à son entrée.

Je me cale entre ses cuisses et dépose un filet de salive sur mon membre pour le lubrifier. Merde. Ça va vraiment arriver.

Je me frotte contre son cul, pas encore prêt à le pénétrer. Je souhaite prendre mon temps, découvrir toutes ces sensations inédites qui allument un incendie au creux de mes reins. Mon gland est rouge, gonflé, et je le glisse de bas en haut, frissonnant. Ma main libre se pose sur ses abdominaux contractés. Bordel, j'aime sentir son corps si ferme, si masculin, sous ma main.

— Tu vas finir par me tuer, gronde Kane tandis que je le titille et l'agace.

Je suppose qu'il est prêt. Il est temps de me lancer, pour de vrai.

J'étale une dose de gel sur mon érection, me branle rapidement, le laissant m'admirer.

— Arrête de jouer, enfoiré, jure-t-il.

— Tu n'aimes pas me voir me toucher ?
— J'aimerais surtout te voir me baiser.

Je ricane, me positionne face à son entrée et m'enfonce doucement en lui. Putain. Un gémissement m'échappe lorsque je passe la barrière de ses muscles et que je le sens se resserrer autour de ma queue.

C'est totalement différent.

Et foutrement bon. Foutrement exquis. Je reste immobile quelques instants, le temps de réaliser ce qui est en train de se passer. Mon sexe gonfle de plus en plus. Je n'ai jamais été si dur qu'en cet instant. Être en lui, son cul avalant mon membre, c'est... ouais. Carrément puissant.

Soudain, j'ai envie de plus, j'ai besoin de plus. Besoin de me sentir profondément en lui. Je m'enfonce toujours plus loin. Bordel. Je crois que je vais jouir. *Respire, Cooper. Ne gâche pas cet instant.*

— Merde, c'est... merde..., je siffle entre mes dents.
— Vas-y à fond, ne te retiens pas.

Je vois qu'il en crève d'envie. Et moi aussi. Je ressors et le pénètre une nouvelle fois. Encore. Encore. Nos peaux claquent l'une contre l'autre tandis que je le baise profondément, brutalement. Mes doigts s'enfoncent dans la chair de ses cuisses alors que je vais et viens en lui sans jamais m'arrêter. J'ai chaud, je bous, je grogne, gémis et m'enflamme. Mes mouvements deviennent frénétiques, saccadés.

— Continue, continue ! gronde-t-il en attrapant sa queue pour se branler durement.

Alors que je le baise fort, si fort, que je me perds dans un plaisir infini, je ne cesse de l'admirer. Admirer son corps puissant, ses muscles tendus, ses yeux rendus vitreux par le désir. Savoir que c'est moi, qui le mets dans cet état-là, me rend complètement dingue.

Je le prends à fond, mes coups de reins de plus en plus violents.

— Je viens, je viens !

Il finit par jouir et lorsque son sperme éclabousse son ventre, que j'aperçois des traînées blanches sur sa peau, mon sang rugit dans mes veines et je perds pieds.

Quelques va-et-vient. Je pousse un râle et j'éjacule en lui. Je tremble, j'ai chaud. Je ferme les yeux et laisse le bien-être m'envahir. Carrément dément.

Une fois l'orgasme passé, je reste enfoui en lui, le souffle court, la sueur perlant le long de mes tempes. Il est si beau, là, allongé, son corps mou, languide de s'être bien fait baiser, un sourire satisfait ourlant ses lèvres.

Kane finit par étendre ses jambes et je me retire, mon sperme coulant hors de son cul et sur le drap.

Je me laisse tomber contre lui et niche mon visage dans le creux de son cou. Je respire à fond le mélange de son odeur et de sueur, je le respire jusqu'à finir ivre de lui.

Il m'entoure de ses bras forts et me serre contre lui. Les yeux clos, mon cœur bat trop rapidement.

Parfois, je regrette que nous ne puissions pas vivre notre relation au grand jour, que nous soyons obligés de nous cacher, de rester discrets. Je comprends sa position. Je sais qu'il flippe à l'idée de perdre son boulot si les dirigeants apprenaient qu'il se tape un mec de l'âge de ses joueurs, qu'il craint le jugement des autres, qu'il a peur de ce qu'on pourrait s'imaginer. Parfois, j'aimerais qu'il ne soit pas Ackermann, la légende du hockey, mais simplement Kane, l'homme qui partage ma vie. L'homme dont je suis tombé amoureux. Parfois, je me demande si je tiendrais la distance, si je ne finirais pas par en avoir ma claque, de devoir nous dissimuler. Mais lorsque le doute s'empare de moi, lorsque je commence à me demander si je suis capable d'endurer ça, il me suffit de le regarder. Un sourire. Un putain de sourire, une main sur ma joue, des lèvres fermes contre les miennes, et mes doutes s'envolent aussitôt. La vérité, c'est que je n'ai jamais été aussi heureux qu'avec

Kane. Qu'importe si je dois accepter certains sacrifices. Il en vaut carrément le coup.

Ce ne sera jamais parfait, jamais idéal, mais ce sera toujours sincère, intense et magnifique.

Et surtout, ce sera toujours nous.

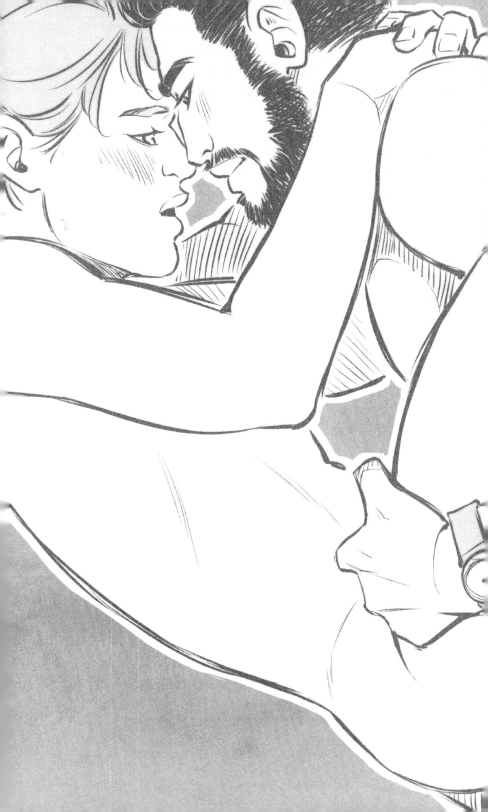

BONUS
- Cooper -

Octobre

Je relève les yeux de mon ordinateur au moment où un café apparaît devant moi.

— Y'en a un qui a la tête dans le cul ce matin, ricane Zane en se vautrant sur la chaise en face de moi.

Ouais, je suis crevé. J'ai passé le week-end avec Kane, et nous n'avons pas beaucoup dormi. À présent, j'en paye le prix.

— Ça valait le coup au moins ? renchérit-il voyant que je ne réponds pas.

— Carrément.

Je ne peux refouler le sourire niais qui me bouffe le visage en repensant aux jours passés. Nous ne nous voyons pas la semaine, sauf exception, mais nos retrouvailles n'en sont que plus belles. Plus intenses surtout. J'aime constater combien je lui ai manqué quand il m'embrasse furieusement chaque fois que je le rejoins. J'aime admettre que c'est également mon cas lorsque je ne peux empêcher mes mains de s'aventurer sur sa peau pour en redécouvrir chaque aspérité.

J'aime que nous ne nous soyons toujours pas lassés l'un de l'autre, que malgré nos vies opposées, nous parvenons à en créer une nouvelle, rien qu'à nous, l'espace de quelques heures.

— Tu es ridicule, avec ton air d'amoureux transi.

Je pousse un soupir et avale une gorgée de café.

— Si tu es là pour te foutre de moi, tu es autorisé à te barrer.

Zane s'esclaffe et me lance un clin d'œil.

— Non. Tu sais combien j'aime te faire chier.

Oui, c'est devenu depuis longtemps son sport favori. Il n'est jamais fatigué.

— Désolé, mais là, j'ai pas le temps. J'ai un papier à rendre dans une heure et je suis grave à la bourre.

— C'est ça de passer le week-end à s'envoyer en l'air.

Je grogne et reporte mon attention sur l'écran de mon ordinateur. Surtout que ce n'est pas tout à fait vrai. Nous avons aussi dîné avec mon père, qui semble s'être fait à l'idée. Je crois que tout ce qui l'importe, c'est que je sois bien. Et si c'est auprès de Kane, alors il choisit de l'accepter.

Je garde les yeux rivés sur l'écran de mon ordinateur. Peut-être que si je me mets à ignorer Zane, il finira par s'en aller. Ouais, on peut toujours rêver.

— Tiens, d'ailleurs, vu qu'on en vient à parler de cul...

— Tu es le seul à en parler.

Il balaie ma remarque d'un geste de la main et reprend :

— Tu t'es toujours pas décidé à te faire sauter ?

Je rougis et ne peux m'empêcher de tourner la tête de tous les côtés, légèrement paniqué à l'idée qu'on épie notre conversation. Peut-être que Zane s'en fout, ce qui est le cas, vu le naturel avec lequel il sort des trucs pareils, mais pas moi.

— Ça ne te regarde pas.

— Ouais, en attendant, t'es bien content de me trouver pour me demander des conseils.

Parfois, je me dis que tout aurait été plus simple si Zane n'avait rien su de ma relation avec Kane. J'aurais été carrément plus tranquille. Mais il a raison. Même s'il m'agace la plupart du temps, il m'est bien utile lorsque j'ai des questions, et est toujours partant pour discuter de cul.

La vérité, c'est que la réponse est non. C'est un cap que je n'ai pas encore franchi. J'y pense de plus en plus, et Kane ose des caresses de plus en plus poussées. Il me baise avec sa langue, avec ses doigts, mais n'est jamais allé plus loin. Chaque chose en son temps. Pour l'instant, il est toujours partant pour que je le prenne, et je dois avouer que j'adore ça.

— Bref, si tu veux mon avis...

Il se tait en entendant son portable sonner et fronce les sourcils en découvrant le nom qui apparaît sur l'écran.

— Ouais ? dit-il en décrochant.

Je ne capte pas la voix de la personne à l'autre bout du fil, mais le visage de Zane qui se ferme d'un coup n'augure rien de bon.

— Calme-toi. Je comprends rien.

Il blêmit et je crois que quelque chose ne va pas.

— Respire. Respire.

Je continue de l'observer, distingue le pli de son front se creuser, lis l'inquiétude dans ses yeux.

Il est agité, ses mains tremblent légèrement, et il commence à me faire peur.

— Reste où tu es. J'arrive. Et ne fais pas de conneries.

Il raccroche et se relève d'un coup.

— Je dois y aller.

— Qu'est-ce qui se passe ? je m'enquiers, alarmé, parce que je ne peux m'empêcher de penser qu'il est peut-être arrivé quelque chose à Jude.

Il a l'air vraiment paniqué, et ses pupilles sont légèrement dilatées lorsqu'il rive son regard au mien.
— C'est Colt. Il est complètement bourré...
À sept heures du mat ?
— Il est en train de chialer... Et Colt ne chiale jamais. Jamais, putain ! Je crois que quelque chose de vraiment moche est arrivé.

À SUIVRE...

Note de l'auteur

Ce livre ayant été écrit avant les matchs de la saison 2019/2020 de NHL, tous les résultats sont fictifs.

Les *Maple Leafs* de Toronto sont pour l'instant classés 4ème de la division Atlantique et même s'il est probable qu'ils parviennent jusqu'au *playoff*, rien n'est joué.

Une chose de sûre, si par le plus grand des hasards, mes pronostics se révélaient exacts, j'arrête l'écriture pour me lancer dans la voyance (ou dans les paris sportifs !)

À propos du projet You Can Play

You Can Play est une campagne d'activisme social dédiée à l'éradication de l'homophobie dans le sport, centrée sur le slogan « *if you can play, You Can Play.* »

Crée par Patrick Burke, en hommage à son frère, Brendan Burke, qui jouait pour l'équipe de hockey universitaire des RedHawks de Miami. Il avait fait son coming-out et combattait l'homophobie dans le milieu du hockey. Il est décédé dans un accident de voiture à l'âge de 21 ans.

Ce projet a pour but d'assurer la sécurité et l'inclusion de tous dans les sports - y compris les athlètes, les entraîneurs et les partisans LGBTQ.

You Can Play s'efforce de garantir que les athlètes aient une chance équitable de concourir, jugés par les autres athlètes et les fans, uniquement en fonction de leur contribution au sport ou à la réussite de leur équipe.

You Can Play cherche à défier la culture des vestiaires et des gradins en se concentrant uniquement sur les habiletés de l'athlète, son éthique de travail et son esprit de compétition.

Le nom *You Can Play* vient d'un texte écrit par Patrick Burke pour outsports.com. Dans l'article, Patrick parle de l'expérience extrêmement positive qui a entouré le coming-out de Brendan : « Je m'attendais à recevoir un mail négatif, de lire un article accablant ou d'entendre un commentaire sournois durant un match. J'ai attendu, et attendu, et attendu, et j'ai eu ce à quoi j'aurais dû m'attendre depuis le début : amour, soutien et admiration. »

La NHL s'est associée à plusieurs équipes de hockey pour créer une collection Pride (dont le fameux tee-shirt des Maple Leafs de Kane dans l'un des derniers chapitres.). « À la LNH, nous avons un dicton : Le hockey, c'est pour tout le monde. Nous appuyons tout coéquipier, entraîneur ou fan qui apporte cœur, énergie et passion à la patinoire. » #HockeyIsForEveryone

Malgré tout, à ce jour, aucun joueur de la NHL n'a fait son coming-out.

Plus d'informations sur http://youcanplayproject.org/

Printed in Great Britain
by Amazon